검은 호수

이하언 소설집

검은
호수

작
가
의
말

아침에 눈을 뜨면 내가 묻는다. 왜 사는 거지?

가족들과 친지들······. 그들은 또 다른 그들의 삶이 있어.

하고 있던 일들······. 네가 없어도 지구는 잘 돌아갈 텐데.

아끼던 수많은 것들······. 알고 보면 모두 쓰레기일 따름이야.

나는 일어난다. 살아가는 이유를 찾아내야 하기 때문이다. 하루를
살아내고 잠자리에 누울 때 내가 다시 묻는다. 어때 찾아냈어? 나
는 고개를 젓는다. 그럼 오늘 해낸 것은 무엇이야? 나는 여전히 대
답하지 못한다.

가끔은 삶에 떠밀려 가고 있다는 생각이 든다. 살아 있기에 할 수
밖에 없는 일들이 불쑥 낯설다. 그럴 때면 나는 소설 속의 인물들

을 만난다. 사실과 진실 사이에서 상처를 받고 옳고 그름의 모호한 경계선에서 혼란스럽지만 그들은 왜 사는 거냐고도 무얼 해냈냐고도 묻지 않는다. 삶이라는 거센 물줄기를 묵묵히 거슬러 올라가는 그들은 연어들이다. 내가 한 일은 그들의 힘찬 꼬리 짓에 부서지는 물방울들을 글로 옮겨놓은 것이다.

흩어져 있던 글들에게 제자리를 찾게 해주신 나무와숲과 이 글들이 세상에 나오는 데 도움을 주신 일일이 거명할 수 없는 많은 분들과 용기를 불어넣어 준 구자명 작가에게 진심으로 감사드린다.

2014년 7월

이하연

차례

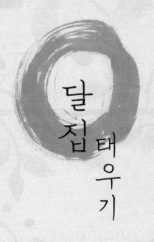

달집 태우기

평화신문 신춘문예 당선작

하늘이 발갛게 물들어 간다. 청·황·적색의 삼색 띠를 두른 상쇠
가 두드리는 꽹과리에 맞춰 풍물패의 신명은 더욱 도도해져 가고
있다. 어깨춤을 덩실대는 사람들이 흥겹다. 어두워지면서 바람은
더욱 매서워진다. 하지만 2월의 칼바람도 천변에 모여든 사람들 앞
에서는 힘을 잃는다.

사람들 속을 파고들지 못한 바람은 무리와 떨어져 서 있는 은주
를 향해 방향을 돌린다. 어깨를 움츠리며 은주는 여자를 본다. 여자
는 빳빳하게 굳어 추위조차 느끼지 못하는 것 같다.

어둠이 짙어져 간다. 사람들의 설렘도 고조된다. 달 봤다! 누군
가 첫소리를 터트린다. 질세라 사람들의 합창이 시작된다. 달 봤다!
동쪽 하늘에서 달이 뜨고 있다. 달빛을 온몸으로 받아들이는 사람

들은 감동으로 겨워 있다. 달을 향해 두 손을 모으고 머리를 조아리는 사람들도 보인다.

달집에도 불이 붙는다. 미리 휘발유를 뿌려둔 뒤라 순식간에 이십여 미터 높이의 달집은 불덩어리가 되어 활활 타오른다. 풍악 소리는 높아져 가고 사람들은 흥분한다. 달집돌이를 하는 사람들도 있다. 불타는 달집을 도는 사람들의 무리는 불빛이 흔들림에 따라 같이 흔들린다. 이 모든 것을 다 끌어안을 만큼 넉넉해진 달이 불타는 달집과 사람들의 기원을 내려다보고 있다. 두 손 모으고 경건하게 달집돌이를 하고 있는 무리들 속에서 은주는 엄마를 찾아낸다. 불빛에 그림자를 일렁이며 달집 쪽을 향해 걸어가는 최 원장도 보인다. 멀리 떨어져 있어도 불의 힘을 느낄 수 있다. 여자의 눈동자는 불빛과 두려움으로 흔들리고 있다.

달빛과 타오르는 불빛과 그 속의 여자는 쓰러질 듯 위태로워 보인다. 붙들어 주고 싶다, 무심코 여자의 어깨에 손을 올리던 은주는 그 작은 동작 하나하나가 마치 자기의 것이 아닌 듯한 느낌이 든다. 여자를 바라보는 눈길 또한 자기 것이 아닌 듯 낯설다. 그럴지도 모르겠다. 달집이 타오르는 지금은 모든 생명이 새로 시작하는 시간이 아닌가. 은주는 찬찬히 여자를 살펴본다. 눈, 코, 입, 그 모두를.

어젯밤에도 영우가 왔더구나. 저 문 밖에 서서 묵묵히 나를 보고만 있는기라. 나는 묶인 것맹크로 꼼짝도 할 수 없고. 꿈속에서도 가슴이 미어져 숨이 턱턱 막히더라. 얼매나 무섭고 외로울 거나.

식탁 앞에서 엄마가 중얼대었다. 오곡밥이었다. 부지런히 수저를 움직이는 은주를 보는 엄마의 미간에 주름이 잡혔다. 그러나 그게 어찌 그리도 술술 입으로 들어갈 수 있냐는 타박은 하지 않았다. 대신 엄마는 아퀴 짓듯 말했다.

"늬가 머라카던 낼 모레 기일에 결혼식을 치를 테니 인자 더는 딴말 하지 말 거래이. 부정 탄다."

오늘은 모든 악운을 씻어 보내고 정결한 생명으로 다시 태어날 수 있는 대보름이 아니냐는 것이었다. 엄마는 달의 생명력을 믿었다. 엄마가 평생 매달린 농사일도 달의 변화에 따라 풍·흉년이 결정되었지만 오빠를 갖기 위해 기원 드린 대상도 달이었다. 엄마는 새해 첫 보름달의 정기로 오빠의 내생까지 밝혀 두고 싶어 했다.

영혼결혼이 거론되기 시작한 건 대여섯 달쯤 전이었다. 퇴근 후 집에 들어서는 은주의 눈앞에 엄마가 대뜸 사진 한 장부터 들이밀었다. 야야, 이 사진 좀 바라. 이십오륙 세 정도 되었을까. 엄마가 내민 사진 속에는 긴 생머리의 한 여자가 활짝 웃고 있었다. 그만 하면 인물도 수수하제? 난데없는 사진에 어리둥절해진 은주에게 엄마는 자랑스레 말했다. 늬 오빠 신붓감이데이. 부모 생존하고 집안도 좋은 것 같더라. 영우도 마음에 들어 할끼라. 양미간에 깊게 잡힌 엄마의 주름이 오래간만에 펴져 있었다. 그 처자도 몇 달 전에 죽었다카더라. 교통사고였댄다. 하마터면 오빠가 죽었다는 사실을 다시 일깨워 줄 뻔했던 은주는 꿀꺽 말을 삼켰다. 짐을 덜고 싶은 것이었다, 엄마는.

그러나 그 결혼은 성사되지 못했다. 동성동본이라는 것이다. 엄마는 다시 신붓감을 알아보러 다녔지만 살아 있는 사람이 아니다 보니 쉬울 리 없었다. 게다가 엄마가 내세우는 조건은 까다롭기만 했다. 어쩌다 말이 나오면 집안이 어떠니 학벌이 어떠니, 심지어 인물까지 따지고 들었다. 마음에 드는 신붓감이 있었지만 그때는 그쪽에서 빈한한 은주네 집안을 타박하였다. 엄마는 분개하였다. 별꼴이야, 죽은 딸 시집보내기가 어디 쉬울 줄 알고. 엄마는 자신이 내세우는 조건은 당연하다고 생각하였다.

엄 교수에게 여자의 존재에 대해 듣지 않았다면 언제까지나 엄마는 그러고 있었을 것이다. 엄마가 정한 신붓감은 익사했다는 초등학교 교사였다. 나이도 오빠보다 한 살 많았고 부모도 없이 할머니 손으로 컸다고 했다. 그동안 따져 대던 조건에 비추어 보면 가장 성에 차지 않아야 할 신붓감이었다. 하지만 엄마는 물에 빠진 제자를 살리고 대신 죽었다는 말을 듣자, 즉시 마음을 정해 버렸다. 이런 거 저런 거 다 소용 없는 기라. 자고로 마음씀씀이가 깊고 헌신적인 색시가 최고지. 게다가 물은 불을 끌 수 있으니 그보다 더 좋은 궁합이 어디 있겠노.

방으로 들어간 은주는 동료에게 전화해서 하루 연가 처리를 부탁했다.

장롱 서랍을 열었다. 손을 밀어 넣자 손수건으로 돌돌 말린 것이 잡혀 나왔다. 손수건을 풀자 기다린 듯 루비가 반짝 붉은 빛을 냈다. 은주는 그 분노 같은 붉은 빛을 우울하게 들여다보았다.

같이 축원을 드리게 일찍 퇴근하라는 엄마의 말끝에 오늘 늦을 지도 몰라, 퉁명스레 대답하고 집을 나섰다.

새벽바람이 차가웠다. 몸을 움츠리고 골목을 빠져나와 큰길을 따라 걷기 시작했다. 터미널에 가까워지자 건너편 서천교 천변에 솔가지나 짚단으로 높다랗게 쌓아 올린 달집이 먼저 눈에 띄었다. 시에서는 오늘을 위해 많은 준비를 하고 있었다. 엄마가 기다리는 달집태우기는 그 마지막 하이라이트였다.

시간이 일러 대구로 가는 버스는 한산했다. 버스는 경주터미널을 벗어나 도로를 질주하기 시작했다. 얼마 전 내렸던 때늦은 폭설을 고즈넉하게 얹고 있는 산들이 다가왔다가 멀어져 갔다. 하얀 눈은 한 폭의 수묵화처럼 산줄기 음영을 돋을새김으로 만들어 놓고 있었다. 경산 쪽으로 접어든 후부터는 눈은 사라지고 버스는 빛바랜 사진첩 속 같은 스산한 풍경 속을 달렸다. 누런 산등성이 속에서 얼핏 연분홍색을 본 듯했다. 창문에 이마를 대고 내다보니 지나치는 산등성이에서 간간이 움트는 생명의 조짐을 볼 수 있었다. 진달래, 개나리, 그리고 연약한 연둣빛들, 아직 지워지지 않은 겨울의 찬바람 속에서도 생명력은 어김없이 고개를 내밀고 있었다.

그런 끈질김들이 버거워질 때가 있었다. 맛있게 음식을 먹거나 무심코 깔깔대며 웃다가도 시시때때로 끼어드는 죄의식, 살아 있다는 것이, 그리고 살아가기 위해 하는 모든 행동들이 경멸스러울 때도 있었다. 영원히 남아 있을 것 같은 아픔이 어느새 무뎌지고

금방이라도 따라죽을 것 같던 절망이 희석되어 가는 것을 엄마는
두려워했다.

에미가 돼가 얼매나 제대로 못 멕여 키웠으면 영양실조까지 왔
을까. 그 눈으로 저승길이나 잘 찾아갔을란가. 엄마는 입버릇이 되
어 버린 탄식을 종종 뱉곤 했다. 은주는 오빠의 살점 없는 몸피를
떠올렸다. 그리고 또 하나의 몸이 되어 버린 두꺼운 안경. 오빠의
시력은 단순히 눈이 나쁘다는 표현만으로는 부족했다.

안경은 초등학교부터 썼지만 그때만 해도 너무 책을 많이 봐서
생긴 단순한 근시이려니 했다. 그러나 해가 바뀌는 것과 같이해서
안경의 도수는 더 높아져 갔고, 마침내는 안경으로도 보완할 수 없
을 정도까지 나빠졌다. 얼마나 더 심각한 상태까지 이르렀는지는
은주도 엄마도 자세히 알지는 못한다. 오빠는 말이 없는 편이었다.
고통을 혼자 감당해 내는 것을 가족에게 해주는 배려라고 생각했
을지도 모른다. 그런 것들 모두 이제는 돌이킬 수 없는 짐이 되어
엄마와 은주의 목을 죄어 온다. 엄마는 끊임없이 자신을 학대했고,
그러다 지치면 은주에게도 화살을 돌렸다. 네년의 입방정 때문이
다. 오빠가 없었으면 좋겠다카더니, 그예⋯⋯.

외동딸이길 소원한 어린 시절이 있긴 했다. 하지만 그것이 오빠
의 죽음을 전제로 해야 하는 것이라고는 상상도 해보지 못했다. 엄
마는 예전부터 은주에게는 너그러운 편이 아니었다. 갖은 치성을
드려 태어났다는 오빠와, 아버지가 돌아가신 해에 태어난 은주는
애초부터 같을 수 없었다. 초등학교 시절부터 은주는 농사일로 바

쁜 엄마 대신 집안일들을 해야 했다. 농번기 때는 학교에도 갈 수 없었다. 그러나 오빠는 그런 집안일에서 모두 열외였다. 오빠는 공부도 잘했다. 서울에 있는 대학에 입학한 후 종종 장학금도 받아 엄마의 힘을 덜어 주었다. 대학을 포기한 은주가 9급 공무원 시험을 준비하는 동안 오빠는 대학원에 진학하였다.

마침내 고속버스는 동대구터미널에 도착했다. 버스에서 내린 은주는 지하철을 타기 위해 발을 떼었다. 중앙로역을 지나칠 때는 눈을 감아 버렸다. 감은 눈 속에서도 선명히 떠오르는 그림, 꾸역꾸역 끝없이 쏟아져 나오던 검은 연기, 시커먼 그을림으로 가득 찬 벽마다 새겨진 사람들의 손자국, 은주는 몸을 부르르 떨었다.

사고 소식을 듣고 달려왔을 때 중앙로역은 아직도 전날의 참혹한 모습을 지워 내지 못하고 있었다. 벽은 모두 새카맣고 역겨운 냄새가 코를 들이밀기 힘들게 만들었다.

오빠가 그 불 속에서 타죽어 가고 있었을 때 은주는 고등학교 동창이었던 재경과 같이 있었다. 그날은 재경의 대학 졸업식이었다. 졸업 후 은행에서 일 년 근무하던 재경이 어느 날 대학에 가기로 했다고 했을 때까지는 그다지 믿지 않았다. 그러나 재경은 세 번이나 떨어진 후 기어코 대학을 갔고 학사모까지 쓴 것이었다. 졸업식을 축하하러 온 다른 고등학교 동창 몇몇과 어울려 그날 그들은 부러움과 시새움, 그리고 자괴감으로 새벽녘까지 거리를 헤매고 다녔다. 진동으로 해둔 손전화에 엄마의 번호가 다섯 번이나 찍혀 있는 것을 보았지만 늦다고 잔소리할 게 뻔해 일부러 받지 않았다. 나이트클럽까지 뛰고 나오니 새벽 두 시였다. 엄마는 그때까지 잠들지 못하고 안절부절못하고 있었다. 은주를 보자마자 엄마는 바짝 마른 입술로 숨가쁘게 말했다. 야야, 대구에서 지하철 사고가 났다카더라. 근데 암만 전화해도 늬 오빠가 전화를 받지 않는다.

중앙로역을 지나 두 번을 더 가니 명덕역이었다. 명덕역을 빠져 나온 은주는 막막해져서 한동안 서 있었다. 오빠가 다녔던 길, 더듬대며 길을 건너가는 모습이 눈에 선했다. 주위를 둘러보았다. 은주가 찾아온 것은 이 부근에 있을 어떤 미용학원이었다. 오빠와 같은 시간대에 지하철을 타서 같은 역에서 내리던 어떤 여자가 다녔다는. 여자의 존재를 말해 준 엄 교수도 그 이상 알지는 못했다. 오빠는 엄 교수 집에서 하숙을 하였다. 오빠가 결혼한다면 누구보다도 먼저 알려야 할 사람이었다. 하지만 은주가 전화를 했을 때 엄 교수는 뜨악해했다.

"죽은 사람들을 결혼시킨다니, 글쎄…… 그래도 될까 모르겠네."

"그렇죠?"

은주는 탐탁잖아 하는 엄 교수의 반응이 오히려 반가워서 도움을 청하듯 한숨을 내쉬었다. 오빠가 그리 된 후부터 은주는 늘 가슴에 돌을 얹은 듯 갑갑했다. 젊은 게 저리도 한숨만 폭폭 쉬어 대니 제 오빠가 그 꼴 되었지. 순서가 바뀐 엄마의 독설이 금방이라도 들리는 듯했다.

"어머님이나 은주 씨가 얼마나 힘든 시간들을 보내고 있는지는 모르지 않아. 그래서 감히 말하기가 조심스럽긴 하지만 선뜻 찬성한다는 말은 안 나오는군."

"어쩌겠어요. 그렇게 해서라도 엄마가 오빠를 떠나보낼 수만 있다면, 그래서 매듭이 지워질 수만 있다면 저도 받아들이고 싶어요."

"죄의식에서 벗어나고 싶어 하는 마음은 이해해. 하지만 만일 이 교수가 마음에 둔 사람이 있었다면 이런 식의 마무리가 또 다른 상처로 남게 될지 모른다는 것도 생각해 봐야 해."

은주는 그때 장롱 속 깊이 넣어 둔 반지를 떠올렸다. 오빠가 그 참사 현장에 있었음을 증명해 주었던 가죽 가방, 콜타르처럼 엉겨붙어 형태조차 알기 어려웠던 검은 덩이들, 귀퉁이만 남은 가방 손잡이에 새겨진 오빠의 이름이 확인되었을 때 엄마는 혼절해 버렸다.

떨리는 손으로 눌어붙은 검은 덩이를 헤쳐 보았다. 반지는 그 속에 있었다. 오빠의 가방이 필사적으로 보호한 듯 반지는 약간 그을리고 뒤틀리긴 했지만 비교적 온전한 상태였다. 그 이물스러움은 차라리 섬뜩했다.

누구의 것일까. 엄마의 생일이 그 무렵이었던 것도 생각해 보았다. 혹은 은주 자신의 것일 수도 있었다. 네 결혼만큼은 내가 책임질게. 대학 못 간 은주를 마음 아파하며 오빠는 종종 그렇게 말했다.

그러나 그런 미진한 의문보다 더 은주를 쫓아다닌 것은 맹렬한 적개심이었다. 시체도 찾지 못한 오빠와 검은 덩어리가 되어 버린 가방에 비해 반지는 터무니없을 만큼 멀쩡했다. 감정 상태가 극도로 불안정해진 엄마에게 그 불길한 붉은 보석에 대해서는 말하지 않는 게 나을 것 같아 장롱 깊이 밀어 넣어 버렸다.

은주가 유품에서 반지를 발견했었다는 이야기를 꺼내자 엄 교수가 아, 떠오르는 게 있는 듯 짧게 신음을 뱉었다.

"그래서 이 교수가 물었었구나. 내가 아내에게 어떤 식으로 청혼을 했는지."

사고 나기 열흘쯤 전의 일이었다고 했다. 그리고 엄 교수는 중요한 단서 하나도 기억해 냈다.

"조그마한 향수병을 가지고 있기에 놀랐던 적이 있었어. 쑥스럽게 웃으며 말하더군. 출근길 지하철에서 늘 마주치는 미용학원 강사한테서 받은 거라고."

같은 시간대의 지하철이라는 말이 은주의 머릿속을 강하게 쳤다. 은주의 이야기를 전해들은 엄마는 굵은 눈물방울을 뚝뚝 떨어뜨렸다. 그때부터 엄마는 오빠가 살아 돌아오기라도 할 듯이 여자의 소식을 기다렸다.

은주는 대구 지하철 사고본부에 부탁하여 사망자 명단을 확인해 보았다. 그럴 만한 사람이 없었다. 부상자 명단도 살펴보았다. 몇몇 사람들을 꼽았다가 지우고 그리고 마지막 남은 이름, 천미화. 27세, 미혼, 메이크업 아티스트, 부상 상태는 경미, 엄 교수가 한 말과 일치했다. 은주는 반지를 발견했을 때와 같이 등줄기를 스쳐가는 찬바람을 느끼며 그 이름을 들여다보았다.

여자가 사망자 명단에 들어 있지 않았다는 소식은 엄마에게는 또 다른 배반이었다. 여자가 오빠와 어떤 관계가 있는지 여부조차 알지 못하는 마당이었지만 그런 상식적인 판단을 엄마에게 요구하긴 힘들었다. 은주 역시 엄마의 억지를 굳이 달래 줄 필요를 느끼지 않았다.

여자는 사고 난 지하철에, 그것도 같은 칸에 타고 있었다. 그러나 살아났다. 그 사실 하나만으로도 여자는 충분히 분노를 감당해도 되었다. 분노는 엄마에게 일어설 힘도 주었다. 보란 듯이 오빠를 결혼시키겠다고 했다. 정작 보여줄 사람이 누군지에 대해서 따져 볼 필요는 없었다.

은주는 길가에 있는 중개업소를 찾아 들어갔다.

"이 부근에 미용학원이 있다고 해서 찾아왔는데 알 수 있겠습니까?"

"미용학원이라카먼 뷰티스쿨을 말하는 긴가? 길 건너편에 '세나 뷰티스쿨'이라고 있는데."

중개인이 말해 주는 대로 길을 건너 골목으로 꺾어 들어가니 '세나 뷰티스쿨'이라는 간판이 붙은 삼층 건물이 보였다. 일층은 미용기구상이었고, 학원은 이층과 삼층을 쓰고 있었다. 좁은 계단을 올라 피부, 네일, 메이크업, 헤어 전문 디자이너라고 쓰인 유리문을 열고 들어가자 카운트에 앉아 있던 젊은 여자가 어떻게 찾아왔는지 물어 왔다.

은주는 원장실로 안내되었다. 최 원장은 이목구비가 큼직한 서구적인 미인이었다. 영우의 이름을 잘 알고 있었고, 동생이란 말을 듣자 생각 밖으로 반겼다. 실재하고 있는 여자를 확인한 것은 은주에게 막상 충격으로 다가왔다. 하지만 최 원장은 지금의 천미화는 자기가 알고 있던 예전의 그 미화는 아니라고 여자에 대해서 이야기하기 시작했다.

손등에 입은 화상과 기도가 연기에 다소 손상된 것 외엔 외관상으로 크게 다친 것이 없었다고 했다. 사고의 참혹성에 비추어 보면 그건 행운에 가까운 일이었다. 그런데 여자는 똑같지 않았다. 무엇인가 부서지고 망가져 버린 것 같았다. 시간이 약이라는 속설도 여자에게는 통하지 않았다. 오히려 처음엔 일을 하기도 했지만 이제는 거의 일을 하지 않는다. 달래 보기도 하고 꾸짖기도 해보았지만, 극단적인 감정의 기복을 보이는 통에 혹시 엉뚱한 짓이라도 할까 봐 조심스럽다고 했다. 최 원장은 은주에게 하소연처럼 자책의 말도 하였다.

"서울서 멀쩡하게 잘 있던 아이를 부른 내 탓 같기도 하고⋯⋯."

그들은 서울에서 지금도 그 분야에서는 정상을 달리고 있는 진혜영 밑에서 같이 메이크업 아티스트 일을 하던 사이였다고 했다. 최 원장은 처음부터 자신의 학원을 갖는 것을 목표로 하였고, 삼 년 전부터는 그 꿈을 고향인 대구에서 펼쳐놓고 있는 중이었다. 여자는 진혜영도 인정할 만큼 재능 있는 아티스트였다. 게다가 유명한 연예인들을 전담하던 아티스트라면 그런 연예인들을 만날 일이 별로 없는 지방에서는 그 자체만으로 선전 효과도 컸다. 예상은 크게 어긋나지 않았다. 아마 그런 일만 생기지 않았다면 모든 것은 잘 되어 나갔을 것이다.

최 원장이 가르쳐 주는 번호로 전화를 했을 때 한참 신호가 간 뒤 쉰 듯한 음성이 흘러나왔다.

"여보세요."

은주는 가슴부터 서늘해져 다음 말이 얼른 나오지 않았다.

"……저, 실례합니다. 혹시 이영우 씨를 아시는지요. 제가 그 여동생인데……."

헉, 숨을 들이키는 것 같더니 별안간 전화기에서 강한 충격음이 들려왔다. 전화기를 던져 버리기라도 한 건가. 재우쳐 여자를 불렀지만 답이 없었다. 최 원장이 받아 전화를 다시 해보았지만 통화 중 신호음만 들렸다.

오빠의 이름을 말했을 때 전화기 너머에서 느껴지던 충격, 그 강한 거부의 몸짓에서 은주는 콜타르같이 녹아 작은 덩어리가 된 오빠의 가방을 떠올릴 수밖에 없었다. 그 속에서 온전한 모습을 드러냈던 반지를 보았을 때 느꼈던 전율이 새삼 등줄기를 타고 올라왔다.

최 원장이 몇 차례 전화를 더 해보았지만 여전히 통화 중이었다.

"꼭 만나 볼 생각이라면 기다려 보세요. 내가 달래 데리고 올 테니. 그동안 여기에 있을래요?"

은주는 계명대학에 가 있겠다고 대답했다. 아, 그곳. 최 원장이 알은척을 했다.

"맞아요. 미화도 틈만 나면 그곳에 가곤 했는데. 오빠 분이 그 학교 전임강사였다면서요."

최 원장은 무언가를 떠올리는 듯 슬쩍 미소를 지었다.

"지난 가을 그 대학 의상학과에서 졸업 작품 발표회 때문에 메이크업을 부탁해 왔었죠. 그런데 지가 가겠다고 나서더군요. 지하철에서 만난 사람이 그곳 전임강사라면서. 두 사람은 그날 이후로 급격히 가까워진 눈치였지요. 그런데 그분 눈이 매우 좋지 못하고, 최근 들어 시력이 급격히 떨어지고 있다고 걱정을 많이 하더군요. 사람들에게 밀리면 지하철 계단을 오르내리는 것도 힘들어 자기가 도와주지 않으면 안 된다고 하더군요."

은주는 정말 그러냐고 묻는 최 원장의 눈길에 고개만 숙일 수밖에 없었다.

"만나게 된 것도 그래서였다더군요. 그분이 지하철에서 넘어져 가방을 떨어뜨렸는데, 사람들 발밑으로 몸을 숙이고도 찾지를 못해 쩔쩔매는 것을 보고 도와주었다고."

지하철 계단에서 부딪치는 사람들을 막아 주던 여자의 배려보다, 사소한 일상조차 극복해야 하는 대상이었을 오빠와 무심했던 자신이 은주의 가슴을 더 아프게 만들었다. 최 원장은 아무런 도움을 주지 못한 채 혼자 살아남았다는 자책으로 여자가 더 힘들어하는 거 같다고 말했다.

최 원장은 먹을 사람도 없는 부럼이나 귀밝이술은 물론 약밥까지 챙기는 엄마도 이해해 줄 수 있을까. 오빠가 살았을 때는 정작 그런 것을 챙길 만큼 자상하지 못했던 엄마였다. 엄마는 하필 대보름 직후에 사고가 생긴 것을 예사롭게 넘기지 못하고 있었다. 달에게 기원하여 낳은 귀한 아들인데 그 은공을 잊었으니 노염을 탄

것이라 생각했다. 그런 식으로 꿰맞추면 끝도 없어. 요즘에야 음력이란 것이 뭔지도 모르고 사는 세상인데. 은주가 위로라고 했다가 불경스럽다고 혼이 났다. 이제 대보름은 엄마에게 아픔과 한의 날이 되었다.

오빠는 그날 집에 오겠다고 했지만 못 오게 되었다고 연락해 왔다. 엄마는 그것도 자기 탓이라 했다. 방정맞게도 아침부터 그릇을 깨뜨렸었다는 것이다. 그래서 오빠의 약속이 깨졌을 거라는 것이었다. 그렇지 않았다면 와서 하루 이틀 이상 묵었다가 갔을 거고, 그러면 오빠는 그 지하철을 타지 않았을 것이다. 수많은 가정 속으로 들어가면 은주 또한 자유로울 수 없었다. 은주는 심한 폐렴으로 입원했던 적이 있었다. 오빠는 방 보증금을 빼 병원비를 대주고 엄 교수 집으로 하숙을 들어갔다. 그래서 지하철을 타게 되었다.
계명대학은 방학 중이라 교정이 한가했다. 퇴원 후 한 번 와본 적이 있었다. 나뭇잎이 다 떨어진 앙상한 가지들이 따스한 햇살에 기지개를 펴고 있었다. 은주는 문득 걸음을 멈추었다. 벤치가 옹기종기 마주 보이게 놓여 있다. 전나무가 그 벤치를 둘러싸 아늑해 보였다. 주위의 스산한 풍경과 달리 전나무는 여전히 푸르렀다. 오빠를 기다렸던 곳이었다. 맞은편에 퇴락한 빨간색 벽돌의 삼층 건물이 보였다. 줄기만 남은 앙상한 담쟁이 가지들이 벽을 타고 올라가고 있었다. 오빠의 연구실은 그 건물 삼층이었다. 은주가 이곳을 찾아온 날은 담쟁이 잎이 무성했었다. 책을 끼고 교정을 거니는 대학생들이 가끔 눈에 띄었다. 겨울치곤 날이 푸근하여 걸음들도 느긋하였다. 은주가 벤치 그늘에 앉아 손전화를 하자, 두꺼운 안경을 쓴 오빠의 얼굴이 삼층 한가운데 창문에서 내밀었다. 여기야, 여기.

그날 은주는 공연히 오빠에게 심통을 부려댔다. 짝을 지어 벤치에 앉아 있던 대학생들의 싱그러운 웃음소리가 너무 부러워 보였던 탓이었다. 생각해 보면 오빠에게 언제나 그런 식이었던 것 같다. 은주는 벤치에 털썩 주저앉았다. 찬 기운이 엉덩이에서 온몸으로 전해졌다. 교수 연구실의 창들은 모두 닫혀 있었다. 오빠 방의 창문도 닫혀 있었다. 금방이라도 오빠가 그 창에서 얼굴을 내밀고 손을 흔들어 줄 것 같아 시선을 뗄 수가 없었다.

오빠 연구실에 빼곡했던 책들과 비품들은 장례식이 끝난 뒤 학교에서 집으로 보내주었다. 그날 오빠 연구실에 들어갔을 때 눈에 띄었던 책상 위의 낯선 기구도 그 짐 속에 들어 있었다. 문자 확대기라고 했다. 마치 비디오처럼 생긴 기구 위에 책을 올리면 그 위에 달린 카메라로 책의 글자를 잡아 모니터에 확대해 보여주는 장치였다. 은주는 오빠의 시력이 생각보다 훨씬 더 심각한지도 모른다는 생각을 그때 처음 했다.

만일, 은주는 생각해 보았다. 오빠의 시력이 남들과 같았더라면 그날 그 지하철에서 살아나올 수 있었을까. 희생자도 많았지만 살아난 사람들도 있었다. 천미화 같은. 오빠와 같은 칸에 타고 있었지만 그녀는 살아나왔다. 그녀는 왜 혼자만 탈출했을까. 하지만 은주가 오빠를 대신해 죽을 수 없었던 것만큼 그녀가 목숨을 걸어야 할 이유도 아직은 찾지 못했다. 고개를 떨어뜨리던 은주에게 문득 한 가지 기억이 떠올랐다.

퇴근할 때 흑설탕 좀 사오너라. 약밥이나 만들어야겠다. 엄마가 전화를 해왔다. 웬 약밥? 보름에 늬 오빠가 온다고 했다. 갸가 이걸 좋아하잖아. 은주는 입을 삐쭉했다. 하여간 오빠라면 그저…… . 친구도 같이 올 거라 카더라, 덧붙이던 엄마의 말을 그때는 예사롭게 들었다. 서울에서 대학 다닐 때도 경주를 와보고 싶어 하던 친구들을 데리고 온 적이 없지 않았다. 그러나 그 약밥은 오빠의 사십구재에 만들어 오빠의 영정 앞에 바쳤다.

손전화가 울렸다. 최 원장이었다.

"와 보길 잘했어요. 어쩐지 불안하더라니. 얘가 이런다니까요."

자세한 설명이 생략되어 가늠은 되지 않았지만 은주의 전화가 그녀를 패닉 상태로 몰고 간 것 같았다. 하지만 왜. 은주는 같은 칸에 탔음에도 죽은 오빠와 머리털 하나 다치지 않고 살아난 미화를 자꾸만 비교하게 된다.

"많이 진정되긴 했지만 아무래도 안 될 것 같네요."

"잠깐만."

전화가 끊어질까 황급히 은주는 말했다.

"한 가지만 물어 봐 주겠어요?"

"뭘 말인지…… ."

"그 사고 있기 전 보름날에 혹시 우리 오빠와 경주에 같이 가기로 약속하지는 않았는가를."

전화기 너머에서 침묵이 전해졌다. 한참 후 최 원장이 무겁게 말했다.

"맞아요, 그런 약속이 있었어요. 그런데…… 사실은 저 때문에 못 갔어요."

그날 정월대보름맞이 가요제가 있었다고 했다. 지방에서는 그런 큰 행사가 자주 있는 일이 아니므로 최 원장은 그 일을 맡기 위해 많은 공을 들였다. 마침내 최 원장은 일을 따냈고 난감해하는 여자에게 약속은 다음으로 미루라고 했다. 남자 집으로의 초대, 그것이 가지는 의미를 최 원장인들 모르지는 않지만 시간은 앞으로도 있다고 생각했다. 그 약속이 영원히 지켜지지 못하게 될 줄 누군들 알았을까.

한 시간 후 은주는 최 원장이 운전하는 차를 타고 대구를 벗어나고 있었다. 운전석 옆에는 여자가 타고 있었다. 여자는 최 원장이 설득 반, 강제 반으로 데리고 왔다. 최 원장은 현실을 피해서는 아무것도 해결되지 않는다고 생각하고 있었다. 병원에서도 비슷한 상황에 부딪혀 극복할 수 있다면 치료에 도움이 될 거라고 했다는 것이다. 영우 대신에 은주가 그 자리를 대신하고 있는 지금이 그때와 같은 상황이라고 판단하고 있었다. 최 원장에게도 풀어내야 할 죄책감이 있는 것이다.

차 안에는 어색한 침묵만 계속되고 있었다. 여자는 고개 한 번 돌리지 않고 등만 보여준 채 그림같이 앉아 있었다. 서먹함을 누그러뜨리려고 튼 클래식 음악은 오히려 분위기를 더 가라앉히고 있었다. 최 원장이 음악을 바꾸었다. 발라드였다. 호소력 있는 음색의 남자 가수가 떠나간 사랑을 그리워한다며 애절하게 노래하기 시작했다. 최 원장이 말문을 열었다.

"오늘 달집태우기를 한다구요? 그건 해가 지면 바로 태우는 건가요?"

"일곱 시에 점화한다고 들었어요. 하지만 사람들이 기다리는 건 달집이 아니라 달이에요. 첫 달을 보고 소원을 빌면 이루어진다고 믿으니까요."

뒷모습이 경직되어 간다고 느끼는 순간 여자가 비명을 질렀다.

"제발 차 좀 세워 줘. 냄새가 나. 뭔가 타는 것 같아."

휴게소가 저만큼 보이고 있었다. 최 원장은 휴게소에 차를 세웠다. 여자는 얼른 밖으로 뛰쳐나갔다. 최 원장은 변명처럼 은주에게 말했다.

"너무 속력을 냈더니 차에서 단내가 났던 모양이네."

그러고는 미간을 살짝 접었다.

"타는 것에 대해 반사적인 공포심을 보이거든요. 옆에서 누가 담배 피우는 것도 못 견뎌 하니. 그런 애가 이 길을 따라와 준 것은 대단한 용기를 낸 거예요. 물론 내 성화에 못 이기기도 했겠지만 그만큼 저 애도 절박했을 거예요."

최 원장은 나름대로 계획이 있었다.

"달집태우기를 보여줄 생각이에요. 불이 공포만은 아니라는 것을 깨닫게 해줄 좋은 기회인 것 같아요. 먼발치에서부터 시작해 보는 거죠. 이런 식으로 조금씩 현실에 접근해 가야 할 거예요."

여자는 화장실 세면대에서 손을 씻고 있었다. 거울을 통해 은주와 눈이 마주치자 겸연쩍은 얼굴을 지었다.

"미안해요."

은주는 처음으로 여자의 얼굴을 자세히 볼 수 있었다. 예쁜 얼굴은 아니지만 홑겹의 눈이 선해 보였다.

착한 척하지 말아요. 그 불 속에 오빠만 버려두고 당신은 살아나왔잖아요. 은주는 불끈 나오려는 말을 여자의 말을 되받는 것으로 대신했다.

"무엇이 미안한 건가요?"

여자의 입술이 하얗게 변했다. 화장실에서 나오자, 차는 금방 다시 출발했다.

"나, 가고 싶지 않아."

차가 출발하자 여자가 울먹였다.

"무서워, 너무 무서워."

창문으로 고개를 돌리는 여자의 눈에 반짝 눈물이 비쳤다. 최 원장이 속력을 떨어뜨렸다.

"시간이 좀 걸리긴 했지만 영우 씨가 네게 보여주고 싶어 했던 바로 그때로 가는 길이야. 잘 생각해 봐. 영우 씨가 네게 뭐라고 했었는지, 왜 너와 같이 그곳을 가고 싶어 했는지."

여자가 흐느끼기 시작했다. 토막토막 끊어지는 단어들이 울음과

함께 섞여 나왔다. 감정조절 기능이 망가지기라도 한 것 같은 여자
는 시공의 구분도 불명확했다.

계명대학 전나무 아래 벤치에 남녀가 앉아 있었다. 폭설이 내린
날이었다. 눈이 귀한 대구에서 신비로운 은세계를 보는 그런 날은
자주 있는 일이 아니었다. 아직 다 녹지 않은 눈 위에 비치는 달빛
은 차갑고 신비로웠다.

곧 달이 꽉 차겠네요. 남자가 말했다. 어린 시절 이맘때면 달집
태우기를 기다리느라 가슴 설레곤 했지요. 그러나 여자는 그것이
무엇인지 몰랐다. 남자가 의외인 듯 물었다. 정말, 달집태우기를
몰라요?

정월대보름이면 남자의 마을에선 언제나 달집태우기를 했다. 해
가 뉘엿해지면 오곡밥을 배불리 먹은 동네 사람들은 미리 준비한
달집 앞에 한 명 두 명 모여들었다. 사내아이들은 깡통을 준비해서
망우리를 만들었고, 낮에 집집마다 다니며 지신밟기로 흥에 겨웠
던 어른들은 집마다 내온 귀밝이술로 불콰해진 얼굴로 풍물을 울
려댔다. 동네 장정들은 이 밤을 위하여 며칠 전부터 달집 준비를 하
였다. 동네 어귀에 있는 대밭에서 대나무를 잘라 와 기둥을 세우고
짚이나 잘 말린 솔가지, 땔감 등으로 덮어 달집을 만들고 달이 뜨
는 동쪽에다 문을 냈다. 그리고 달집 속에는 짚으로 만든 달을 걸
어놓고 달이 뜨길 기다렸다.

가로등도 없는 시골의 밤은 해가 지자 금방 흑단같이 어두워졌
다. 그 어둠을 뚫고 차츰 하늘에서 둥실 달이 떠오르면, 모여 섰던

사람들은 저마다 호흡 가득 물고 온몸 전체로 달의 정기를 받았다. 불붙인 달집이 타오르는 것을 보고 한 해 농사를 점치기도 했다. 달집이 고르게 잘 타니 올핸 틀림없이 풍년일세. 불길 속에 대나무 쪼개지는 소리가 크게 들리면 노인들은 밝게 웃었다. 올해 우리 마을은 무사태평하겠구면. 악귀가 저렇게 호들갑스레 도망치는 걸 보니.

아, 참 아름다운 풍습이네요, 나도 한번 보았으면. 여자가 탄성을 질렀다. 요즘은 마을에서 따로 하지 않고 시에서 하는 하나의 행사가 되었어요. 정감은 사라졌지만 그 대신 달집은 더 커지고 더 화려해졌어요. 대보름날 가면 볼 수 있을 거예요. 하지만……. 고향의 모습을 이야기하는 남자의 얼굴은 아련하고 쓸쓸해졌다. 여자는 남자의 손을 잡으며 말했다. 날 그곳에 데리고 가줘요. 내 눈을 통해 당신도 같이 볼 수 있을 거예요. 당신이 기억해야 할 모두를 다 내 눈 속에 담아 두세요.

그러나, 은주는 마음속으로 여자에게 말했다. 당신은 오빠의 눈이 되어 주지 못했어. 어둠 속에서 여자는 오히려 오빠의 도움을 받았을 것이다. 오빠는 침착한 사람이었다. 은주가 아는 한 당황하여 판단을 그르칠 사람은 아니었다. 여자가 살아날 수 있었다면 오빠도 그럴 기회가 분명히 있었을 것이다.

차는 어느덧 경주 톨게이트로 들어서고 있었다. 가까워졌다는 것은 꽹과리와 풍악 소리로 먼저 알 수 있었다. 아마 오전부터 갖가지 민속놀이가 질펀하게 명절 흥을 돋웠을 것이다.

달집은 멀리서도 보였다. 달집은 해마다 더욱 커져 가는 것 같다. 솔가지, 짚단을 쌓아 놓아 멀리서 보면 마치 코트를 입은 거인처럼 보였다.

최 원장은 둘을 먼저 내리게 했다. 차를 대놓고 갈 테니 두 사람은 적당히 거리를 두고 구경하라고 했다. 둘만 있을 기회를 마련해 주려는 의도였다. 최 원장 말처럼 달집 가까이 갈 수는 없었다. 여자는 심장이라도 죄이는지 두 손을 가슴에 올려놓고 있었다. 호흡도 빨라지고 있었다. 금방이라도 쓰러질 것 같아 은주는 여자에게서 시선을 뗄 수가 없었다.

엄마는 아직도 달집을 돌고 있다. 두 손 모으고 오로지 그것밖에는 할 줄 모르는 사람처럼. 엄마는 언제나 빈다. 성모상 앞에서도 빌고 부처님 앞에서도 빈다. 달을 향해, 별을 향해 엄마는 삼라만상 모든 것을 향해 빌고 빈다.

불꽃이 하늘로 치솟는다. 타닥타닥 달집 속에서 무언가 터지는 소리가 난다. 여자는 화들짝 놀라 뒷걸음질하려다 비틀댄다. 은주는 반사적으로 손을 뻗어 여자의 어깨를 잡아 준다. 고개 돌리던 여자는 은주와 시선이 마주친다. 여자는 황급히 시선을 피해 버린다. 잠시 후 고개를 떨어뜨리고 있던 여자가 입술을 달싹대기 시작한다.

"절 원망하는 거 알고 있어요. 맞아요. 모두 제 탓이에요."

웅얼대는 말은 너무나 나지막해서 알아듣기가 쉽지 않다.

"별안간 지하철이 멎고 암흑이 되자 그 사람은 나만 걱정했어요.

구역질나는 연기 속에서 나를 지켜 줄 생각만 했어요. 그런데 나는 그러지 못했어요. 나는 아무 생각도 할 수 없었어요. 무서웠어요. 그리고 살고 싶었어요."

여자의 말은 차츰 흐느낌으로 바뀌어 간다.

"두려움에 비명 지르는 내게 영우 씨는 걱정하지 말라고 달래 주었어요. 어둠은 두려운 게 아니라고, 이성을 잃은 생존 본능이 더 위험할 수 있다고, 절대 넘어지면 안 된다고, 질식할 것 같은 연기, 뒤쫓아 오던 죽음의 냄새……. 그리고 나는 살아나왔어요. 그가 옆에 없다는 것은 나중에야 깨달았어요. 죽을 때까지 잊을 수 없을 거예요. 처절했던 울부짖음들, 꿈틀대던 발밑의 끔찍한 느낌, 살려 달라고 내 옷자락을 붙잡던 손들, 그리고…… 내가…… 뿌리쳤던 손……."

끝이 없을 것 같던 승강장과 계단, 그 끝에 어렴풋이 빛이 보였다. 여자는 그 빛만 기억하고 있었다. 그러나 빛은 오빠의 것이 아니었다. 허우적대던 여자에게 떠밀려 버린 손. 오빠는 어둠 속에 남겨져 버렸다. 넘어진 오빠의 몸 위를 여자의 발이 밟고 지나갔을지도 모른다. 여자가 두 손으로 얼굴을 가린다.

"나는…… 도대체…… 무슨 짓을 했던 걸까요."

여자는 들썩대는 등을 보여주고 있다. 여자는 지금 다시 그 암흑 속으로 들어가고 싶어 한다. 은주는 기꺼이 그 등을 떠밀어 줄 것이다. 단세포적인 본능과 이기심도 깨우치게 할 것이다. 은주는 핸드백을 열어 반지를 꺼낸다. 붉은색의 루비는 은색 달빛을 받아 신비로운 빛을 발하고 있다. 불 속에서도 온전히 지켜낸 빛.

반지는 약속의 매듭이다. 여자는 그 매듭에 같이 묶어져야 했었다. 은주는 말해 주고 싶다. 오빠는 이 반지를 미화 씨에게 주려 했어요. 영원히 같이 해줄 사람이라고 믿었던가 봐요. 생명까지. 하지만 은주는 아무 말도 하지 못하고 만다.

늘 자신만 손해 본다고 생각했던 은주였다. 항상 우월했던 오빠를 미워하기도 했다. 자신의 어려움만이 가장 큰 것이어서 핸디캡을 가진 오빠가 그 자리에 있기 위해 겪었을 고통에 대해서는 알아보려 해본 적도 없었다. 그가 불 속에 있을 때 은주는 나이트클럽의 휘황한 불빛 아래에서 춤을 추고 있었다. 여자는 아직도 흐느낀다. 아무도 달래 주지 않는 눈물, 그래서 여자는 울음을 그치지 못한다. 고개 들어 불타는 달집을 본다. 달집은 조금씩 허물어져 가고 있다. 때늦은 약속이었다. 오빠는 아직도 그것을 받아내고 싶을까. 불꽃 속에서 내젓는 수많은 손들이 보인다.

달집돌이 하던 엄마가 발을 멈춘다. 엄마는 두 손 모아 고개를 숙이고 있다. 천천히 고개를 든 엄마가 가슴 앞섶에서 무엇인가 꺼내는 것이 보인다. 엄마는 한참 동안 그것을 들여다보고 있다. 아무리 멀리 있어도 은주는 그것을 알아볼 수 있다. 한때는 가방이었던 검은 덩어리. 엄마는 한지에 고이 싸두었다. 사십구재 후 오빠의 소지품 대부분을 태워 버릴 때도 그것만은 내놓지 않았다.

마침내 엄마는 결심한 것 같다. 달집을 향해 합장을 하고 깊이 머리를 조아린다. 그리고 천천히 허리를 편다. 달집을 향해 두 손을 내뻗는다. 오빠가 달집 속으로 사라져 간다. 빠지직, 달집에서 불꽃이 인다. 엄마는 그 불꽃을 오래오래 지켜보고 있다. 엄마의 뒷모습이 고즈넉하다. 은주는 천천히 여자에게로 얼굴을 돌린다.

"달집이 곧 다 타서 사라질 거예요. 그러고 나면 새 생명이 시작된다고들 하죠. 하지만 소멸이 있어야 새로운 탄생도 있겠죠."

울음이 잦아든 여자도 고개를 들고 마주 쳐다본다. 맺힌 눈물이 달빛에 반짝 빛난다. 은주는 여자의 손을 잡는다. 그리고 그 손바닥에 반지를 올려놓는다.

"오빠의 유품이에요. 그곳에서 발견했어요."

무거운 짐이라도 내려놓은 듯 은주는 온몸이 홀가분해진다. 여자는 고개를 숙여 손바닥 안을 들여다본다. 반지가 올려진 여자의 손이 조금씩 떨리기 시작한다. 소리 없이 눈물방울이 반지 위로 떨어져 내린다. 빨갛게 씻긴 반지는 잉걸불처럼 되살아난다.

"내일모레 기일에 오빠의 영혼결혼식이 있을 거예요. 좋은 사람을 찾았거든요."

여자는 두 손으로 반지를 싸안는다. 여자는 온몸을 떨고 있다.

"이제 미화 씨도 오빠를 그만 놓아 주세요. 오빠도 그걸 원할 거예요. 우리는 모두 그동안 너무 오래 오빠를 붙들고 있었던 거 같아요."

은주는 천천히 달집을 향해 걸어간다. 타닥타닥 달집 타는 소리가 점점 가까워진다. 한 차례 귀퉁이가 무너져 내린다. 불똥들이 반딧불이처럼 흩어져 간다. 은주는 걸음을 멈추고 돌아본다. 여자는 허공 속에서 사라지는 반딧불이를 눈동자 속에 담고 있다.

　등 뒤로 커다랗게 달이 떠오르고 있다. 여자는 서서히 달 속으로 들어가고 있다.

검은 호수

영미가 네스 호에서 익사체로 발견되었다. 소식을 전해 준 사람은 주영한국대사관 직원이었다. 전화는 한밤중에 왔다. 그래서 처음에는 틀림없이 꿈일 거라고, 아직 잠을 덜 깬 거라고 생각했다.

서늘한 기운이 가슴을 훑고 지나간다. 그리고 소리, 아빠. 덜컥 떨어지는 심장이 귀보다 먼저 반응을 보인다. 주위는 온통 안개로 자욱하다. 여기가 어디인가. 내 의식의 조각은 제자리를 찾으려 더듬댄다. 짙은 청보랏빛 하늘이 먼저 떠오른다. 이미 저녁 아홉 시도 넘었던 시각, 그 생경한 밝음이 그저께 밤 런던의 히드로 공항에 도착하였고 오늘 인버네스행 기차를 탔던 기억을 떠올리게 만든다. 도수 맞지 않은 안경이라도 쓴 듯 사방이 일렁거린다. 언덕 같은

것이 희미하게 보이고 낯선 풍경을 배경으로 서 있는 사람의 그림
자도 보인다. 그림자가 천천히 고개를 돌린다. 텅 빈 눈동자, 밀랍
같은 얼굴. 오싹 한기가 느껴진다. 덜컹, 열차가 한 차례 흔들린다.
안 돼, 영미야. 새어나온 신음 소리가 내 귀에도 낯설다. 놀란 듯 나
를 쳐다보는 맞은편의 갈색머리 남자와 주위 모습이 조금씩 눈에
들어온다. 여행 지도가 탁자 위에 펼쳐져 있다. 기차의 좌석 중 몇
개는 사이에 탁자를 두고 마주앉게 되어 있었고, 그중 한 좌석에
내가 앉아 있다. 내 옆 좌석의 젊은이도 혼곤히 잠 속에 빠져 있다.
차창 밖에는 지호와 영미가 떠난 그날처럼 안개비가 내리고 있다.

　가슴께에서 무언가 바스락댄다. 겉옷 주머니를 뒤져 종이 한 장
을 꺼낸다. 공항 우체국 소인이 찍혀 있던 영미의 편지다. 종이는
구겨지면서 만든 수많은 선으로 어지럽다.

'네스 호로 가겠어.'

　감당 못할 여백의 한중간에 적힌 문장 한 줄, 컥 숨이 막혀 온다.
편지를 움켜잡는다. 손목에 힘줄이 불끈 솟는다.

　영국에 도착한 첫날, 뜬눈으로 밤을 설친 나는 문이 열리기도 전
에 주영한국대사관을 찾아갔다. 영사과 직원은 나를 병원으로 안
내했다. 병원 냉동실에는 대사관의 도움으로 런던까지 운구된 영
미가 하얀 천 아래 누워 나를 기다리고 있었다. 자신의 흰 피부색
을 증오했던 영미는 다른 어느 때보다 더 하얀 얼굴이 되어 있었다.

검은 호수

영어학원의 내 수업 시간에 앉아 있는 영미를 처음 보았을 때 나는 그 흰 피부 때문에 외국인인가 갸우뚱했었다. 하지만 영미는 학원생 중 한 명이 외국인처럼 보인다는 말을 했을 때 발끈했다. 난 순수 토종이라니까요.

내가 맡은 초급반은 모두 영어를 잘하는 사람들은 아니었지만 그중에서도 영미의 영어 발음은 워낙 형편없었다. 그래서 나는 영미의 말을 그대로 받아들였다. 오뚝한 콧날이 이국적이긴 했지만 새카만 눈동자 때문에 순수 토종이라는 그녀의 주장을 굳이 반박할 만큼은 아니기도 했다. 결혼식 날 단 한 번 만난 그녀의 부모도 틀림없는 한국 사람이었다. 그들이 영미에게 호적을 빌려준 외삼촌 내외였다는 것은 나중에야 알았지만.

영미는 강의 첫날부터 가장 눈에 띄는 학생이었다. 쭉 뻗은 다리가 짧은 치마 아래 아슬아슬하게 가려져 있었고 교탁에서 내려다보면 앞이 많이 파진 웃옷 때문에 가슴이 훤히 보이기도 했다. 제일 앞에 앉아 내 눈만 집요하게 붙드는 영미 때문에 강의에 집중하기가 어려웠다. 영미는 수업보다 당황해하는 나의 모습을 즐기는 것처럼 보였다. 우리의 만남은 영미가 책을 흘려 놓고 가고 내가 챙겨 주는 것으로 시작되었다.

영미는 그런 여자였다. 자주 넘어지고 부딪히고 물건을 잃어버리는. 카페에서 기다리고 있을 때 상기된 얼굴로 나타나서 자신의 무르팍을 보라고 장난스레 내민 적도 있었다. 올라오다가 계단에서 넘어졌다는 그녀의 무릎에서는 피가 배어 나오고 있었고 스타

킹이 커다랗게 구멍 나 있었다. 정작 그녀는 피를 보고 놀라는 내가 재미있다는 듯 키득댔다. 영미는 약속 시간은 물론 신호등도 잘 지키지 않았다. 빨간 신호등에도 거침없이 발을 내미는 통에 달려오는 자동차의 날카로운 클랙슨 소리를 종종 들어야 했다. 나는 그녀가 일어서면 뒷자리를 다시 한 번 살펴 종종 남겨져 있던 가방이나 소지품들을 챙겼고 길을 건널 때는 손을 꼭 붙들어야 안심할 수 있었다. 그럴 때 보여주던 무구한 미소, 언제나 꿈속에 있는 듯한 몽롱한 말투, 조그만 일에도 쉽게 감동하고 때 없이 눈물을 흘리기도 해서 당황하게 만들던 여린 심성을 가진 여자, 매일 그녀의 안녕을 확인하지 않으면 불안했다. 그래서 나는 영미에게 옆에서 평생 지켜 주고 싶다고 말했다.

"어디까지 가시는 겁니까?"

흘금대던 맞은편의 남자와 눈이 마주친다. 기다린 듯 그가 말을 걸어온다. 아빠, 진짜로 네시는 있지, 그지? 막 지호의 목소리를 기억해 내고 있던 참이었다.

지호는 거실 바닥에 배를 깔고 뒤척대고 있었다. 티브이에서 〈세계의 신비〉라는 특집 다큐멘터리를 하고 있었다. 타지마할에 얽힌 왕과 왕비의 애틋한 사랑이 첫 번째 이야기였다. 따분해하는 지호와 달리 영미는 눈물까지 뚝뚝 흘려댔다. 일찍 죽은 왕비만을 그리워하며 평생을 외롭게 보냈던 샤자한의 순정은 감동적이긴 했지만, 이별의 아픔 같은 것은 여섯 살배기 아이가 이해하긴 어려운 일이었다. 두 번째는 네스 호에서 목격되었다는 괴물 네시 이야

검은 호수

기였다. 만화에서나 봄직한 괴물이 긴 목을 세우고 화면 가득히 나타나자, 지호가 흥미를 보이기 시작했다. 벌떡 일어나 앉아 열심히 들여다보던 지호가 제 방으로 부리나케 달려가 무언가를 들고 나왔다. 두 손에 들고 있는 것은 공룡 프라모델이었다. 지호는 내게서 네시가 있다는 대답을 듣고 싶어 했다. 글쎄다……. 기대에 찬 지호의 눈동자를 보며 나는 말을 얼버무렸다. 열대 지방에나 있을 법한 그런 거대한 파충류가 추운 스코틀랜드의, 그것도 차가운 호수 속에 살고 있다니, 생각은 속으로 삼켜 버렸다.

영미가 내 말끝을 가로채고 대신 나섰다. 스코틀랜드라는 말이 나왔을 때부터 그녀는 지호보다 더 화면 속으로 빠져들어 있었다. 그렇고말고, 이 지구상엔 우리가 모르는 신기한 일들이 얼마나 많은지 모른단다. 게다가 본 사람들도 있다지 않니. 그건 아마 지구상에 남은 마지막 공룡의 후예일 거야. 지호는 영미의 대답에 더욱 신나 공룡 프라모델을 치켜들더니 말했다. 나, 이제부터 이걸 네시라고 이름 지을 거야.

나는 영미를 가볍게 나무랐다. 아이에게 그런 허황된 이야기를 믿게 해주는 건 교육적으로 좋지 않다고. 심지어 도무지 보여줄 거라곤 없는 그쪽 지방에서 관광객을 끌어들이기 위한 사기극이 아닌가 하는 말까지 도는 마당에. 영미는 눈을 크게 떴다. 그럼 진짜 네시가 존재하지 않는다고 생각하는 거야? 어떻게 당신은 모든 걸 다 알고 있다고 자신할 수 있지? 자기 눈으로 직접 확인하지 않은 것은 믿지 않겠다면 그건 너무 오만하잖아. 그리고 영미는 조금 웃었다. 좀 솔직해져. 아이 교육 핑계대지 말고. 당신이 싫은 건 그게 스코틀랜드에 있다는 거잖아. 도대체 언제쯤이면 남까지 힘들게 만드는 그런 피해의식에서 빠져나올 거야. 소리치려던 나는 난데없는 다툼에 놀라 눈이 동그래진 지호를 보고 말을 삼켜 버렸다.

"네스 호로 갑니다."

인버네스로 간다는 말을 하려고 했는데 불쑥 네스 호가 앞질러 나와 버린다. 갈색머리는 처음엔 눈을 크게 떴지만 이내 알아들었다는 듯 고개를 끄덕인다.

"아, 매우 신비로운 곳이죠. 저도 이번 여행 중에 그곳을 가보려 합니다. 네시란 놈이 어떻게 생겼는지도 보고."

그는 자신의 유머가 마음에 든 듯 싱긋 웃는다. 캐나다 인이며 휴가를 이용해 여행하는 중이라고 스스로를 소개한다. 파란 눈이 선량해 보인다.

"그렇다면 당신도 그 호수에 네시가 산다고 믿고 있는 겁니까?"

갈색머리는 잠시 생각하는 얼굴이 된다.

"글쎄요, 솔직히 말하면 나는 잘 모르겠어요. 하지만 지금까지 그것을 봤다는 사람이 삼천 명이 넘는다니 영 아니라고 부정하기도 어렵지 않나요? 얼마 전에 BBC방송에서 최종 발표를 하긴 했죠. '600차례에 걸쳐 음파탐지 실험을 하고 위성추적장치를 이용해 네스 호의 구석구석을 뒤졌지만 네시의 존재는 어느 곳에서도 탐지되지 않았다'고. 꿈이 사라지는 순간이었죠."

그러고는 어깨를 으쓱 추켜올린다.

"사실을 말하자면 사람들은 아무것도 없다는 것을 알고 싶지 않을지 몰라요. 어떤 식으로 증명해 보인다 해도 말입니다. 자신이 그것과 마주치고 나서야 비로소 깨닫게 될 때까지는."

때로는 모르는 것이 더 나을 수도 있어. 밝혀내서 뭘 어쩌겠다는 거냐. 유전자 검사를 해야겠다고 말했을 때 상도는 극구 말리고 들었다. 증명되지 않은 사실은 아직 존재한다고 말할 수 없다고 말해오던 그답지 않게, 존재는 그 자체만으로도 소중한 거라고 설득하려 들었다. 그날도 상도는 확인하고 입증된 방법만으로 자신의 환자에게 수술을 한 뒤였다. 피곤해, 수술은 한 치의 오차도 용납하지 않으니. 지친 얼굴로 나타난 그는 자기 연구실에서 기다리고 있던 내 앞 좌석에 털썩 앉으며 넋두리했다. 내가 찾아간 용건을 듣자, 처음에는 믿을 수 없다는 얼굴이었다가 차츰 심각한 표정이 되어갔다. 그리고 이미 결심이 선 내 마음을 돌려 보려 했다. 한 가지만 묻자. 영미 씨를 사랑하고 있던 거 아니었니? 그리고 지호는?

관광처럼 보이지 않는다며 갈색머리는 내게 왜 인버네스를 찾아가는지 물어 온다. 얼굴이 어두워 보인다고 조심스레 덧붙인다.

"아들이 그곳에 있어 찾아가는 길입니다."

그의 호기심이 부담스럽다. 나는 다시 고개를 돌려 창밖을 내다본다. 그도 더 이상 말을 걸어오지 않는다. 열차가 에든버러에 서자, 많은 사람들이 내리고 그도 내린다.

영미의 죽음을 알려준 영국대사관에서는 지호에 대해서는 전혀 모르고 있었다. 아이도 있었습니까? 무언가 착오가 생긴 게 틀림없다. 나는 그렇게 믿고 싶었고 대사관으로 수없이 확인 전화를 했다.

그렇게 확인하고 나니 속이 시원해? 자신이 혼혈이라는 것을 처음 실토한 날, 영미는 도리어 감추고 있었던 적의를 드러냈다. 다들 왜 그러는 건지 모르겠어. 내가 순수한 피를 갖지 못했다는 것이 자기네들에게 무슨 해를 끼치기라도 한 것처럼. 튀기라고 놀림받으며 죄인 취급 받았던 어린 시절까지도 내 탓인 양 몰아세웠다. 웃기는 건 내가 차라리 한국말을 전혀 모르고 영어만 썼더라면 훨씬 우호적이었을 거라는 거야. 자기네들의 말을 하고 자기네들의 피가 섞였다니까 더럽혀지기라도 한 것처럼 불쾌해하고 경멸의 눈빛이 되더군.

거짓말을 했다는 건 어쨌든 이해하기 힘들다고 나는 말했다. 영미는 진실이란 명분으로 가하는 폭력이 훨씬 더 가혹했다고 대답했다.

나는 다시 말했다. 우리는 부부이고 적어도 나만은 믿어 주었어야 했어. 영미가 시니컬하게 웃었다. 왜 그래야 하지? 당신은 인격자니까? 하지만 그런 인격자연 하는 위선이 얼마나 사람을 질식시키는지 알아? 게다가 난 사생아거든. 엄마 얼굴도 기억나지 않지만 아버지가 누군지도 몰라. 스코틀랜드 사람이었다는 것밖엔. 영국이라고 뭉뚱그려 말하지 마. 그 사람들은 지금도 자기들만의 화폐도 따로 가질 만큼 정체성을 잃어버리지 않고 있으니. 한심하게 들리겠지만 그 슬픈 자긍심이 내가 가진 유일한 힘이기도 해. 엄마는 만삭이 되어 외삼촌 집을 찾아왔고 나를 낳고는 스코틀랜드로 간다고 말하고는 사라져 버렸다고 했어. 엄마가 어떤 사람이었냐고? 난 알고 싶지도 않아. 분명한 건 당신의 상식과는 한참 동떨어진 사람이었을 거야. 난 이래. 태어날 때부터 당신이 그렇게 중요하게 생각하는 모든 규칙을 하나도 지켜 보지 못했어. 당신은 절대 나를 이해해 줄 사람이 아니야. 상식선을 한 번도 벗어나 본 적이 없던 사람이잖아. 하지만 규칙이란 게 뭐며, 상식이라는 건 도대체 뭐야. 다 힘을 가진 다수가 자기네 편리한 대로 만들어 갖다 붙인 거잖아.

영미는 결국 집을 나가 버렸다. 그리고 한 달 남짓 지난 후 그녀는 거리의 여자처럼 흐트러진 모습으로 문 앞에서 나를 기다리고 있었다. 어디를 헤매다 온 건지, 얼마나 거칠게 자신을 학대한 건지 온몸은 상처투성이였다. 이게 네가 원한 자유의 모습이니? 나는 피딱지 앉은 영미의 팔을 움켜잡고 흔들어 댔다. 머리에선 쉰 냄새가 났다. 집에 돌아온 영미는 잠만 잤다. 말을 잃어버렸고, 외출도 하지 않고 늘 집안에서 웅크리고 있었다. 똑같은 날들이 지루하고 불안하게 계속되었다. 퇴근하고 돌아와 현관문을 열었을 때 텔레비전 앞에서 웅크리고 있는 영미를 발견하고 나서야 안도의 한숨을 내쉬었고, 또 다른 한편에서는 스멀스멀 치밀어 오르는 화를 누질러야 했다. 인정하고 싶지는 않았지만 내가 사랑한 영미는 즉흥적이고 언제 일을 저지를까 늘 아슬아슬하게 만들던 영미였는지 모른다. 온 집안을 촛불로 환하게 밝혀 퇴근하고 돌아온 나를 감동하게 만들던 때를 그리워했고, 자다 말고 강이 보고 싶다고 깊이 잠든 사람을 깨워 한밤중에 핸들을 잡게 하던 영미의 충동성을 나는 그리워했다.

심한 우울증은 가족의 이해와 포용이 절대적이라고 병원에서는 조언했다. 그래서 더 이상 진실의 가치에 대해 가르치려 하지 않았다. 현재 살아 있는지 죽었는지도 알 수 없는 영미의 부모에 대해서도, 종적을 감추었던 시간에 대해서도 묻지 않기로 했다.

마침내 인버네스에 도착한다. 시계를 보니 런던을 출발한 지 여덟 시간 반이 지났다. 인버네스는 아직도 환하다. 8월이지만 오히려 쌀쌀한 느낌까지 드는 날씨이다. 비라도 뿌린 뒤인지 길바닥이 약간 젖어 있다. 소박한 집들이 옹기종기 붙어 있는 거리가 적요하다. 인포메이션을 찾아 네스 호로 가는 버스 편을 알아본다. 버스 타는 곳은 인포메이션에서 그다지 멀지 않다. 출발 시간이 20분가량 남아 있다. 기차 안에서 내리 물만 마신 터라 속이 헛헛하다. 나는 근처 카페를 찾아 커피 한 잔과 피쉬 앤 칩스를 주문한다. 대금과 풍금 소리를 합쳐 놓은 듯한 애조 띤 가락이 들려온다. 스코틀랜드 전통 복장인 타탄 치마를 입은 남자가 카페 앞거리에서 백파이프를 불고 있다. 남자는 손풍금처럼 손가락으로 여러 개의 지관을 눌러 선율을 맞추고 입으로는 쉬지 않고 가죽 주머니에 공기를 불어넣고 있다. 가락은 남자의 호흡에 따라 끊어질 듯 끊어질 듯 애처로운 소리를 낸다. 한 아이가 남자 앞에 서서 뒷모습을 보여주고 있다. 아이는 신기한 양 시선을 거두지 못한다. 엄마인 듯한 여자가 다가와서 아이의 손을 잡는다. 아이는 엉덩이를 뒤로 빼며 칭얼댄다. 여자는 다정하게 무엇인가 아이 귀에 대고 속삭인다. 아이가 방긋 웃는다. 나란히 걸어가는 이들 모자의 뒷모습을 보며 나는 때맞춰 나온 커피 한 모금도 넘기지 못하고 만다.

영미의 뱃속에서 힘차게 자라고 있던 생명의 존재를 처음 안 것은, 음식을 거의 먹지 못해 탈진 상태가 된 영미를 거의 강제로 병원에 데리고 갔을 때였다. 아기가 태어났어도 상황은 별로 나아지지 않았다. 영미는 아기를 낯설게 바라볼 뿐 도무지 안고 싶어 하지 않았다. 나는 칭얼대는 지호를 품에 안고 우유를 먹였고 잠을 재웠다. 방긋대던 아기의 냄새는 얼마나 달콤했던가. 지호의 맑은 웃음소리가 집안을 채우면서 영미도 조금씩 어둠의 긴 터널을 빠져나오기 시작했다. 그래서 나는 간혹 고개를 치켜드는 어떤 의혹의 그림자도 간신히 되찾은 행복 속에 끼워 넣지 않으려 애를 썼다.

차창 밖으로 낮은 산들이 지나간다. 거친 평야와 잡목의 산들. 오랫동안 전쟁에 시달렸던 스코틀랜드의 자연은 거칠고 길들여지지 않는 야성이 숨쉬고 있다. 상상한 것 같은 울창한 한대림은 볼 수 없다. 거의 민둥산에 가까운 낮은 구릉들이다. 아직도 자신들을 잉글랜드로 편입시키지 않는 나라. 영국이면서 영국인으로 불리길 거부하는 나라의 나무 없는 산은 비장함까지 엿보인다.

네스 호가 가까워지자 입안이 말라간다. 몇 차례나 혀로 입술을 적신다. 확인한다는 것, 이제 그것이 두렵다. 그녀가 떠난 뒤 나는 가위로 조각조각 잘라 놓은 내 와이셔츠를 보았다. 펄펄 날아다니는 조각들 속에 그녀는 비명을 파묻어 두고 갔다. 심장이 얼어붙을 것 같아. 당신의 차가운 시선을 견딜 수가 없어.

언제나 예측이 불가능했던 영미였다. 그 끝은 스스로의 죽음이었다. 그런데 그것도 마지막은 아니었다니. 사라진 지호에 대해 내가 느낄 가책이라도 기대했다면, 그녀는 성공한 셈이다. 눈만 감으면 영미가 울부짖었고 지호가 나를 불렀다. 지호는 마른 풀이 버석대는 거친 들판에서 겁먹은 얼굴로 서 있기도 했고 뙤약볕이 내리쬐는 끝없는 사막에서 쓰러져 가고 있기도 했다.

영국으로 떠나기 전날에야 마침내 지호의 행방을 알아냈다는 소식을 들을 수 있었다. 영미가 마지막으로 머물렀던 곳. 네스 호에 있는 토머스 B&B에서 그동안 아이를 보호하고 있었다고 했다.

마침내 버스가 선다. 한적한 곳이다. 북극점에 가까워서인지 빛이 완전히 스러지지 않은 검은 청보랏빛 하늘이 시간 가늠을 어렵게 한다. 저만큼 호수가 보인다. 나는 고개를 돌려 버린다. 토머스 B&B는 생각보다 쉽게 찾아낸다. 얼마 걷지 않았는데 간판이 눈에 띈다. 간판에는 불이 들어와 있다. 나뭇결이 고스란히 살아 있는 투박한 문 양옆으로는 조그만 정원이 있다. 주인의 부지런한 성품을 짐작케 하는 갖가지 꽃들이 수은등 불빛 아래 신비롭게 되살아나고 있다. 꽃가지를 아래로 늘어뜨린 화분이 문 옆에 걸려 있다. 나는 선뜻 벨을 누르지 못하고 서서 드리워진 꽃가지 숫자만 세고 있다. 가슴이 자꾸 뻐근해져 온다. 크게 심호흡을 하고 벨을 누른다. 한참 지나서야 안에서 현관 불이 켜지고 사람이 나오는 기척이 난다.

문이 열리고 이마가 시원하게 벗겨진 중년의 사나이가 모습을 나타낸다.

"저어……."

뭐라고 해야 할지 얼른 말이 되어 나오지 않아 머뭇대는데 그가 먼저 알은척 해준다.

"오, 혹시 당신 지호 아버지입니까?"

내가 부정하고 밀어내려 했던 이름. 지호 아버지. 낯선 이방인은 간단하게 나의 가슴속을 헤집어 낸다. 그는 주인 토머스라고 자신을 소개한다. 토머스는 이미 내가 올 거라는 소식을 듣고 있었다. 나는 그를 따라 집안으로 들어간다. 집안은 좁다. 들어서자 바로 계단이 있고 계단에 가려진 뒤로 작은 거실이 있다. 거실 옆의 미로 같은 복도를 지난다. 방문이 두 개 있다. 쉬, 왼쪽 방문을 열기 전에 그는 검지로 입술을 대고 조용히 하라는 시늉을 한다. 창문을 사이에 두고 작은 침대 두 개가 놓여 있다. 커튼이 드리워져 방안은 어둡다. 그가 왼쪽을 손가락질한다. 이불에 덮인 작은 몸피가 보인다. 지호는 몸을 웅크린 채 깊이 잠들어 있다. 못 본 새 좀 자란 것 같다. 복도에서 새어 들어오는 빛만으로 보는 옆얼굴이 수척해 보인다. 나는 손을 들어 가만히 뺨을 어루만진다. 따뜻하다. 그 보드라움에 코끝이 알싸해져 온다. 지호는 얼굴을 찌푸리더니 돌아눕는다. 내게 등을 보여주고서 다시 잠에 빠져드는지 숨소리가 고르다. 오른쪽 침대에 잠들어 있는 아이가 뒤척대더니 이불을 차 던진다. 토머스가 이불깃을 추켜 주며 다정하게 다독거린다. 그는 나가자는 손짓을 한다.

거실로 나오자 내게 따뜻한 차라도 하겠냐고 묻는다. 토머스는 친절하지만 다소 수다스럽다. 홍차를 앞에 놓아 준 뒤 은근히 나를 책망한다. 왜 이제야 왔느냐, 지호가 얼마나 침울했는지 모른다, 위로해 주고 싶었지만 말이 통하지 않아 안타까웠다, 그러나 알렉스가 있어서 그나마 다행이었다, 아이들은 말보다 마음으로 통하는 것 같다…….

강한 스코틀랜드 억양 때문에 그의 말은 알아듣기 쉽지 않다. 그는 영미에 대해서는 말을 해주지 않는다. 나는 감사의 말을 전한다.

"여러모로 감사합니다. 아까 그 아이가 알렉스인가 보죠?"

알렉스라는 이름이 나오자, 그의 얼굴이 환하게 밝아진다.

"데이지와 나는 그 애를 입양한 걸 너무 잘했다고 생각하고 있답니다. 그 애가 우리 집으로 오고부터 우리는 너무 행복해졌어요."

그는 알렉스가 그들 부부에게 준 행복에 대해 말하고 싶어 안달이다. 그때 등 뒤에서 누군가가 참견을 한다.

"하여간 당신은 못 말릴 사람이군요. 지금 이분 심정에 당신 이야기 따위가 머리에 들어올 것 같아요?"

빛바랜 분홍색 잠옷 가운을 입은 여자다. 자다가 일어난 듯 눈이 부석부석하다. 아, 그렇군. 아엠 쏘리. 토머스는 무안한 듯 훤히 드러난 이마를 쓰다듬는다. 데이지라고 소개받은 그의 아내는 몸피가 두둑하다. 굵은 목 때문에 다소 둔해 보이긴 했지만 인정스럽고 순한 눈매를 가지고 있다. 데이지는 내가 듣고 싶은 것이 무엇인지 헤아려 주었지만 그녀 또한 알고 있는 것은 별로 없다. 영미는 그들이 운영하는 B&B에 투숙을 한 손님일 뿐이었다. 어느 날 새벽 나간 뒤 돌아오지 않았다는 것이 그들 부부가 내게 해줄 수 있는 이야기의 전부이다. 그들은 영미의 사망 소식도 며칠 전 경찰과 한국 대사관에서 사람이 나와서야 처음 알았다고 한다. 영미는 투숙 이후 지호를 더러 맡기기도 했다. 친구가 없던 알렉스가 지호를 좋아해서 그들 부부도 기꺼이 그러겠다고 했다. 이번에는 시간이 오래 걸린다 생각은 했지만 차마 변고까지는 생각하지 못했다.

"찾아볼 사람이 있다고 했어요."

토머스도 옆에서 거든다.

"하지만 뜻대로 안 되었는지 돌아올 때는 늘 지친 모습이었어요."

하품을 연이어 하던 토머스가 방을 안내해 주겠다고 일어선다. 나선형 좁은 계단을 돌 때마다 닫힌 방문이 두어 개씩 나타난다. 토머스는 삼층에서 발을 멈추고 계단 옆에 있는 방문을 열어 준다. 작지만 깔끔하게 정리된 방이다. 싱글 침대가 두 개 있다. 지호와 영미가 투숙했던 방이라고 토머스가 말한다. 온다기에 일부러 비워 두었다고 한다.

방문이 닫히자 주위가 무섭게 고요해진다. 마치 세상에서 나 혼자 고립된 듯하다. 내가 떠나온 곳과의 거리감이 피부로 와 닿는다. 나는 방을 둘러본다. 각을 맞춘 하얀 침대 깃. 새로 빤 듯 깨끗한 이불과 베개. 사이드 테이블의 텅 빈 서랍. 무엇인가 늘 흘려 놓던 영미였건만 이곳에선 어디에서도 흔적을 찾을 수 없다. 침대 앞의 벽에 액자가 하나 걸려 있다. 엽서 두 장 정도 크기의 사진이다. 인버네스를 찾아오는 관광객들을 위한 주인의 배려, 네스 호이다. 전체적으로 흐릿하긴 했지만 호수 한중간에는 기다란 목을 꼿꼿이 세운 파충류의 머리가 보인다. '플레시오사우루스'라는 공룡의 일종일지도 모른다는 학설을 내놓은 학자도 있다. 빙하기에 북해를 따라 내려온 공룡이 갈 곳을 잃고 그곳에 머물게 되었을지도 모른다는 이야기도 있다. 사람들은 그것을 실체로 만들기 위해 안간힘을 쓰고 있다. BBC방송에서 시도한 네시의 탐사는 그것이 존재하지 않음을 증명하기 위한 것이 아니라 존재할지도 모른다는 미약한 흔적이라도 찾아내고 싶었던 인간들의 바람이었을 것이다.

사람들의 설왕설래 속을 네시는 유유히 헤엄치고 있다. 임종 순간에 그것이 조작된 사진이었음을 실토했음에도 불구하고 윌슨이라는 내과의사가 찍었다는 사진은 이미 전설로 남아 있다.

나는 일어나 커튼을 젖히고 창밖을 내다본다. 여전히 하늘은 청보랏빛이다. 어둠이 없는 도시. 담배 생각이 간절하다.

지호와 영미가 떠나가 버린 후 텅 빈 집에서 나는 끊었던 담배를 다시 빼물었다. 영미의 물건들이 빠진 안방은 을씨년스러웠다. 지호의 방문을 열어 보았다. 어수선하게 흐트러진 잡동사니 중에 눈에 띄는 것이 있었다. 네시라고 부르며 각별하게 아끼던 공룡 프라모델 조각이었다. 나는 무너지듯 주저앉고 말았다. 속에서 뜨거운 덩어리가 치받아 올라왔다. 프라모델 조각을 주워들어 꿰맞춰 보려 애를 썼다. 그러나 그 조각들은 이미 뿔뿔이 흩어져 없어지고

다시는 제 모습으로 되돌릴 수 없었다. 아빠 안 돼! 지호의 비명 소리가 환청처럼 들려왔다.

상도와 만났던 날 나는 술에 만취해 있었다. 현관문을 열자 거실에서 놀고 있던 지호가 반가운 얼굴로 일어섰다. 나는 지호를 무섭게 노려보았다. 나를 향해 오던 지호가 주춤 발걸음을 멈추었다. 손에 공룡 프라모델이 들려 있는 것이 눈에 띄었다. 나는 풍선처럼 팽팽해진 분노를 어디엔가 터트려야 했다. 지호의 손에서 공룡 프라모델을 거칠게 빼앗았다. 그리고 바닥으로 힘껏 내동댕이쳤다. 파팍! 프라모델은 파열음을 내고 부서져 버렸다. 얼굴이 하얗게 질린 지호가 비명을 질렀다. 무슨 짓이야! 막 방에서 나오던 영미도 소리쳤다.

상도는 병원이 아니라 자주 가던 술집에서 만나자고 하였다. 그래서 나도 어느 정도 각오는 하고 있었다. 그러나 확인과 짐작이라는 것의 차이가 그렇게 다르게 와닿을 줄은 몰랐다.

달라질 건 없어. 상도는 부러 더 무표정한 얼굴을 만들며 검사 결과를 말해 주었다. 60%의 수분과 근육, 뼈, 그것들이 인간을 설명하는 데 얼마만큼의 비중을 차지할 수 있을 것 같아? 인간은 그런 수치에 숨어 있는 게 아니야. 의사인 상도는 가장 의사답지 않은 소리만 늘어놓았다.

같이 보낸 세월과 추억. 그런 것들을 생각해 봐. 넌 누구보다도 좋은 아빠였잖아. 주제넘게 상도는 나를 설득하려 들었다. 용서, 이해. 자신의 문제가 아닐 때는 누구나 쉽게들 이야기한다. 그러나

검은 호수

내가 느낀 절망감의 깊이나 배반감의 고통까지 헤아려 주지는 못했다. 여전히 영미 씨는 너를 사랑하고 너 또한 영미 씨를 사랑하고 있잖아. 그리고 지호, 그 애는 변함없이 네 아들이야. 너만 받아들이면 되는 거야. 개새끼, 나는 자리를 박차고 일어서며 씹어뱉듯 말했다. 남의 일이라고 그렇게 쉽게 말하지 마. 나는 그에게서 지호의 모습을 엿보기도 했고 길 가던 모든 남자들의 얼굴에서 지호의 모습을 찾아내기도 했다. 세상 사람들이 쓰고 있는 가면을 뒤집어 그 숨겨진 실체를 보고 싶었다. 나는 허구로 만들어졌던 행복에 대해 보상을 받고 싶었다. 내 품을 파고들던 지호의 고사리 같은 손길과, 넘어져서 머리를 다친 지호를 업고 황급히 응급실로 달려갈 때 등 뒤에서 편안히 잠들었던 체온을 몸이 먼저 기억해 낼 때, 나는 애써 고개를 저어 털어냈다. 내가 왜, 그 애가 뭔데. 그러나 그런 부정은 위안이 되지 못했다. 내가 찾아낸 진실, 그 덫에 갇혀 버린 것은 바로 나였다.

하얀 피부에 유난히 깊고 검은 눈을 가진 지호였다. 그 깊은 눈에서 가끔 불쑥 불쑥 나타나던 낯선 그림자. 그것을 밝혀내려 해서는 정말 안 되는 것이었을까. 다른 사람들이 그렇듯이 나는 내 가정을 지키고 싶었고, 그 욕구가 남들보다 더 강했을 뿐이었다. 혈액형, DNA, 그리고 수많은 분자식, 나는 과학이란 이름을 빌려서라도 사랑을 증명하고 믿음을 찾아내고 싶었다.

밤과 새벽의 경계가 모호한 지방. 창밖으로 네스 호가 희끄무레

하게 보인다. 시선을 뗄 수가 없다. 이끌리듯 나는 겉옷을 입고 밖으로 나간다. 공기가 서늘하다. 조심스레 현관문을 열려는데 거실 쪽에서 토머스가 나온다. 내가 또 그들의 잠을 깨웠나 보다. 미안한 마음에 사과를 하려는데 토머스가 손을 내젓는다. 그 손에 대빗자루와 쓰레받기가 들려 있다. 원래 새벽 일찍 일어나 집 앞 청소부터 하는데 오늘은 좀 더 빨리 일어난 거라며, 마음 쓸 것 없다고 사람 좋은 웃음을 지어 보인다. 나는 네스 호를 산책하고 오겠다고 말한다. 그는 아침식사 시간은 일곱 시라며 늦으면 식사는 없다고 장난스레 말한다.

다소 황량한 풍경이다. 가꾸지 않은 잡목들이 어수선해 보인다. 드문드문 벽돌집들이 나타난다. 한쪽 벽면을 다 차지한 창문들. 드리워진 커튼들 사이로 가끔 비치는 불빛들이 평화스럽다. 길을 벗어나 조금 걷자 네스 호이다. 안개 속에 그림자처럼 서 있는 우크하르트 성이 멀리 보인다. 거의 폐허로 변한 성은 네스 호를 한층 더 음울한 분위기로 만들고 있다. 물빛은 검다. 석탄 입자가 많이 섞인 탓이다. 나는 한동안 망연히 서서 호수를 내려다본다. 검은 호수는 그 속을 보여주길 거부하고 있다. 안개비가 조금씩 내리고 있다.

잡풀 무성한 네스 호 둑을 따라 걷기 시작한다. 호수는 넓고 길게 뻗어져 있다. 뇌조 몇 마리가 먹이 사냥하느라 분주하다. 걸음이 자꾸 허우적댄다. 푸드득! 검은 그림자가 황급히 날아오른다. 까마귀들이다. 까마귀들은 멀리 떠나가지 않고 공중을 맴돌며 나를 지켜보고 있다. 풀숲에 동물 사체가 보인다. 솔담비다. 이미 죽은 지 오래된 듯 눈알이 있었던 자리는 구멍만 남아 있다.

가슴이 철렁 내려앉는다. 낯익은 곳이다. 특별히 다른 곳과 구분
지을 만큼 특색이 있는 곳은 아니었지만 그래도 어딘가 다르게 와
닿는다. 문득 머리를 쳐오는 깨달음이 있다. 바로 그곳이었다. 영
미가 서 있던 곳. 깨달음은 전율로 이어진다. 나는 그 자리에 묶인
듯 꼼짝하지 못하고 물안개 피어오르는 호수를 바라본다. 머리카
락을 타고 흘러내리는 물방울이 자꾸 눈 속으로 스며든다. 깜빡대
던 눈으로 호수 가운데에 무언가 움직이는 것을 발견한다. 안개 속
에서 그것은 검회색 그림자처럼 보인다. 그림자는 제자리에서 꿈
틀대고 있다. 눈을 손등으로 문지르고 다시 호수를 보니 그곳엔 아
무것도 없다.

여보라고 부르라니까. 한번 말해 봐, 여보오. 영미가 발로 호수
물을 차올리며 말했다. 튀어 오른 물방울이 반짝대며 부서져 갔다.
차차 그렇게 부르지. 멋쩍어서 자꾸 미루던 호칭. 영미는 말했다.
뭐냐 하면 말이지. 그렇게 불리면 내게도 비로소 흔들리지 않는 땅
이 생긴 것 같거든. 옆에서 지호가 뛰어다니고 있었다. 물에 빠질
듯 위태롭게 보여 나는 지호를 덥석 안아 올렸다. 방울 같은 아이
의 웃음소리가 청명했다. 여름휴가 때 우리는 충주호에 갔다. 콘도
를 얻어 사흘을 지내다 왔다. 영미는 호수를 좋아했다. 호수를 바
라볼 때 영미는 여느 때 모습과는 전혀 달랐다. 새벽에 눈을 떠보
니 아침 안개가 호수를 신비롭게 감싸고 있었다. 영미는 혼자 호숫
가에 나가 있었다.

자신이 누군지, 어디에 속한 건지 모르고 살아간다는 것이 어떤 기분인지 알아? 내가 다가가자 영미는 돌아보지도 않고 말했다. 남은 나를 볼 수 있는데 나만 안개 속에서 헤매고 있는 거 같아.

나는 영미의 어깨를 감싸 안았다. 영미는 내게 몸을 기대 왔다. 그리고 혼잣말처럼 말했다. 평소답지 않게 목소리가 착 가라앉아 있었다. 지호는 나처럼 살지 않았으면 좋겠어. 그리고 부탁하듯 내 눈 속을 들여다보았다. 그렇게 해줄 수 있지? 영미의 눈빛이 물빛보다 더 가라앉아 있었다. 그런 영미가 너무 낯설게 보여 나는 고개를 끄덕여 주었다. 어쩌면 그때 영미는 진실이 파놓은 함정에 대해 이야기하고 싶었는지 모른다.

"아빠."

환청처럼 가냘픈 목소리가 들려온다. 나는 고개를 돌린다. 희부윰한 빛 속에 지호가 서 있다. 데이지가 우산을 들고 그 뒤에 서 있다. 나는 모호한 현실감에 눈만 껌뻑댄다. 데이지가 나를 현실로 되돌려 놓는다.

"잠결에 토머스와 당신이 이야기 나누는 소리를 들었던가 봐요. 자다가 벌떡 일어나더니 아빠, 아빠, 소리쳐 우는 거예요. 가엾게도. 아빠에게 가자고 달래서 데리고 왔어요."

데이지는 안쓰럽다는 듯 지호를 내려다본다. 카메라가 줌인 하듯 지호가 조금씩 눈 속으로 당겨져 들어온다. 눈자위가 푸석하게 부어 있다. 나는 지호를 향해 발을 뗀다. 그런데 지호는 오히려 주춤 한 걸음 물러선다. 지호를 향해 한 발 더 다가간다. 지호는 한 발

더 물러선다. 나는 발을 멈춘다. 지호도 발을 멈춘다. 나는 지호를 향해 팔을 펼친다. 지호는 더 이상 물러나지도 않지만 그렇다고 안겨 오지도 않는다. 지호는 고집스레 입을 앙다물고 있다. 나는 지호의 눈 속에서 교차되고 있는 그리움과 원망을 읽어 낸다.

나는 성큼 다가가 지호를 덥석 안아 올린다. 묵직한 무게감이 따뜻하다. 지호를 안아 보았던 것이 까마득한 옛날 같다. 지호는 내게 몸을 맡긴 채 가만히 있다. 하지만 품속으로 파고들어 오지는 않는다. 뻣뻣하게 굳어 있는 것이 느껴진다.

부자의 상봉을 지켜보는 데이지가 흐뭇한 미소를 짓는다. 먼저 들어가겠다고, 식사 시간에 늦지 않도록 하라고 말하며 돌아선다. 데이지가 문득 발을 멈춘다. 그리고 아, 짧은 비명을 지른다. 여기라고 들었어요, 그녀가 발견된 곳. 데이지는 고개를 돌려 놀란 눈으로 나를 본다.

"알고 찾아온 거예요?"

나는 천천히 고개를 흔든다. 데이지는 고개를 갸우뚱하더니 안개 속으로 아른대며 멀어져 간다.

품속에서 지호가 웅얼대고 있다. 뭐라고? 잘 들리지가 않아 나는 다시 묻는다.

"……근데……우리 아빠는……어디 있어?"

"무슨 소리냐? 그게."

"엄마 아빠가 싸울 때 말했잖아. 나는 아빠의 아들이 아니라고."

철렁 가슴이 떨어진다.

"엄마가 울기에 내가 달래 주었어. 진짜 우리 아빠 찾아가면 된다고. 엄마는 아주 멀리 있어서 갈 수 없다고 했어."

무어라고 말을 해주긴 해야 하는데, 귓전에서 윙윙 소리만 날 뿐 입이 떨어지지가 않는다.

"나는 네시가 사는 데만큼 머냐고 했어. 엄마는 한참 생각하더니 그만큼일 거라고 했어. 엄마의 아빠도 그곳에 있을 거라고 하면서. 그래서 엄마한테 말했어. 우리 아빠와 엄마 아빠를 찾아가자고. 근데 엄마는 어디에 있는지 잘 모른다고 했어."

한번 말문이 터진 지호는 이야기를 쉬지 않는다. 입안에서 침이 바싹 말라 간다.

"그럼 아빠 말대로 네시도 없는 거냐 했어. 엄마가 그건 아니라고 했어. 그래서 내가 엄마에게 가르쳐 줬어. 네시를 찾아가서 물어보면 다 알 거라고."

"……왜, 왜 그렇게 생각했니?"

"내가 아빠 아들이 아니라서 아빠는 내 네시도 미워했잖아. 부수고 던져 버렸잖아. 나도 아프게 하고는 말했잖아. 나도 네시도 다 거짓말로 꾸며낸 거라고."

기억이 난다. 나는 공룡 프라모델을 부수고 못하게 매달리는 지호도 뿌리쳐 버렸다. 지호가 부딪쳐 벽이 울리던 소리가 들린다. 그리고 항의하는 영미에게 소리쳤다. 이건 장난감일 뿐이야. 엉터리라고. 진짜 네시가 존재하기나 한다고 생각해? 너나 지호도 똑같아. 모두 거짓이야.

"하지만 나는 아니야……거짓이 아니야. 나는 진짜로 있단 말이야."

지호는 자신의 존재를 부정했던 나의 말이 새삼 서러운 듯 꺽꺽 가슴에 맺힌 흐느낌을 토해낸다.

"엄마는 아빠 말이 거짓이라고 했어. 그래서 진짜 네시를 보여줄 수도 있다고 했어."

다리가 휘청댄다. 지호는 흐느끼며 두 손으로 내 가슴을 떠밀며 몸을 뒤튼다. 나는 지호를 내려놓는다. 지호는 뒷걸음으로 내게서 몇 발짝 멀어져 간다. 나는 두 손으로 얼굴을 싸안는다. 괴로운 신음이 저절로 새어나온다.

영미 또한 자기 존재의 근원을 찾고 싶었던 것이다. 하지만 영미는 아무것도 확인하지 못했을 것이다. 이곳에서 발견한 것은 아무곳에도 속하지 못한 또 다른 이방인의 절망이었을 것이다. 상상의 불확실성이 확인이라는 닫힌 절차를 거치게 되면 얼마나 암담해지는지 나는 안다. 막연한 그리움조차 잃어버린 영미는 더 이상 갈 곳이 없었을 것이다. 물론 지호에게 내놓을 답도 찾지 못했을 것이다. 어쩌면 영미는 지호의 확신 없는 삶을 지켜봐야 한다는 것이 더 두려웠는지도 모른다. 이제 나는 지호에게 무슨 답을 주어야 할지 막막해진다.

나는 고개를 돌려 지호를 찾는다. 지호는 그새 울음을 그쳤다. 호수 한 곳에 시선을 고정한 채 바라보고 있다. 지호 곁으로 걸음을 뗀다. 호수를 보고 있는 지호의 눈빛이 몽환적이다. 발그스름하게 상기된 얼굴에 조금씩 미소가 피어나고 있다.

나는 지호의 시선을 좇는다. 호수에는 물안개가 자욱하다. 그런데 물안개 낀 호수에서 무엇인가 움직이는 것이 보인다. 미간을 좁혀 물체에 초점을 맞춘다. 어른대는 윤곽이 점점 커져 가고 있다. 안개와 희뿌연 어둠에 가려 희끗희끗 모습을 드러내는 그것. B&B의 벽에 붙어 있던 사진. 바로 네시, 틀림없이 그것이다. 네시는 긴 목을 곧추세우고 유유히 호수를 헤엄쳐 내려가고 있다. 이따금 튀어 오르는 물방울도 볼 수 있다. 내 눈을 믿을 수가 없다. 이건 사실이 아니야. 허상일 뿐이야. 나는 스스로에게 말한다. 그럴지도 모르지. 또한 아닐 수도 있고. 존재한다는 건 믿음에서 시작하니까. 믿는 게 아니라 믿어 준다는 거.

영미의 목소리가 들리는 것 같다. 가슴이 느끼는 것, 그것이 바로 진실이라는 거야. 믿어 주지 않으면 아무것도 존재할 수 없어. 나는, 지호는, 그리고 당신도……. 발이 묶인 듯 꼼짝할 수가 없다. 안개는 아까보다 더 짙어져 있다. 빛과 어둠이 같이 공존하는 하늘에는 시간의 경계도 없다. 온몸이 촉촉이 젖어든다. 밤처럼 속을 드러내지 않는 호수는 안개가 되어 희뿌옇고 묽은 새벽처럼 흐릿하다. 분명한 것은 아무것도 없고 블랙홀처럼 모든 것을 빨아들이는 허공이 나를 향해 입을 벌리고 있다. 머릿속은 무중력 상태처럼 텅 비어 간다.

무언가 따뜻하고 보드라운 촉감이 손을 감싼다. 슬그머니 내 손을 잡고 지호가 나를 올려다보고 있다. 지호는 거 보라는 듯 자랑스러운 얼굴이다. 나는 지호의 작은 손을 꼭 쥔다. 고개를 끄덕여 준다. 네가 옳았어. 그리고 엄마도.

미소를 보여주려 했는데 울컥 목이 메어 온다. 나는 자꾸 눈을 습벅인다.

수면 위와 아래의 경계조차 모호한 호수에서 네시가 이따금 그림자처럼 나타났다가 사라져 간다.

지호와 나는 같은 방향을 향해 서서 같은 것을 보고 있다. 마주잡은 손에 온기가 따뜻하다. 나는 손아귀에 좀 더 힘을 준다.

차가운 손

헤가로 자궁 입구를 넓힌다. 경부가 좁다. 출산 경험이 없는 자궁은 더 힘들다. 어느 정도 열린 뒤 흡인기구를 밀어 넣는다. 강한 음압에 빨려 들어오는 이물감이 감지된다. 임신 초기여서 간단하지만 마무리는 확실히 해두어야 한다. 경애는 큐렛을 든다. 조심스레 자궁벽을 긁어낸다. 남아 있던 태아의 신체 일부 조각이 걸려 나온다. 뜯겨져 나온 살덩이들은 다른 의료 적출물과 함께 폐기 소각될 것이다. 여자가 짧은 신음 소리를 낸다. 눈을 감은 얼굴이 앳되다.

태낭과 고치처럼 보이던 배아의 형태, 툭툭 뛰던 심장, 콜포스코프가 동굴 탐사하듯이 여자의 질 속을 헤집고 다니며 모니터에 낱낱이 고해 주었을 때 여자는 눈을 감고 외면해 버렸다. 8주 되었군요. 어떻게 하시겠습니까, 라는 경애의 말끝에 함께 왔던 친구가 대신 대답했다. 없애야지, 어떡하겠어요, 그 자식이 글쎄 유부남이라는 걸 감쪽같이 속였다지 뭐예요. 바보같이 그런 걸 사랑이라고……. 그럴 생각이라면 한시라도 빨리 하는 게 좋습니다. 경애가 싹둑 자르고 들지 않았으면 친구는 여자의 남자에 대한 증오를 마냥 풀어놓았을 것이다.

10분도 채 걸리지 않아 수술은 끝이 난다. 수술복을 벗고 손을 씻은 경애는 원장실로 돌아온다. 간호사가 커피잔을 들고 온다. 수술 후면 으레 간호사는 원두를 갈아 커피를 내려 둔다. 향이 그윽하다. 무심코 손을 뻗다가 경애는 잔을 내려놓는다. 임신이 확인된 산모들에게 기계적으로 일러주었던 금기사항. 담배도 안 되고 술도 곤란했다. 무심히 살아가던 일상에서도 그녀들이 부딪칠 금기는 지뢰처럼 깔려 있다. 모서리에 앉지 마라. 예쁜 것만 보아야 한다, 삿된 짓을 해서는 안 된다……. 그러고 보면 생명을 잉태한다는 것은 치열한 극기의 시간이다.

커피잔을 내려놓은 손을 아랫배에 올리고 가만히 쓰다듬어 본다. 임신시약으로 소변을 확인해 보았을 때 희미하지만 두 줄이 나타났다. 착상 초기에는 복부 초음파는 물론 질 초음파로도 잘 나타나지 않는다. 위양성률이 5퍼센트나 되는 소변검사만으로는 믿을 수 없어 혈액검사로 다시 한 번 확인했다.

진료 모니터에 다시 환자가 올라온다. 나이는 36세, 이번에도 낙태를 원하는 환자다. 들어서는 여인은 풍성한 옷을 입고 있지만 봉긋한 배를 완벽히 감추지는 못하고 있다. 5개월 정도로 보인다. 복부 초음파를 하기 위해 배에 젤을 바른다.

차가운 젤이 피부에 닿자 여인은 잠깐 몸을 떤다. 예상대로 모니터에서 확인한 태아는 사람 형태를 거의 갖추고 있다. 손가락을 빨고 있는 모양새가 편안해 보인다. 여인은 실직한 남편과 중학교 입학을 앞둔 큰아이에 대한 이야기를 변명처럼 늘어놓는다. 경애는 여인의 마음의 짐까지 떠안아 줄 생각은 없다. 그러나 우유부단한 태도가 상황을 더 어렵게 만들 수도 있다는 위험성만은 일깨워 준다.

얼마 전에 7개월이 넘어 제 엄마의 손에 끌려온 여고생이 있었다. 시장에서 일하는 엄마를 마중 나갔다가 불량배에게 봉변을 당했다고 했다. 살아 보겠다고 시장 바닥에 죽치고 있느라 애가 이 지경이 될 때까지 몰랐어요. 소녀의 엄마는 매달렸다. 오래가도록, 그래서 한 번이라도 미장원에 덜 가서 파마 값을 아끼려 했을 바글바글 볶은 머리 밑으로 파인 이마 주름이 깊었다.

사람 하나 살려 주는 셈치고 제발 도와주세요. 이 어린 것 인생을 이런 식으로 망쳐 버릴 수는 없잖아요. 소녀의 엄마는 자기연민에 빠져 그 말의 모순을 깨닫지 못하고 있었다.

태아가 너무 자라 버리면 진공흡입법만으로는 힘든다. 자궁 속에서 태아를 죽인 후 신체를 찢어서 꺼내든지, 그것도 여의치 않으면 유도분만을 해야 한다. 여고생은 유도분만을 했다. 낙태 방법까지 소녀에게 설명해 줄 필요는 없었지만 낙태 후 출혈이 쉽게 멈추지 않았던 것은 당황스러웠다. 의료사고가 나서 병원 문까지 닫고 한동안 방황했던 박 선배의 경우가 머리에 떠올랐다. 자신에게도 후배에게도 엄격하기로 소문났던 박 선배였다. 또한 그 솔직한 성격 때문에 경애가 마음을 터놓고 지내는 몇 안 되는 사람 중 한 사람이기도 하다. 다행히 몇 시간이 지난 후 출혈이 멎어들어 소녀는 무사히 퇴원시킬 수 있었다.

태아는 이미 제자리를 잡고 있고 자궁은 단단하게 문을 닫아 놓고 지키고 있을 것이다. 먼저 라미라니아부터 넣어 자궁 경부를 열어야 한다. 기다리고 있기엔 시간이 늦었다. 가만히 한숨을 내쉰 여인은 월요일에 다시 오겠다고 말하고 일어선다.

손전화가 울린다. 용규다. 만나자고 아침에 경애가 전화를 했을 때 용규는 반가워했다. 보름 전 경애 집에서 밤을 보낸 이후 처음이다.

"진료 끝났지?"

전화기 너머 와자한 사람들 소리가 들린다. 경애는 그 속에서 방울 소리 같은 아이의 웃음소리를 찾아낸다. 나영이구나. 볼 통통하던 사진 속의 여자아이. 용규를 별로 닮은 것 같진 않았다. 그렇지? 다들 제 엄마 판박이라고 했어. 2년 전 죽었다던 그의 아내. 특별히 좋을 것도, 그렇다고 나쁠 것도 없었던 평범한 사람이었어. 아내를 기억해 내는 용규의 눈가가 아련해졌던 것을 경애는 놓치지 않았다.

"좋은 소식이 있어. 엄마가 승낙했어."

그 말을 기다렸던 어느 때가 머릿속을 스쳐지나간다. 무덤덤한 경애의 반응이 의외인지 용규는 말의 흐름을 잠깐 놓친다. 약속 장소를 정한 후 전화기를 내려놓는데 눈이 뜨끔하다. 경애는 몇 차례 깜박대 본다. 예전에는 속눈썹이 종종 안으로 말려들어 눈동자를 찔러 대곤 했다. 그럴 때마다 말려들어간 속눈썹을 찾아 뽑아내든지 해야 했다. 안과에서는 눈꺼풀 수술을 권했었다. 거울을 들여다보는데 싱그러운 용규의 웃음소리가 들리는 것 같다.

자판기에서 커피를 두 잔 뽑아 경애에게 오던 용규는 하하 소리까지 내어 웃고 있었다. 자기 눈을 자기가 들여다보기 쉽지 않을 텐데. 씨름 그만하고 족집게를 줘 봐요. 내가 해줄 테니. 그때 경애는 엄마가 돌아가신 후 독서실 총무 일을 하고 있었고, 용규는 제대 후 토플 시험을 위해 한 달째 독서실을 이용하고 있었다. 열심히 경애의 눈을 들여다보는 용규의 숨결이 닿을 듯 따뜻했다. 마침내 말썽 부린 속눈썹을 뽑아 준 후 용규는 상처를 불어 주던 엄마처럼 호오, 입김도 불어넣어 주었다. 눈이 빨개졌잖아. 가만있어 봐요, 내가 불어 줄 테니. 경애는 눈물을 흘렸고 그래서 한결 말개진 눈 속으로 용규는 성큼 들어섰다.

여자가 깨어났다고 간호사가 전해 온다. 잠시 후 들어서는 여자는 다소 비틀대고 있다. 수술은 깨끗이 잘 되었습니다. 수술 부위를 살핀 후 경애는 주의사항을 일러준다. 성관계는 최소 1주일은 피하시고 무리한 일도 안 됩니다, 하혈이 있을 수 있지만 대략 1주일 전후로 멈출 겁니다, 여자는 고개 한 번 들지 않는다. 다시 병원에 와야 하나요? 이번에도 친구가 나서 묻는다. 일주일 후 병원에 다시 나와 치료를 받으셔야 합니다. 일어서면서 친구는 여자의 흘러내린 머리를 쓸어 귀 뒤로 꽂아 주지만 곧 다시 흘러내린다. 돌아서 나가는 여자의 뒷모습엔 열패감이 가득하다.

경애는 가운을 벗고 손을 씻은 후 코트를 걸친다. 간호사에게 뒷마무리를 부탁하고 병원 문을 민다. '윤경애 산부인과' 유리문에 커다랗게 쓰인 자신의 이름이 몇 차례 진자운동을 하다 잦아든다. 문 옆으로 계단이 있다. 난간은 손이 닿는 곳마다 반질반질 윤이 나고 계단은 사람들의 발자국으로 닳아 있다. 이 삼층 건물은 경애의 소유다. 지하에 노래방, 일층엔 슈퍼와 부동산이 세 들어 있고, 삼층엔 경애의 살림집이 있다. 출산 환자는 받지 않으므로 이 정도의 규모로도 병원을 할 수는 있다. 하지만 이 건물을 마련하기 위한 자금 대부분은 융자에 의존해야 했다. 꼬박꼬박 나가야 하는 대출 이자와 각종 세금 청구서는 힘겹다. 병원 운영 또한 생각처럼 만만하지 않다.

경애는 삼층 계단 쪽으로 잠깐 시선을 던진다. 집에 누군가가 있다, 같은 공간의 공기를 나누어 숨 쉰다, 가정을 해보는 것만으로도 답답해진다. 물론 그럴 일이 있을 리는 없다. 이 공간에 끼어들고자 하는 것은 아버지 혼자만의 생각일 따름이다.

아버지는 뇌졸중으로 쓰러졌다고 했다. 한동안 반신마비 상태가 되어 대소변조차도 혼자서는 힘들었다고 했다. 경애는 했다, 라는 표현밖에 할 수 없다. 병원을 갔을 때 만난 아버지는 그나마 많이 회복된 거라고 했으니. 한때 손가락도 못 움직였다던 왼손도 어느 정도 쓸 수 있는데 걸음만은 아직 여의치 않다. 병원을 찾아갔을 때 아버지는 병원 간병인에게 제 성질을 못 이겨 소리 지르고 있던 중이었다. 문 앞에 서 있던 경애를 본 아버지는 처음엔 잠깐 멈칫했지만 이내 심상하게 말했다. 마치 바로 어제까지도 보던 딸인 양. 어, 너 왔구나. 빨리 날 여기서 데리고 나가 다오. 하루도 더 있기 싫다.

퇴원을 원하시지만 전셋집에 혼자 두실 수도 없고 나 또한 모실 형편이 아닙니다. 전화상으로 처음 만난 명석은 말투만은 공손하였다. 안녕하십니까. 저, 윤명석이라고 합니다. 열흘 전 낯선 전화를 받았을 때, 언젠가 들어 본 듯한 이름이라 싶긴 했지만 영 기억이 나지 않았다. 머릿속으로 부지런히 알던 사람들을 주워 올리려던 경애의 수고를 덜어 주듯 명석은 재빨리 자신을 소개했다. 윤기호 씨 아시죠. 제가 아들 됩니다. 딱딱 끊어지는 분명한 발음으로 예의 바르게, 때로는 은연중 실려 버리는 감정을 조절하려 명석은 애쓰고 있었다. 아버지라는 이름을 입에 담을 때마다 불쑥불쑥 드러내던 증오. 경애는 그 증오 때문에 명석이 한 걸음 가깝게 느껴지기도 했다. 이민, 병원……. 명석의 말은 경애에겐 도무지 조합이 되지 않는 단어로 다가와 윙윙대며 달팽이관을 울려댔다. 그리고 머뭇대다 부르던 호칭, 누님. 그 생경한 호칭에 무심코 웃음을 흘렸다. 누님이었구나, 내가.

하지만 그 단어 속에는 함정이 숨어 있었다. 당신도 그분의 자식이니 책임을 지는 것은 당연하지 않느냐는. 제 할 말이 끝내자 명석은 서둘러 전화를 끊어 버렸다. 명석이 뱉어 두었던 단어 토막들이 꿈틀대며 말의 짝을 찾아 나선 건 그로부터 이틀 뒤 원무과 전화를 받고 난 뒤였다. 퇴원하려면 보호자께서 오셔서 퇴원 수속을 먼저 밟아 주셔야 합니다.

그는 이미 몇 해 전에 호주로 이민을 갔다. 그의 어머니도 같이 갔다. 아버지가 병원에 입원했다는 소식을 듣고 잠깐 나왔지만 곧 들어가야 한다.

계단을 내려와 거리에 서자 찬바람이 뺨을 스치고 지나간다. 겨울 하늘이 무겁게 내려와 있다. 부동산 창 위로 '매매, 전세 다량 확보'라는 간판 등이 어둑해진 거리를 향해 명멸하고 있다. 슈퍼의 유리창 속으로 사람들 모습이 어른댄다. 슈퍼 주인 여자가 검은 비닐 봉지에 물건을 담으며 손님들과 무어라 이야기하고 있는 것이 보인다. 경애는 눈에 띄지 않게 멀찌감치 둘러서 골목을 벗어난다. 동네의 소식통인 슈퍼 여자의 촉각은 지금 온통 경애에게 향해 있다. 보름 전 새벽녘에 용규와 마주친 이후다. 그날따라 슈퍼 여자는 가게 문을 열러 여느 날보다 빨리 나왔다. 희미한 가로등이 간신히 겨울 새벽의 어둠을 밝히는 거리에는 스산한 바람이 일고 있었다. 경애는 창가에 서서 어둑한 병원 계단을 내려 거리로 나서는 용규의 코트 자락이 날리는 것을 내려다보고 있었다. 그때 슈퍼에서 여자가 나왔다. 슈퍼 앞을 지나 뒷모습을 보이며 멀어져 가는 용규를 유심히 보던 여자는 회심의 미소를 지으며 삼층을 올려다보았다. 경애는 황급히 창문에서 떨어져 커튼 뒤로 숨었다.

용규가 경애 앞에 다시 나타난 건 3개월쯤 전이다. 어쩔 수 없어. 난 도저히 거역할 수 없어. 결별의 시간, 그 마지막 만남에 울먹대던 용규가 어색한 웃음을 지으며 진료실 문을 열고 들어왔다. 결혼 5년째인데 임신이 안 된다며 상담하러 왔던, 눈 밑에 기미가 거뭇하던 환자가 막 나간 다음이었다. 잘 있었어? 속눈썹이 파르르 떨려 왔다. 여기에 병원을 냈다는 것은 진작부터 알고 있었어. 그동안 얼마나 만나고 싶었는지 몰라. 용기 내기가 쉽지는 않더라. 경애는 서슴없이 손을 내밀었다. 용규 씬 하나도 안 변했구나. 넌, 좀 달라진 것 같아. 더 예뻐졌어. 그러나 용규는 경애의 어디가 달라졌는지는 알아차리지 못했다. 용규와 헤어진 후 경애는 눈꺼풀 수술을 하였다. 아무도 용규만큼 따뜻하게 눈을 들여다봐 줄 사람이 없을 것을 알기에, 그래서 속눈썹이 눈을 찔러 누군가의 도움이 필요할 일을 다시는 만들고 싶지 않았다. 용규의 도움이 필요할 일 역시 앞으로는 일어나지 않을 것이다.

용규의 손은 여전히 따뜻했다. 그 따뜻한 손은 그들 사이에 놓였던 시간적 간격까지 슬그머니 무너지게 만들고 있었다.

하지만 밤늦게 집으로 찾아온 용규를 받아들였던 것은 실수였다. 용규는 가슴에 꽃다발을 안고 있었다. 자신도 잊어버린 생일을 기억해 주는 사람이 있었다니. 그 순간만은 경애도 분명히 감동했다. 주고받았던 포도주 몇 잔 탓이었다. 그날 경애는 용규의 손길을 뿌리치지 못했다.

용규의 팔을 베고 누워 맞이했던 새벽, 어슴푸레한 빛은 방으

76

로 들어서지 못하고 수줍은 듯 창가에 걸쳐 앉아 있었다. 가끔 지나가는 차의 불빛이 어둠을 흐트러트렸다. 천장이 물속처럼 일렁거렸다.

용규가 말했다. 늘 이렇게 아침을 맞고 싶어. 뒤이어 말했다. 나영이 엄마가 되어 주겠니? 예전 어느 때 비슷한 풍경이 있었던 것 같다. 깊이 가라앉아 있던 기억들이 일렁대는 물결에 따라 부유하기 시작하였다.

어머니가 날 싫어하잖아. 경애가 입을 열었다. 이번엔 달라. 그동안 세월이 많이 흘렀잖아. 설득할 수 있어. 용규는 자신 있게 말했다. 경애도 부정하지 않았다. 그래, 이젠 달라. 적어도 나는 그래. 예전의 용규는 경애만 필요했지만 이제는 나영의 엄마가 필요하다고 말했다. 그 차이에 대해서 굳이 지적해 줄 필요는 느끼지 못했다. 변하는 것이 있다면 도저히 변할 수 없는 것도 있는 법이다.

아직도 가문이라든지 조상에 대한 봉제사를 중요하게 여기는 집안. 어느 새해에 텔레비전에서는 특집으로 용규의 고향을 찾아가 소중하게 지키고 있는 전통 세시 풍습을 보여준 적도 있었다. 엄격하게 지키는 예의범절과 훼손되지 않은 채 전해 내려오는 집안 고유의 음식, 그 손맛 등을 소개하면서 리포터는 경탄을 하고 있었다. 용규는 그 유서 깊은 집안을 이어나갈 종손이었다. 원래는 지차 집안이었지만 아들 없이 수를 다한 종손 집에 용규의 할아버지가 둥우리 양자로 들어가 집안의 뿌리를 이어가고 있었다. 귀할수록 더욱 귀해지는 법인지 용규 어머니 역시 쉽게 아이가 들어서지 않아

결혼 후 몇 년간 힘든 시간을 보내야 했다고 했다. 그리고 간신히 낳은 첫딸과 다시 한참을 기다려 얻은 아들 용규.

누나와의 터울이 7년이라고 했다. 경애의 병원을 찾아왔던 여인들은 말했다. 성별을 알고 싶은데 어떻게 안 될까요. 간절한 표정을 짓던 그들은 이미 한 명 이상의 딸을 가지고 있는 경우가 대부분이었다. 법으로는 금지된, 바로 그 이유 때문에 그들은 더욱 알고 싶어 했다.

뺨에 섬뜩하게 찬 물기가 느껴진다. 희끗 눈발을 본 것 같다. 바람이 스치고 지나간다. 머리카락이 부스스 일어난다. 간당간당 매달려 있던 마지막 플라타너스 잎이 떨어져 날려 갔다. 사람의 몸에서 불던 찬바람은 더욱 추웠다. 아가씨가 이해해 주면 좋겠네요. 내게도 소중한 아들이지만 집안에서도 용규의 배필은 용규 혼자만의 문제가 아니라는 걸. 까무룩 잠 속에 빠지면 찬바람을 일으키며 용규 어머니가 나타났다. 때로는 엄마가 나타나기도 했다. 엄마는 아무 말 하지 않고 서서 지그시 바라보고 있기만 했다.

온몸에서 땀이 쏟아졌지만 추워서 이빨이 딱딱 마주쳤다. 열에 들떠 자신이 지르는 소리에 정신을 차리기도 했다. 보일러 기름이 다 떨어진 후에는 이불 속에 꽁꽁 여민 자신의 체온밖에 의지할 곳이 없었다. 며칠을 그렇게 앓았다. 열이 내려가면서 경애는 자신의 피도 같이 식어 가는 것을 느꼈다. 몸이 차가워질수록 정신은 명징해졌고 경애는 새로운 사실을 깨달았다. 그녀 역시 누군가의 소중한 자식이 될 수 있다는 것을.

한 차례 바람이 휩쓸고 간다. 반코트의 깃을 세운다. 사람들은 몸을 움츠리고 종종걸음으로 길을 건너가고 있다. 큰길로 나서자 나무마다 작은 전구들이 별이 되어 화려하게 반짝인다. 크리스마스가 다가오고 있는 거리는 까닭모를 흥분들이 곳곳에서 술렁대고 있다. 사람들이 그리워지고 그래서 더욱 쓸쓸해지는 계절. 아버지를 찾아보기로 결심한 날도 이맘때였다. 열이 내린 후 간신히 몸을 일으켰지만 다리는 후들거렸다. 애벌레의 허물처럼 흉물스레 뻥 하니 구멍을 남기고 있었다. 경애는 고치에서 막 빠져나온 나방이었다. 그러나 변태는 불완전했다. 완전한 우화를 위해서는 날개가 필요했다.

경애가 기억할 수 있는 과거 중에는 만난 적 없었던 아버지이지만 어디에 사는지 알아내는 거야 어렵지 않았다. 호적등본을 확인했다. 부, 윤기호. 모, 박경화. 자, 윤경애. 자, 윤명석. 서류로만 존재하는 가족들, 몇 번이나 뇌어 보았지만 이름들은 입속에서 서걱대기만 했다.

어둠이 깔려 가는 거리에 나섰다. 가로수마다 매달린 꼬마전구들은 수많은 반딧불이가 되어 짝을 찾는 유혹의 빛들을 반짝대고 있었다. 어두워질수록 사람들의 숲은 더욱 울창해졌고 지나쳐 가는 누군가는 행복하게 웃었다. 강남역 부근의 학계빌딩. 아버지는 건물주이고 제일 꼭대기인 5층을 사무실로 쓰고 있었다. 경애는 한눈에 아버지를 알아볼 수 있었다. 넌 네 아버지를 닮았단다. 난 왜 엄마만큼 예쁘지 않냐고 불평했을 때 엄마는 그렇게 말했다. 아버지도 경애를 알아보는 데 오래 걸리지 않았다. 아기 때 모습 그대로구나. 아버지는 경애를 발끝부터 머리끝까지 꼼꼼하게 훑어보았다. 경애는 그 눈길을 온몸으로 받아냈다. 그리고 아랫배에 단단히 힘을 주고 말했다. 거울을 보며 며칠을 연습했던 말. 난, 당신의 자식이에요. 그러니 당연히 날 부양할 의무가 있어요. 입 밖에 내놓고 보니 너무나 당연하고 그렇게도 쉬운 일이었다.

아버지는 요것 봐라, 제법 맹랑하잖아, 하는 표정으로 가죽 의자에 깊숙이 앉아 왼손으로 자신의 얼굴을 슬슬 문질렀다. 그래서 뭘 요구하려는 거냐. 난 공부하고 싶어요. 아버지는 경애의 눈을 지그시 바라보았다. 쥐를 얼러대는 고양이의 눈. 그 육식동물의 눈으로 자신의 것과 같은 고집 센 눈빛을 읽어냈을 것이다.

아버지는 입꼬리에 웃음을 걸었다. 엄마가 말하지 않디? 네 엄마와 진작 계산을 끝냈는데. 엄마는 돌아가셨어요. 비로소 아버지의 동공이 흔들렸다. 자신이 버렸던 여자의 죽음에 대한 연민, 경애는 그것을 찾아내기 위해 눈 한 번 깜빡이지 못하고 아버지의 열린 홍채를 들여다보았다.

눈발이 날리기 시작한다. 경애는 걸음을 재촉한다. 용규와 만나기로 한 레스토랑이 저만큼 보이기 시작한다. 입구에 작은 크리스마스 트리가 은색 리본과 은색 방울들을 매달고 서 있다. 문을 열고 들어서자 뒤따르던 눈발이 부딪쳐 떨어져 내린다. 안은 따뜻하고 아늑하다. 경애가 자리를 잡자 금방 용규도 들어선다. 자리에 앉는 용규의 머리에는 미처 녹지 못한 눈 조각이 올라앉아 있다. 해물스

파게티를 시킨다. 용규도 같은 것을 시킨다. 은은하게 깔리는 음악 소리, 남성 테너의 음성이 감미롭다. 귀에 익은 곡이다. 경애는 잠깐 귀 기울인다. 푸치니의 오페라 라보엠이다. 루돌프가 부르던 아리아, 그대의 찬 손. 그 구애의 노래에 이어 여성 소프라노의 청아한 음성이 뒤따른다. 주문한 음식이 테이블 위에 놓인다.

경애는 거의 남기고 만다. 체한 것처럼 속이 더부룩하다. 여기 커피 두 잔. 물어 보지 않고 용규는 커피를 시킨다. 내 이름은 미미랍니다. 연인들의 비극적 결말을 암시하는 애잔한 소프라노 아리아도 끝이 나고 음악은 차이코프스키의 호두까기 인형으로 바뀐다.

코끝에 닿는 헤이즐넛 향이 그윽하다. 살아 있음을 깨닫기 위해서, 그리고 잊지 않아야 할 것이 많아서 마시던 커피였다. 몰려드는 피로와 싸워 가며 버텨내던 나날들, 제 시간에 잠을 자본 적이 거의 없었다. 그럴 수가 없었다. 복학한 후 밀린 공부를 따라가는 것만도 벅찼지만 쉬지 않고 아르바이트도 했다. 악착같이 공부했고 지독스레 돈을 모았다. 장학금을 받은 적도 있었지만 기뻐해 줄 사람은 없었다. 학비는 반드시 아버지에게 부담시켰다. 그러나 아버지도 녹록한 사람은 아니었다. 협박을 한 적도 있었다. 아버지가 주시지 않으면 어머니에게 받겠어요. 전화를 했을 때 기운 없는 목소리로 전화를 받던 여인은 너무 놀라 말문을 잇지 못했다. 저는 경애라고 해요. 누군지 아시겠죠, 어머니.

가슴을 안고 얼굴이 하얗게 변했을 여인의 모습은 떠올려졌지만 얼굴은 그려지지 않았다. 협심증으로 고생하고 있다는 말을 들

었을 때는 연민의 감정도 잠깐 끼어들었다. 아버지와 경애가 번갈아 가며 떨어뜨려 놓았을 심장은 이제 제자리를 찾았는지 궁금했지만 명석에게 물어 보지는 않았다. 명석은 자신의 어머니를 이야기할 때 아버지, 그리고 경애와 엄마에 대한 원망까지 은근히 밑바닥에 깔아놓았다. 저의 어머닌 가엾은 분입니다. 이미 다른 가정이 있었다는 것을 모르고 아버지와 결혼하셨고, 나는 불행한 어머니를 지켜보며 자랐습니다. 두 분이 별거하신 지도 오래되었어요. 누님이 우리들 앞에 나타난 것이 계기라면 계기겠죠.

쉽진 않았지만 아버지와의 싸움은 대개 경애의 승리로 끝났다. 아귀 같은 년. 이건 거저 주는 게 아니라 빌려주는 거야. 반드시 돌려받을 테니 알고나 있어. 아버지는 돈다발을 던졌고 던진 돈다발은 은은한 빛을 내는 마호가니 탁자를 지나 바닥에 떨어졌다. 고마워요, 아버지. 언제 어머니에게 인사하러 가겠다고 전해 주세요. 경애는 생긋 미소까지 보여주고 사무실 문을 나섰지만 문을 닫는 순간 치미는 눈물을 추스르느라 한참 서 있었다. 언젠가 이런 건물을 갖고야 말겠어. 그렇게 이를 악물고 나면 다시 기운이 났다.

의대로 간 것은 엄마의 바람 때문이었다. 고아로 자란 엄마는 모든 불행이 거기서 출발한다고 믿었다. 처음부터 잘못 끼운 단추지. 끝이 뻔히 보이는. 내게도 부모가 있든지 아니면 제대로 배우기라도 했다면 네 아버지가 날 업수이 여기고 그렇게 쉽게 버리진 않았을 거야. 패배의식에서 빠져나올 줄 모르는 엄마를 미워한 적도 있었다. 도대체 왜 날 낳았어? 그냥 없애 버리지. 그랬으면 나도 좋았을 텐데. 홧김에 한 말이지만 진심이기도 했다. 감출 줄 모르기는 엄마도 마찬가지였다. 내가 뭘 알았어야 말이지. 애를 낳는다는 게 어떤 건지 본 적도 없고 가르쳐 주는 사람도 없었는데. 그래도 내 품에서 꼬물대는 너를 보니 감격스럽긴 하더라. 뭘 믿고 내게 이토록 온전히 몸을 맡기나 싶어 고맙기도 하고.

때로는 자신이 겪고 있는 고달픈 삶을 경애 탓으로 돌리기도 했다. 너 때문이야. 이것아. 너를 호적에만 올려주면 원하는 대로 사라져 주겠다고 했거든.

엄마가 뺑소니차에 치여 사경을 헤매고 있을 때 경찰서라든지 보험회사들을 뛰어다녔지만 딸이 아니라 동거인일 뿐인 경애에겐 사방이 벽이었다. 엄마가 원했던 것이 이거였어? 경애는 엄마의 영정을 바라보며 물어 보았지만 대답은 언제나 같았다. 네게 뿌리만은 찾아 주고 싶었어.

용규가 갸우뚱한다.

"좀 뜻밖이군. 엄마가 승낙했다는 말을 들으면 아주 기뻐할 줄 알았는데."

이 결혼은 두 사람 모두에게 불행한 일이에요. 밍크코트 속에 입은, 감물 들인 개량 한복이 잘 어울렸던 용규 어머니는 텔레비전에서 보여주었던 혈통에 대한 그들의 긍지가 연출이 아니라 현실이라는 것을 경애에게 깨우쳐 주었다. 물론 세상이 얼마나 빠르게 변해 가는지는 나도 알아요. 발전을 하려면 많은 것들을 버리고 바꾸어 나가기도 해야겠죠. 그런가 하면 꼭 지켜야 하는 것들도 있는 법이에요. 그 무게들을 감당해 낼 자신이 있어요?

"혹시, 이젠 날 사랑하지 않는 거니?"

"그랬다면 나는 견뎌내기가 훨씬 편했겠지."

용규의 얼굴이 환해진다. 그는 정말 아무것도 변하지 않은 채 경애가 오래전에 떠나온 그 시절에 여전히 머물고 있었다.

"그렇다면 문제될 게 이제 아무것도 없잖아."

용규는 주재원으로 영국에 가게 되었다고 했다. 체류 기간은 2년. 내년 5월에 떠나야 한다. 용규는 당연히 경애가 따라갈 거라고 생각하는지 병원을 처분하든지 아니면 맡길 보조 의사를 구할 시간은 될 거라고 말한다. 경애는 용규가 기다리고 있는 과거 속으로 되돌아가고 싶은 유혹을 느낀다. 그 간격이 생각보다 별거 아닐지도 모른다. 흔들림 속으로 용규가 작은 돌 하나를 던진다.

"엄마는 같이 가지 않겠다고, 나영이만 데리고 가라시더군."

그의 어머니가 따라나설 수도 있었구나, 여전히 일방적인 그들끼리의 결정들. 경애는 쓴웃음을 짓는다.

결혼이란 당사자들만의 문제가 아니라 그 가정, 자라온 환경 그 모든 것과의 결합이라고들 하지요. 단정하게 빗은 머리를 뒤로 쪽 지은 용규 어머니가 경애 앞에 앉아 있었다. 조근조근 높지도 낮지도 않은 목소리에는 범할 수 없는 종갓집 맏종부의 품위가 엿보였다. 아가씨에겐 미안한 말이지만 나는 적어도 부모가 누구인지 알 수 있는 며느리를 보고 싶군요.

경애는 용규 어머니에게 대답해 준다.

"만일 내가 따라간다면, 같이 모시고 가야 할 사람이 있어."

경애가 아버지, 라고 말했을 때 용규는 하, 짧은 소리를 뱉는다.

"아버지라니? 누구를 말하는 거야. 혹시 얼굴도 기억 없다던 그 아버지?"

용규는 정말로 이해할 수 없다는 얼굴이다.

"네가 왜? 그분하고 너하곤 아무 상관도 없는 사이잖아. 그런데 이제 와서 왜 책임지겠다는 거야?"

경애 역시 그 대답은 알지 못한다. 하지만 아무도 그렇게 물어 볼 자격은 없다. 용규는 더욱더.

용규가 필요로 하는 건 경애가 아니라 의사 윤경애였냐고 하자, 용규의 눈꼬리가 슬쩍 올라간다.

"자신을 너무 대단하다고 생각하는 거 아니야?"

용규의 목소리는 차분하다.

"네 생각하곤 달라. 엄마는 네가 일을 가지고 있다는 것을 좋아하지 않았어. 결혼을 허락한 건 네가 병원을 그만둘 거라고 말씀드렸기 때문이야. 어차피 영국으로 가면 병원 일에 손 놓을 건 사실이잖아."

왜 그리 뒤틀렸니. 용규는 식탁 위로 손을 뻗어 경애의 손등을 부드럽게 쓰다듬는다.

"예전의 넌 그렇지 않았어. 물론 나도 할 말은 없어. 네게 죄를 지은 건 사실이니. 그렇다고 매사를 그런 식으로 저울에 올려놓고 재봐야겠니. 그런들 사람의 마음이란 게 그렇게 공식에 꿰맞춰 설명될 수 있는 거라고 생각해?"

하지만 그건 경애가 해주고 싶은 말이다. 그녀는 늘 하늘로 치솟는 저울에 매달려 있었고 그녀의 진심은 어떤 보이지 않는 공식에서 항상 오답 처리되어야 했다. 같은 기준에 서기 위해서는 언제나 필사적이어야 했다. 그리고 이제야 간신히 공평해진 것이다.

경애는 용규의 손아귀에서 손을 빼내 커피잔을 잡는다. 식어 버린 커피에서는 아무런 향도 풍기지 않는다. 잔을 들어 한 모금 입안에 물어 본다. 향이 사라진 커피는 쓰고 비릿하다. 경애는 모두 다 마셔 버린다.

레스토랑을 나올 때까지도 용규는 아직 할 말이 많이 남았다는 얼굴을 하고 있다.

아버지는 경애가 병실에 들어서기 전부터 화가 나 있었다. 아버지의 변덕에 시달리던 중년의 남자가 어제 다른 병실로 바꿔 나간 후 옆 침대는 여전히 비워져 있다. 텔레비전 소리가 시끄럽다. 퇴원하고 싶다는 아버지에게, 집으로 모시지는 않겠다고 말하는데 무엇인가 얼굴을 향해 날아온다. 손에 들고 있던 리모컨이다. 아버지가 소리친다.

"넌 내게 빚진 게 있다는 걸 잊어버렸어?"

리모컨은 경애의 얼굴에 맞고 발밑에 떨어진다. 건전지 뚜껑이 떨어져 나가 건전지가 데구루루 구른다. 얼결에 당한 일이라 미처 피하지도 못했다. 뺨이 아릿하다. 뺨을 쓸며 휠체어에 앉아 있는 검붉은 얼굴을 본다. 수없이 적출해 내었던 태아의 살덩이 같다. 메슥

거리는 속을 가라앉히려 애를 쓰며 경애는 말한다.

"요양원비는 대드리지요. 그만하면 아버지도 손해 본 장사 한 건 아닐걸요."

"같잖은 소리."

아버지가 코웃음을 친다.

"요양원이라니. 이름이 좋아 요양원이지 반송장들 모아 놓고 죽을 날 기다리는 그런 곳에 내가 왜 간단 말이냐."

아버지는 리모컨이 스쳐간 경애의 벌게진 뺨을 보자, 슬쩍 시선을 피해 버린다. 한번 울컥하면 앞뒤 재지 못하는 격한 성미, 아버지에게서 경애는 자신을 본다.

아버지가 입을 다물자 대신 텔레비전에서 왁자하게 웃음을 터뜨린다. 아버지는 천천히 거실 창가로 휠체어를 움직여 가고 있다. 염색을 하지 못해 허옇게 서리 앉은 머리. 고집이 보이는 각진 어깨. 뒷모습을 본 것이 처음인 듯 생소하다. 끼어드는 감상을 털어내 버리려는 듯 경애는 머리를 흔든다. 그건 그들 사이에 맺어진 무언의 계약에 위반된다. 그들은 아직도 서로를 더 할퀴고 물어뜯어야 한다. 가라앉은 목소리로 아버지가 입을 뗀다.

"사람이 되어 그러는 게 아니다."

사람의 도리……. 경애는 말을 삼킨다.

"내가 돈이 없어서 그러는 줄 아나 본데, 요양원 갈 돈 정도는 내게도 있다."

아이엠에프 사태 때 부동산 값은 폭락하고 대출금 이자는 오르는 바람에, 은행 빚 겁나는 줄 모르고 무리하게 대출받아 이리저리 투자했던 아버지의 건물들은 모두 남의 손에 넘어가 버렸어요. 하지만 지금까지의 병원비는 걱정하지 마십시오. 그것까지 떠맡기진 않겠습니다. 호주로 돌아가면 보내 드리겠습니다. 명석이 남긴 말이 아버지의 허세를 차단하고 나선다. 그에게선 아직 아무런 소식이 없다.

눈은 그쳐 있다. 맞은편 병동의 나지막한 지붕 위에 쌓인 눈이 하얗게 빛을 반사하고 있다. 유령처럼 둥둥 떠 있는 두 사람의 그림자가 그 위에 오버랩되어 있다. 아버지는 자못 처연하다.

"대단한 걸 바라는 것도 아니다. 날 봐라, 난 또 언제 쓰러질지도 모르고, 몸도 성치 않은 환자야. 만일 그런 일이 다시 닥치게 되면 그때는 119의 낯선 사람들이 아니라 내 피붙이 손으로 수습되길 원하는 것뿐이다. 넌 윤가가 아니냐. 알겠니? 바로 내 자식이라구."

피붙이, 자식, 가슴으로 스며들지 못하는 생경한 단어가 기름종이에 흘린 물방울처럼 굴러떨어져 버린다.

휠체어 바퀴를 잡고 있는 손이 눈에 띈다. 다른 손톱에 비해 유난히 짧고 가로로 벌어져 있는 아버지의 엄지손톱. 경애는 무심코 자신의 손톱을 내려다본다. 어릴 때 친구들에게 놀림을 많이 받았다. 애, 네 엄지손톱은 생기다 만 것 같아. 왜 그리 짧니. 휠체어가 천천히 경애를 향해 돌아선다.

아버지는 자식에게 버림받은 가련한 노인의 얼굴을 만들어 놓고 있다. 무장해제한 적에게 칼을 들이댄 것처럼 허탈해진다. 상대를 잃어버린 칼날이 떨어지듯 경애는 의자에 허물어지듯 몸을 맡긴다. 아버지의 눈이 가늘어진다. 지그시 경애를 지켜보던 아버지가 은근한 목소리로 말을 건넨다.

"네게만 하는 말이지만 사실은 아직 내겐 재산도 많다. 살던 집 전세금도 적은 돈이 아니지만 땅도 있단다. 그린벨트에 묶여 당장 현금화되질 않아서 그렇지 풀리기만 하면 값이 엄청날 게다. 하지만 내가 살면 얼마나 더 살겠니. 내가 죽으면 그것도 다 내 곁에 있는 자식 차지가 될 거……."

경애는 의자에서 일어선다. 갚지 못한 대출금과 숨을 턱턱 막히게 하는 세금, 그것들을 피해 달아나듯 황급히 병실을 나선다. 리모컨이 스쳐간 뺨이 쓰라려 온다.

전화를 했을 때 박 선배는 집에 있다. 병원을 그만둔 뒤 우울증으로 치료까지 받았던 박 선배는, 여자의 몸으로는 쉽지 않은 일이지만 아프리카에 산부인과 의사가 필요하다는 소식을 듣자 주저없이 떠나갔다. 돌아왔다는 연락을 받고 지난달 만난 박 선배는 까맣게 탄 얼굴이 건강하게 보였다.

경애는 잠깐만 시간 내달라고 말한다. 박 선배는 의심스럽게 묻는다. 너, 목소리가 심상치 않다. 왜 그래, 무슨 일이야? 중요한 일이니? 와보면 알 거라고 경애는 짧게 대답한다. 박 선배는 생각하는 듯 잠시 침묵했지만 오래 걸리진 않는다. 알았어, 지금 곧장 가지. 한 삼십 분 걸릴 거야.

병원은 캄캄하게 불이 꺼져 있다. 경애는 잠긴 문을 열고 병원에 들어선다. 병원 특유의 알싸한 소독약 냄새가 난다. 달칵, 벽에 스위치를 올리자 놀란 듯 어둠이 황급히 꼬리를 감춘다. 경애는 곧장 수술실로 향한다. 어둠은 그곳에도 숨어 기다리고 있다. 달칵, 경애는 그 어둠까지 몰아내 버린다.

눈부시게 환한 빛 아래 덩그렇게 놓인 수술대가 보인다. 경애는 천천히 옷을 벗기 시작한다. 겉옷을 벗고 속옷까지 남김없이 벗는다. 그리고 알몸뚱이가 된 자신의 모습을 내려다본다. 큰 편은 아니지만 보기 좋을 정도로 봉긋한 젖무덤들. 예전에 박 선배는 그것은 새 생명을 위해 준비한 신의 선물이라고 말했다. 아랫배를 본다. 그 한중간에 배꼽이 있다. 엄마를 통해 세상과 연결되었던 흔적, 엄마가 먹는 음식과 숨쉬던 공기, 그리고 그 생각까지 받아들였던 곳.

본능이 시키던 대로 살았던 엄마였다. 그 본능이 엄마를 지탱시킨 힘이었고 경애까지 지켜내었다. 그러나 그것이 엄마의 한계였다. 엄마는 자신의 삶을 선택하지 못했다.

맨살에 닿는 병실의 공기가 냉랭하다. 오소소 소름이 돋는다. 라커에서 수술복을 꺼내 입는다. 부대자루 같은 옷은 차고 뻣뻣하다. 수술대 옆에 링거 병을 매단다. 마취액 앰플도 준비해 둔다. 흡입관. 헤가나 큐렛 같은 수술 도구도 수술대 옆 트레이에 꼼꼼히 챙겨 둔다. 빠진 것이 없는가. 점검을 해본다. 그러고도 몇 차례 확인한 후 수술대 위로 올라간다. 수술대에는 양쪽에 끈이 달려 있다. 그것으로 가랑이를 벌린 채 스스로의 두 발목을 묶는다.

손등 혈관을 찾아 주사바늘을 찌른다. 링거액이 관을 타고 내려

온다. 등에 닿은 비닐의 감촉이 섬뜩하다. 몸이 떨려 온다. 뒤척이자 비닐이 원하지 않던 아기의 첫울음 같은 비명을 지른다.

유도분만으로 낙태시킨 여고생의 태아는 세상 밖으로 나왔을 때 가슴이 할딱대고 있었다. 병아리같이 약한 첫 울음소리로 자신이 살아 있음도 알렸다. 경애는 그 심장에 염화칼륨 주사바늘을 찔러 넣었다.

봉긋한 배를 가지고 찾아왔던 여인은 초음파를 통한 확인 같은 것은 처음부터 필요 없었다. 여인은 이미 태아와 더불어 먹고 더불어 살아가고 있었다. 태아의 힘찬 발길질도 느꼈을 것이다. 그러나 여인은 다시 찾아오겠다고 했다.

경애는 아랫배에 손을 올린다. 따뜻한 체온이 느껴진다. 입속으로 작게 사랑한다고도 말해 본다.

발짝 소리가 들린다. 경애는 트레이로 손을 뻗는다. 주사기를 잡는다.

"윤 원장, 어디 있는 거야?"

마취액 앰플을 딴다. 피스톤을 당겨 마취액을 주사기에 채운다. 수술실 문이 열린다. 찬바람이 따라 들어온다. 주사기 피스톤을 한 차례 눌러 공기를 빼낸다. 박 선배가 우뚝 발을 멈춘다. 문을 잡은 손이 먼저 눈에 들어온다. 겨울밤의 찬바람에 죽은 사람의 것같이 푸르죽죽하다.

주사바늘을 링거 관에 찌른다. 주사기의 피스톤을 지그시 누르며 경애는 박 선배를 향해 미소를 짓는다. 박 선배의 신음 소리가 들린다.

"이런, 너……."

"선배, 부탁해. 2주 됐어."

경애는 수술대에 반듯이 눕는다. 이 자리에 누웠던 여인들이 망막 속에 떠오른다. 한 명 두 명, 세 명……. 박 선배의 얼굴이 차츰 멀어져 간다.

조각
잇기

집안에 들어서자 물을 갈지 않은 어항의 냄새가 났다. 잠근 창문을 열었다. 창문 밖은 담쟁이넝쿨이 얼기설기 벽을 타오르고 있었다. 잎들이 조금 흔들리고 있었다. 그러나 바람은 아파트 담장이 막고 있는 윤희 집안까지 들어오지는 못했다.

윤희는 들고 온 가방 속에서 지갑을 꺼내 돈을 확인했다. 오만원권 일곱 장과 만원권 한 장. 수연 엄마가 소개료 일 할을 빼고 전해준 품삯이었다. 흥, 연구실이라는 이름은 뭐 아무데나 붙이나. 돈을 넣고 지갑을 닫으며 윤희는 콧방귀를 뀌었다. 오후의 아스팔트 열기로 벌겋게 달아올랐던 얼굴에서 땀방울이 툭 떨어졌다.

지난달에 윤희는 조각 이불 하나 퀼팅을 마무리했다. 어느 어머니가 결혼을 앞둔 딸을 위해 만들던 것이라 했다. 돋보기까지 쓰고 일했지만 앞서가는 마음을 손이 따라주질 못했던 것 같다. 조각을 모두 이은 후 수연 엄마에게 이불의 퀼팅을 부탁했다고 했다. 킹사이즈 침대에 맞춘 것이라 손품이 만만치 않은 것이었다. 수연 엄마가 이 일감을 말할 땐 목구멍에서 손이라도 나올 만큼 반가웠다. 결혼 날짜와 맞추고 싶은 그 어머니의 급한 사정 때문에 마지못해 해주는 듯 시큰둥하게 수락을 하자, 수연 엄마는 한쪽 입꼬리만 올리고 야릇한 미소를 지었다.

발밑이 뭉클했다. 솜뭉치였다. 거실은 솜 부스러기와 천 조각으로 어수선했다. 한쪽 벽에 다림질판이 놓여 있고 한가운데는 작업대로 쓰이는 교자상이 놓여 있었다. 지애 엄마 등 다섯 명의 여자들이 일하고 나간 흔적들이 치워지지 않은 그대로이다. 그네들은 쿠션을 만드는 중이었다. 지난번에 재단해 간 조각들을 어김없이 다 꿰매 온 그네들은 한시라도 빨리 완성시키고 싶어 몸이 달아 있었다.

지애 엄마들은 오늘 두 번째 맞이한 수강생들이었다. 윤희는 세 팀을 맡고 있는데 일주일에 두 번씩 시간이 짜여 있었다. 얼마 전부터 복지회관에서의 강의도 맡고 있다. 강의료도 박하고 소품만 다루므로 재료비로도 별로 이익을 얻을 수는 없지만 그 회원들이 계속 연결이 되어 더 많은 것을 배우러 윤희의 집을 찾아오므로 소홀히 할 수는 없었다. 지애 엄마들은 쿠션이 끝나면 가방을 만들고 싶어 했다. 그들이 돌아간 뒤 품삯과 맡겨둔 가방 세 개를 받으러 수연 엄마 가게로 갔다. 윤희가 사는 곳은 시 외곽이어서 시내로 들어가려면 버스를 두 번 갈아타야 했다.

오랜만에 찾아갔는데, 그사이 수연퀼트는 '수연퀼트연구실'이라는 새로운 간판을 달고 있었다. 수연 엄마는 윤희의 가방을 사겠다는 사람이 있으니 며칠 더 두라고 뭉그적대었다. 자신의 수강생들에게 샘플로 쓰고 있는 눈치였다. 그리고 이내 밀린 외상값으로 말을 돌리는 바람에 꺾어 들 수밖에 없었다. 언젠가 돌려주기야 하겠지만 시기가 문제였다. 너무 늦게 돌려받으면 샘플로서의 유효기간이 끝나 버릴 수도 있었고 유행이 지나가 버릴 수도 있었다. 팔아 줄 테니 맡기라고 했을 때도 다 믿지는 않았지만 가게도 없는 윤희로선 다른 방법도 없었다. 윤희가 힘들여 만든 가방은 수연 엄마가 돈 한 푼 들이지 않고 수강생을 위한 샘플이나 가게를 풍성하게 만드는 전시품이 될 것이다. 그래도 그 덕에 품삯을 밀린 외상값으로 감하지 않고 고스란히 전해 준 것은 다행이었다.

수연 엄마는 예전에 그녀 밑에서 퀼트를 배웠던 사람이었다. 눈썰미가 있고 손재주가 좋아 남들보다 배우는 속도도 빨랐다. 가게가 커나가면서 사람들의 손이 필요해지자, 윤희는 샘플로 쓸 몇 가지 일감들을 수연 엄마에게 맡겨 보았다. 일손이 빨라 일을 맡겨 보니 어김이 없었다.

유럽에서의 역사는 백년 이상을 헤아린다지만 윤희가 가게 문을 열 때만 해도 퀼트 숍은 많지 않았다. 시작은 외국에서 배워 온 몇몇 사람들에 의해서였지만 바느질을 좋아하던 우리나라 여인들의 정서에도 이국적인 호기심과 더불어 퀼트는 잘 맞아떨어졌다. 퀼트의 매력이 차츰 사람들의 입소문을 타면서 윤희의 퀼트 숍도 덩

달아 호황을 맞이하게 되었다. 윤희는 작품 하나하나에 혼신의 정성을 다 기울였기 때문에 작품을 본 사람들은 그 꼼꼼한 바느질에 감탄을 금치 못하곤 했다. 다시 미국으로 나갔지만 윤희를 가르쳤던 김 원장도 칭찬을 아끼지 않았던 솜씨였다.

그 무렵 남편은 벤처 신화를 꿈꾸고 있었다. 사업은 남편의 전부였고 윤희에게는 닫힌 문이었다. 그때 나타난 퀼트의 세계는 자신의 가치를 찾아내고 싶었던 윤희를 한순간에 매료시켰다. 퀼트 숍을 낸 것은 윤희에게는 경제적 수익 그 이상의 의미였다. 인테리어에도 돈을 아끼지 않았다. 원목으로 바닥을 깐 가게는 유럽의 어떤 공주의 방이라도 옮겨놓은 듯 화려했고 환상적이었다. 윤희의 퀼트 숍은 사람들이 한 번쯤 구경이라도 와보고 싶어 하는 곳이 되었다. 입에서 입으로 소문이 났고 소문을 들은 잡지사에서 취재해 가기도 했다.

처음에는 수연 엄마의 손만 빌려도 감당이 되었다. 그러나 사람들이 몰려오기 시작하자 수강생들 상대하는 것도 바빠서 윤희는 자신의 작품에 손대 볼 짬이 나지 않았다. 백화점 문화센터에서도 강의 요청이 들어왔고, 때때로 잡지사에서 특집으로 지면을 꾸며주기를 부탁해 오기도 했다. 윤희는 외부 강의만 책임지고 가게 운영은 수연 엄마에게 일임했다. 새로운 작품이 끊이지 않도록 솜씨 좋은 사람 몇 명을 고용해 도급제로 일도 맡겼다. 남편은 윤희 혼자 힘으로 일구어 낸 윤희만의 세계에 별 관심이 없었다. 윤희가 바늘을 잡을 때 얼마나 행복해하는지도 알려 하지 않았다.

교자상을 접어 작은방으로 옮기고 대충 거실을 치운 후 안방 문을 열었다. 후텁지근한 공기가 얼굴에 훅 끼쳐 왔다. 안방도 거실보다 나을 게 없었다. 이사 오면서 한 짝은 버리고 남은 두 짝 장롱도 이 방에선 턱없이 컸다. 반대쪽은 장식장이 놓여 있었다. 조각이 고급스러운 이태리제 장식장은 제자리를 차지하지 못하고 온갖 잡동사니만 가득 끌어안고 있었다. 퀼트 책과 갖가지 색의 천들, 인형 같은 소품들이 빈틈없이 빼곡하였다. 방 한쪽 구석은 지퍼나 잘라 둔 천 조각을 넣은 상자들과, 솜으로 불룩한 비닐봉지가 무더기무더기 쌓여 있었다. 그 가운데에 만들다 둔 이불이 널브러져 있었다.

윤희는 근 열흘 가까이 조각 이불을 붙들고 있는 중이었다. 캐나다에 있는 딸 혜경에게 보낼 생일선물이었다. 의뢰받았던 퀼팅 작업을 끝낸 뒤 곧장 시작했는데 캐나다까지 가는 시간을 감안하면 이번 주 안에는 모두 끝을 내야 했다. 조각을 모두 연결한 후 뒤에 압축 솜을 대고 바늘로 촘촘히 홈질하는 퀼팅이 마지막 단계다. 윤희는 퀼팅에 들어가기 전 수를 놓는 한 가지 작업을 더 하고 있는 중이다.

얼마 전 텔레비전에서 조선시대 무덤에서 발견된 아이 옷을 보여준 적이 있었다. 일일이 손으로 꿰맨 색동옷이었다. 카메라는 정교한 바느질을 비춰 주었고 리포트는 앞서간 자식에 대한 애통함을 바늘땀에 혼을 담아 새긴 어느 어미의 사랑에 연방 찬사를 보냈다. 색동옷의 옷섶에 수놓인 연꽃은 유난히 선명하였다. 그 꽃을 보며 윤희는 자신이 만든 이불이 혜경과 그 아이, 그리고 그다음 아이에게로 대를 이어 전해지는 모습을 상상했다. 쇠골무를 오른손 중지에 꽂고 바늘에 수실을 꿰고 이불을 수틀에 끼우곤 들고 앉았다.

해거름 햇살이 바람은 들어오지 못하던 방안을 길게 파고 들어오기 시작했다. 이층에다 서향이라 싸게 나온 집이었다. 사방 눈을 켜고 지켜보는 빚쟁이들 때문에 윤희의 이름으로 얻을 수도 없었다. 언니가 도와주지 않았으면 이나마도 구할 수 없었을 것이다. 언니는 이혼하라고 했다. 너라도 살려면 그 수밖에 없어. 도저히 갚지 못하면 도제환이 몸으로 때우라고 해. 왜 너까지 같이 망하려 드니. 어리석게.

남편은 자신의 일에 윤희를 끼워 넣어 준 적이 없었지만 몰락할 때는 함께했다. 부도났다는 것이 어떤 의미인지 윤희가 채 이해하기도 전에 상황은 빠르게 악화되었다. 남편이 대출을 받겠다고 윤희의 가게를 은행에 담보로 잡았을 때는 전혀 예측하지 못했던 일들이 매일 벌어졌다.

경매 들어가면 몇 푼 건지지도 못할 테니 우리한테 넘기죠. 은근히 제의해 왔던 수연 아빠가 당시에는 고맙기만 했다. 속을 다 아는 사람에게 가게를 넘긴 것은 좋은 방법이 아니었다는 것을 나중에 깨달았다. 형편없이 후려치는 수연 아빠의 능수능란한 수완에 넘어가 재고 천이나 샘플까지 어영부영 같이 다 넘어가고 말았다.

가게가 없어진 후 거래하던 도매상에선 많은 천을 사지도 않고 외상도 많은 윤희와 거래하는 것을 달가워하지 않았다. 수연 엄마에게 부탁할 수밖에 없었다. 수연 엄마는 원가에 조금 더 붙여 팔았고 외상으로도 잘 주었다. 하지만 외상을 줄 때는 반드시 윤희가 가지고 있던 작품을 잠시 가게에 전시하겠다고 빌려 갔고 외상을 갚지 않으면 어떤 핑계를 대서라도 돌려주지 않았다.

방안을 헤집고 드는 햇살을 막으려 커튼을 치자 그나마의 바람도 막혀 버렸다. 불을 켠 후 일감을 끌어당겨 자리에 앉았다. 이불로 덮인 종아리가 땀으로 후끈하게 젖어 치마가 척척 감겨들었다. 솜을 대고 누벼야 하는 퀼팅 작업에 들어가면 더위 견디기가 더 힘들어질 것이다.

퀼트의 인기는 예전보다는 시들하다. 젊은 사람들은 바늘에 대한 향수가 없었다. 게다가 값싼 중국산이 들어와 판을 치기 때문에 힘들게 바느질을 배우고 싶어 하지도 않았다. 퀼트 숍들도 많이 문을 닫았다. 살아남은 퀼트 숍은 서민층을 상대로 저가로 운영하든지, 천들을 이용한 표현 예술로 고급화하든지 양분화되어 갔다. 천을 이용한 예술은 윤희가 꿈꾸는 일이었다.

수연 엄마는 비용을 줄이고 사람을 쓰지 않으며 실속 위주로 운영하고 있었다. 고객관리에도 탁월한 능력을 보였다. 지난번에는 자신의 고객들을 데리고 전통을 고수하며 사는 퀼트 마을 미국의 아미시를 둘러보고 왔다더니, 이번에는 일본 오사카에서 매해 열리는 퀼트 박람회에도 다녀왔다고 했다. 적당히 허영심을 충족시켜 주며 고정 고객들을 확보하고 여행 주선에 따른 수익도 챙기고 있었다. 미국이나 일본에서 여러 가지 퀼트 작품들을 가지고 와 전시도 해놓고 사람들의 눈길도 끌고 배우고 싶어 하는 사람들을 가르치고 있었다.

수연퀼트연구실이라니······. 수실의 색을 바꿔 바늘에 꿰며 윤희는 다시 콧방귀를 뀌었다. 남의 것 가져와서 흉내 내는 주제에 무슨 연구실이람. 들을 이 찾지 못한 말이 실 부스러기처럼 흩어졌다.

수연퀼트연구실에 모여 있던 수강생들은 수연 엄마에게 품삯을 받아 가던 윤희에게 동정과 경멸의 눈빛을 보냈다. 예전에는 윤희의 수강생이었던 사람들이었다. 윤희는 뒤늦게 그들에게 말했다. 내게는 나만의 것이 있었어, 남의 것을 참고로 하기는 했지만 그대로 베낀 적은 없었어.

막 이불 위로 떨어지려는 땀방울을 손으로 훔쳐내며 윤희는 선풍기 쪽으로 시선을 보냈지만 틀지 않았다. 혜경을 낳았을 때가 이런 날이었다. 한여름 산후 몸조리를 참아내지 못하고 찬바람을 맞았던 탓인지 지금도 바람을 맞으면 피부 숨구멍 속까지 아려서 윤희는 선풍기 앞에 잘 앉지 않는 편이다. 온몸에서 쏟아지는 땀과 가학적인 인내. 그것들이 바늘땀에 스며들어 생명으로 살아나기를 기대하고 있는 건지도 모르겠다. 일일이 손으로 한 땀 한 땀 꿰매고 누비고 있는 윤희를 보고 무슨 청승이냐고 언니는 타박하곤 했다.

옷 수선으로 자매를 키워 냈던 엄마와 실밥 날아다니던 단칸방의 기억이 언니에겐 바늘을 질색하게 만들었지만, 윤희는 아주 어려서부터 더불어 살았던 실과 바늘은 엄마의 품처럼 푸근하게 여겨졌다. 엄마는 윤희에게 가시 풀로 옷을 짓던 공주 이야기를 해주곤 했다. 가시에 손이 찔려 피투성이가 되어도 바늘을 손에서 놓지 않던 공주의 옷은 백조가 된 오빠들을 마법에서 풀려나 다시 사람으로 되돌리게 하였다. 마음을 다하면 이루지 못할 일은 없단다. 엄마는 이야기를 그렇게 맺었다.

도무지 어울릴 것 같지 않은 조각들이 이어지면서 조화로운 모습을 드러낼 때 느끼는 환희는 매번 윤희를 감동시켰다. 지금 만드는 이불의 모티브는 수많은 원들을 고리로 연결하는 웨딩 링이었다. 윤희는 조각을 모아 원을 만들고 그 원을 또 다른 원으로 고리지어 정성껏 걸어 잠갔다. 그렇게 엮어진 원 속에 윤희는 갖가지 색의 수실로 집을 수놓고 있었다.

따르르르링~

고개를 드는 순간 윤희는 신음 소리를 냈다. 바늘귀가 손톱 밑을 찌른 것이다. 오른쪽 중지 손톱 밑에 빨갛게 핏방울이 비쳤다. 혀를 대자 손끝이 아릿하였다. 번호 창에는 발신자 정보 없음이라는 문자가 떠 있었다. 한때 전화라는 소통의 기능이 윤희에게는 공포가 된 적이 있었다. 밤이고 낮이고 울리던 전화 벨소리. 이곳으로 이사 온 후에도 한동안 그녀는 전화 들이길 망설였다.

그러나 가게도 잃어버린 윤희에게 전화는 일을 줄 수 있는 마지막 끈이었다. 입에 손가락을 문 채로 전화 벨소리를 세던 윤희는 마침내 수화기를 들었다.

"엄마야?"

혜경이었다. 긴장으로 팽팽했던 근육이 허물어졌다. 혜경은 전화하는 일이 거의 없었다. 윤희도 전화하지 못했다. 혜경은 학비조차 댈 수 없다는 사실을 도저히 이해하지 못했다. 엄마가 날 이리로 보냈잖아. 그래 놓곤 이젠 또 돌아가야 한다고? 말도 안 돼. 난 안 갈 거야. 그러나 얼마 전 한밤중에 할머니 모르게 하는 거라고 말한 전화에서 혜경은 울고 있었다. 할머니 집에서 나갈 수 있게 해달라고.

혜경은 처음에는 캐나다에 가기 싫어했다. 그런 혜경을 설득한 것은 윤희였다. 혜경의 성적으로는 좋은 대학을 가기 힘들었고, 무엇보다 윤희는 자신의 딸만은 좋은 환경에서 당당한 삶을 살아가길 바랐다. 남편의 사업이 번창하면서 만나야 하는 사람들의 수준은 점점 더 높아졌지만 대학을 나오지 못했던 윤희는 제 나름의 긍지가 높은 부인들과의 섞임에 자꾸 움츠러들곤 했다. 남편은 그런 윤희와 동부인하기를 좋아하지 않았고 윤희 자신도 그런 자리를 피하고 싶어 했다. 컴퓨터 관련 사업이라는 것도 윤희의 상식 범주를 한참 비껴가 있었다. 말하면 당신이 알기나 해? 관심을 보일라치면 남편은 그런 말로 일축해 버리기 일쑤였다.

"할머니가 바꿔 달래."

"어떻게 지내니?"

눈두덩이 뜨끈해졌다.

"파트타임 일 시작했어. 돈 벌어야 하잖아. 나가야 하는데 할머니가 전화하래서 한 거야."

"어떤 일이니?"

윤희가 다급하게 물었다.

"말해 봤자 엄마가 알기나 해? 할머니랑 이야기해. 난 시간 없어."

잡아채듯 전화기 속에선 새된 목소리가 들려왔다.

"등록금은 어떻게 할 거야?"

"죄송합니다. 곧 보내 드리겠습니다."

"맨날 곧, 곧이구나. 너 참 뻔뻔한 애다. 떡 하니 애를 맡겨 놓더니 이젠 학비까지 떠넘길 배짱이냐?"

학비까지 우리보고 책임지라는 건 아니겠지. 그건 분명히 하자. 처음 혜경을 시아버지 집에 맡기기로 했을 때 언짢은 기색을 감추지 않으며 새 시어머니는 첫 마디부터 선을 긋자고 들었다.

혜경을 유학 보내고자 할 때 미국, 영국 등 여러 후보군의 나라 중 캐나다를 선택한 것은 시아버지가 살고 있던 것이 큰 영향을 미치긴 했다. 하지만 이런 식으로 신세를 질 생각은 해본 적이 없었다. 시아버지는 오래전 남편과 시어머니를 버리고 한국을 떠나 나이가 한참 차이 지는 여자와 살고 있었다. 버림받은 어머니의 외로운 죽음을 지켜본 남편은 아버지를 용서하기 어렵다고 했지만, 시아버지는 시아버지대로 남편의 학비를 보내주는 것으로 아버지의 역할을 충분히 다했다고 생각했기에 자신을 원망하는 아들을 괘씸하다 여기고 있었다. 이런 일이 있지 않았다면 윤희가 새 시어머니를 만나게 될 일은 영원히 없었을지도 모른다.

남편까지 행방불명이라는 말로 사태의 심각성을 알렸을 때 시아버지는 한참 동안 말이 없었다. 혜경이 한국에 돌아와도 머물 집도 없다고 하자, 시아버지는 혜경을 맡아 주겠으니 보내라고 막 시작하려는 하소연을 자르고 들어왔다. 그러나 당분간이라는 단서 붙이는 것을 잊지 않았다.

보이지는 않겠지만 윤희는 시어머니에게 몇 번이나 머리를 조아렸다. 곧 돈을 보낼 테니 학교는 중단시키지 말아 달라고 사정을 했다. 모처럼 한 엄마와의 통화에 까칠할 수밖에 없었던 혜경의 음성이 전화를 끊은 후에도 내내 귀에 남았다.

무릎걸음으로 서랍장으로 다가갔다. 서랍장 안에 작은 종이 박스가 있고 뚜껑을 열자 갖가지 서류 같은 것들이 있었다. 그 속에서 통장 하나를 꺼냈다. 통장에 찍힌 숫자를 읽어 보았다. 혜경의 등록금은 어느 정도 맞출 수 있을 것이다. 남편의 다급한 음성이 끼어들었다. 우선 몇백만이라도 구해 줘 제발. 급한 불은 꺼야 내가 나서 문제를 해결할 수가 있을 거 아냐.

위신이 뽑어져 나오는 것 같다. 명치끝을 쏠며 통장을 들여다보던 윤희는 쓰라림이 진정되자 전화기를 잡았다.

"상가를 파시게?"

학사부동산의 김 사장이 눈치 빠르게 물었다.

"시세는 어떤가요?"

"잔금일이 다가오니 돈 맞추기 힘든 사람들이 매물로 내놓는 바람에 시세랄 것도 없어요. 부동산 경기도 이 모양이니 사겠다는 사람도 거의 없고, 아주 싸게 나온 것은 그래도 매매가 돼요. 급매로 해서 구매자를 맞춰 봐드릴까?"

윤희에겐 그 일이 터지기 직전에 분양 받았던 상가가 있었다. 잔금을 도움 받아야 하기 때문에 속일 생각은 없었지만 늘 바빴던 남편이라 말할 기회를 잡지 못하고 눈치만 보고 있었다. 윤희 능력껏 일차 중도금까지 넣고 난 직후에 그 일이 터져 이제는 말할 수도 없게 되었다. 드러나지 않은 재산이라 빚쟁이들의 시뻘건 눈들을 피할 수 있었던 것은 다행이었다.

급매로 판다 해도 세금이나 복비, 밀린 이자 같은 비용을 빼고 나면 손에 쥘 돈도 별로 없겠지만 무엇보다 윤희는 그것만은 지키고 싶었다. 퀼트 숍만 있으면 예전으로 돌아갈 수 있을 것 같았다. 명성도 금방 되찾을 자신이 있었고, 그때면 혜경의 학비도 마련해 줄 수 있을 것이다. 사정을 말했을 때 언니는 이혼하라는 말부터 먼저 했다.

네가 도제환의 아내로 남아 있는 한 그 상가도 절대 너의 것이 될 수 없어. 그걸 뻔히 알면서 꾸어 줄 수는 없잖아.

혜경은 어떡하라고?

제 할아버지가 있는데 뭘 걱정이야. 자기 손녀인데 나 몰라라 하진 않겠지. 자식이야 나중에라도 찾을 수 있어. 우선 네가 살고 봐야지.

윤희는 마음을 다시 잡았다. 그래, 어쨌든 네 할아버지 아니냐, 조금만 참으렴.

"나중에 다시 전화 드릴게요."

전화를 끊은 윤희는 통장을 소중하게 상자에 도로 넣고 서랍장 문을 닫았다. 잔금은 아직 부족하지만 무슨 방법이 나오겠지. 포기

할 수는 없었다. 조각 이불을 끌어당겼다. 나도 한 번쯤 엄마가 만든 이불을 덮어 보고 싶었어. 언젠가 혜경은 그렇게 말했다. 윤희는 그동안 수많은 작품을 만들었지만 그것은 말 그대로 작품이었다. 퀼트 숍에 전시를 해야 했고 가끔은 판매도 했다. 전부 수작업에 의존하기 때문에 이불 하나를 만들려면 많은 시간과 공이 들었다. 대신 윤희는 혜경이 원하는 것은 무엇이든 사다 줄 수 있었다. 그보다 더 좋은 이불을 사줄게. 남편도 그렇게 말했다. 뭐가 불만이야. 너 하고 싶은 대로 다 하고 사는데. 내가 못 해주는 게 뭐가 있어. 그 무렵의 그는 무엇이든 못 할 게 없을 것 같았다.

이불은 하얀색 바탕에 원 하나마다 수많은 조각을 내어, 혼인의 상징처럼 된 청·홍의 색을 그러데이션시켜 두고 있다. 오륜기 모양의 수많은 원들이 고리를 물고 규칙적으로 늘어선 이런 패턴을 웨딩링이라고 한다는 말을 들었을 때 처음에는 그 까닭을 알 수 없었다. 끝없이 연결된 고리. 원은 네 개가 서로 맞물려 겹쳐지는 호마다 가장 연한 색을 중앙에 배치하고 아래쪽으로는 차츰 진해지는 홍색의 조각을 배열하고 위쪽으로는 청색의 조각들을 차츰 진해지게 만들었다. 하얀 바탕 위에 펼쳐진 청색 홍색 곡선의 어우러짐이 군무처럼 아름답다.

윤희는 이 웨딩링을 모두 연결한 후 링의 중간마다 하나하나 수를 놓고 있다. 가로, 세로 각각 일곱 개, 여섯 개의 원이니 모두 마흔두 개였다. 그 속에 윤희는 마흔두 채의 여러 가지 모양의 집을 수놓고 있었다. 활짝 열린 창문 밖에 슬금슬금 먼지처럼 내려와 앉던 어둑살도 덩달아 웅성거렸다.

수틀의 위치를 바꿔 끼우려고 이불을 펼쳤다. 그 바람에 곳곳에 흩어져 있던 실밥 부스러기가 날아올라 재채기가 터져 나왔다. 속이 다시 쓰라려 왔다. 가게가 넘어간 이후부터 수시로 위에 통증을 느끼곤 했다. 벽에 걸린 시계를 보니 여덟 시가 거의 다 되어 가고 있었다. 윤희는 비로소 저녁을 걸렀다는 것을 깨달았다. 속쓰림이 더욱 심해졌다. 시원한 국물 같은 것을 마시고 싶었다. 냉장고 안에는 김치통과 비닐에 담긴 그대로 시든 야채와 계란 두 개밖에 없었다. 윤희는 계란을 깨어 물을 넉넉하게 부은 다음 소금 간도 하지 않고 찜을 했다. 언제 사두었던 건지 깨트린 계란은 물처럼 힘없이 흘러 떨어졌다. 빈집에서 맨날 혼자서 밥 먹는 거 정말 싫단 말이야. 혜경의 불평도 풀썩 같이 떨어졌다. 찜이 익기를 기다리는 동안에도 한 번씩 위에서 통증이 지나갔다. 밥솥에 조금 남아 있던 밥과 같이 계란찜이 들어가자 통증이 조금씩 가라앉았다. 커튼이 펄럭이며 훅 습기 머금은 바람이 들어왔다. 커튼을 젖히니 밖은 어두워졌고 눅눅한 바람이 불고 있었다.

어둠이 덮여 가는 시간에 홀로 앉아 바늘을 잡고 있으면 고향의 품속에 안긴 듯 마음이 편안해지곤 했다. 남편은 멀쩡한 천을 잘라 조각을 만들고 다시 꿰매고 있는 그녀를 보고 왜 그런 쓸데없는 일을 하는지 모르겠다고 말했다. 남편은 윤희가 퀼트 숍을 내겠다고 했을 때 피식 웃었지만 말리지는 않았다. 그까짓 거 몇 푼이나 벌 거라고. 하지만 하고 싶다면 어디 한번 해봐. 그래서 윤희는 더욱 일에 매달렸다.

걱정 마, 다 잘 될 테니. 조만간 내가 다 해결할 거야. 처음 몸을 피하였을 때만 해도 남편의 기는 꺾일 줄 몰랐다. 간간이 오던 남편의 전화가 끊어진 지도 몇 달째이다. 마지막 했던 전화 속에서 남편의 목소리에는 예전의 당당함이 사라지고 없었다. 왜 내 가게까지 뺏겨야 하는 거야. 언제 당신이 나를 도와준 적이나 있어? 풀이 죽은 남편의 목소리 대신 윤희가 바락바락 악을 써댔다.

남편이 돈을 구해 달라고 했을 때 윤희는 딛고 있던 발밑이 흔들리는 어지럼증을 느꼈다. 남편만은 언제나 자신만만한 사람으로 남아 있어 주어야 했다. 그러나 이혼해 달라고 한 말은 홧김 때문만은 아니었다. 남편의 전화는 그날부터 끊어져 버렸다.

용도가 다했으니 이젠 폐기처분하겠다는 거로군. 남편의 목소리에 자괴감이 묻어났다. 끝까지 이혼하지 않았던 자신의 어머니를 이제는 이해할 수 있겠다고 했고, 가족이란 이용 가치로 묶였나 부쉈다 하는 게 아니라고도 말했다.

진짜로 하자는 게 아니라 법률상만이라고 언니가 시키는 대로 말하긴 했지만 사실 그 차이가 무엇인지 윤희도 알 수 없었다. 남편의 소식이 끊어지고 한참 동안은 손에 일을 잡을 수 없었다. 넌 아빠가 어떻게 되었는지 궁금하지도 않니? 애꿎게 혜경에게 화를 내기도 했다. 자식이 되어 어떻게 그렇게 무심할 수가 있어. 기계를 통해 주고받는 대화들. 결국은 다툼으로 끝나기 일쑤였다.

일은 엄마 아빠가 저질러 놓고 왜 내게 화를 내. 언제는 아빠가 집에 잘 있기라도 했었어?

집……. 윤희가 살고 있는 곳, 혜경이 살고 있는 곳, 그리고 남편이 있을 어떤 곳. 서로에겐 모두 타인의 장소인 곳. 지금 그들은 모두 서로가 절실히 필요했지만, 또 서로 가장 상처 주는 사람들이기도 했다. 체온을 나눌 수 없는 대화는 자꾸 어긋나기만 했다.

후드득 비가 떨어지는 소리가 났다. 어두운 발코니로 비가 들이치는 게 보였다. 올해는 장마가 빠를 거라던 뉴스가 기억났다. 발코니와 방 창문과의 간격이 워낙 좁아 비가 많이 오면 방안에까지도 비가 들이칠지 모른다. 윤희는 바늘을 내려놓고 캄캄해진 바깥을 내다보았다. 남편은 어디서 이 비를 피하고 있을까. 남편을 처음 만났던 날도 이런 빗속에서였다. 그녀의 우산 속으로 불쑥 들어오며 활짝 웃던 얼굴. 그때는 둘만 있으면 아무것도 부럽지 않았다. 너무 커서 허황돼 보이기까지 하던 그의 야심조차 사랑했던 시절이 옛날이야기처럼 까마득했다.

어렸을 때 내게 필요했던 건 아버지의 돈이 아니라 사랑이었지만 아버지는 그런 것도 돈으로 해결할 수 있다고 생각했어. 남편은 자신의 아버지를 미워한 이유를 그렇게 설명했다. 그는 좋은 남편과 좋은 아빠가 되고 싶어 했고 그런 적도 있었다. 그는 지나치게 완벽한 가장을 꿈꾸었다. 모든 것을 누리게 해주겠다고 했다. 그러나 가족이 같이 누리는 행복이란 게 무엇인지는 몰랐다.

제 뒤 꿍꿍이 없이 부도 내는 사람 못 봤어. 아무것도 챙겨 놓지 않았을 리가 없지. 돈을 기어이 받고야 말겠다며 끈질기게 찾아오던 어떤 남자는 윤희를 다그치다가 나중엔 도리어 딱하다는 듯 말했다. 아주머니도 정신 차리쇼. 도제환 그 사기꾼이 아주머니에게 덤터기 씌우고 저는 어디서 호의호식하고 있을 테니. 두고 보슈 내 말이 틀리나.

윤희는 점점 빗방울이 굵어지는 어둠 속을 보았다. 당신만은 나를 믿어 줄 거지. 잠적한 이후 처음 해온 전화에서 남편은 물어 왔고 윤희는 고개를 끄덕였다. 적어도 남편의 능력만큼은 한 번도 의심해 본 적이 없었다. 하지만 그때 남편이 확인받고 싶어 한 것은 자신의 능력만은 아니었다는 것을 이제 깨닫는다.

……저는 어디서 호의호식하고 있을 테니……. 윤희는 남편에게 말하지 못한 자신의 상가를 생각하며 남자의 말을 털어 버리려 고개를 내저었다.

이불을 펼쳐 보았다. 아직 집은 열두 채밖에 만들지 못했다. 궁전, 성, 양옥집, 기와집들이 다양한 색의 프랑스 수실로 화려하게 살아나 있었다. 집들은 대부분 혜경이 보던 그림동화책에서 따온 것이다. 어린 혜경이 살고 싶어 하던 집들이었다. 둥근 원 안에는 서른다섯 채의 집이 연필로 본만 그려져 있었다. 그 안에는 윤희가 구상한 퀼트 숍도 들어 있었다.

다른 천에서 잘라낸 조각들이 빈틈없이 이어져 처음부터 하나의 모양인 것처럼 어우러진 이불을 펼쳐 보았다. 청·홍의 수많은 고리들이 하얀 바탕 위에 꽁꽁 붙들어매여 너울너울 춤을 추고 있었다. 마흔두 채의 집을 모두 수놓고, 뒤 시접들을 잘 정돈해서 다려 압축 솜을 대고, 뒷감을 댄 후, 꼼꼼히 누비는 퀼팅 작업을 끝내면 이불은 완성된다. 윤희는 집들을 중심으로 하여 단 한 번도 끊이지 않는 곡선으로 촘촘하게 퀼팅을 할 생각이었다.

이번 생일에 혜경은 그동안 보지 못한 새로운 이불을 덮게 될 것이다. 지금도 혜경은 엄마가 만든 이불을 원하고 있을까. 그 물음에 자신 있게 답할 수 없는 윤희는 이불만 들여다보았다

아…… 신음 소리가 흘러나왔다. 청·홍의 원 네 개가 겹쳐지는 한가운데 부분에 바늘땀이 잘못되어 작은 구멍이 뚫려 있는 것을 발견한 것이다. 웨딩링은 곡선의 조각이기 때문에 연결이 쉽지 않아 중심 연결의 처리가 잘못되어 구멍을 만드는 수가 더러 있다. 그래서 초급·중급 과정을 거친 사람들에게만 권하는 작품이었다. 그러나 윤희는 그들과 달랐다. 비록 남들이 눈치 채지 못할 정도의 아주 작은 틈이라 해도 실수는 스스로 용납할 수 없었다. 딸과 그 다음, 다음 아이에게 전해져야 할 이불이었다. 틈은 차츰 더 커져 갈 것이고 어느 순간엔 그곳에서 바늘땀이 뜯어져 버릴지도 모른다. 발견한 것이 다행이긴 하지만 완성된 것을 표나지 않게 수리하는 것은 매우 어렵다. 윤희는 조심스레 그 부분을 뜯기 시작했다. 바늘 드나든 자국이 남지 않게 뜯어내는 것은 꿰매는 것보다 더 힘들다. 흔적 없이 뜯어낸 후 새로 꿰매기 시작했다. 한번 잘못한 흔적을 없애려면 처음보다 더 많은 정성이 필요했다. 시간이 많이 걸렸지만 마무리까지 세심하게 끝낸 이불은 감쪽같았다. 퀼트는 디자인, 색깔 등 모든 게 잘 어우러져야 하지만 가장 기본은 역시 바

느질이다. 윤희는 잘못된 바느질이 또 있는지 꼼꼼히 살펴보았다. 단 하나의 흠도 발견할 수 없다는 것을 몇 차례나 확인하고서야 비로소 마음을 놓았다. 수를 놓으려면 뜯고 새로 꿰맨 자리를 반듯하게 만들어야 했다. 거실로 나가 다리미판을 펼쳐 세우고 시접을 잘 정돈하여 다림질을 시작했다.

바람이 세지는지 빗방울이 거실로 들이쳤다. 창문을 닫자 습기 머금은 열기가 후끈 달려들어 다림질을 하기 어려울 만큼 땀이 쏟아졌다. 등줄기에 땀방울이 타고 내려갔다. 어쩔 수 없이 다시 창문을 조금 열었다. 다리미 플러그를 뽑는데 현관 초인종 소리가 들렸다. 흘낏 본 시계는 밤 11시가 거의 다 되어 가고 있었다. 어안경으로 관리실 유니폼인 반소매 쑥색 재킷을 입은 한 남자가 서 있는 것이 보였다.

"누구세요?"

"관리실입니다. 아랫집에서 물이 샌다고 항의가 들어와서 확인하려 하니 잠깐만 열어 주세요."

워낙 낡은 아파트라 심심치 않게 일어나는 일이긴 했다. 그러나 시간이 너무 늦어 재촉을 받고서야 문을 열어 주었다. 재킷 입은 남자와 덩치가 큰 남자였다. 그들은 문이 열리자 윤희를 밀치고 재빨리 현관문부터 잠갔다.

"여기가 도제환이 집 맞지?"

다리가 후들거렸다. 그들이 다시 온 것이었다. 머릿속에는 악다구니 같은 소리들로 왕왕댄다. 당신은 그 사람 부인 아니오. 남편이 어디 간 줄 모르다니 그게 말이 되는 소리요? 남편이 갚지 못하면 당신이라도 갚아야 하는 것 아니오. 사모님, 제발 저희 사정 좀 봐주세요. 저흰 그 돈 없으면 죽어요. 날마다 치르던 협박이나 애원. 집이 넘어가고 가게가 넘어가고 가진 것 모두 다 내놓아도 끝이 보이지 않던.

그들은 신발도 벗지 않고 제 맘대로 집안을 살피고 다녔다. 바느질거리로 어수선한 안방, 잡동사니를 쌓아둔 작은방, 그리고 낡은 세탁기가 놓인 다용도실까지. 비에 젖은 흙 발자국이 여기저기 찍혔다.

집안에 윤희밖에 없다는 것을 확인한 후 윤희를 을러대기 시작했다. 도제환은 어디에 숨겼느냐. 남의 돈 떼먹고 잘살 줄 알았더냐. 도망 가봐야 부처님 손바닥이다…….

"아줌마 챙겨 둔 재산이 꽤 많습디다."

바느질거리로 어수선한 거실을 뻔히 보면서 덩치가 느물거렸다.

"딸도 외국 유학식이나 보냈다잖아."

날름 재킷이 말을 받는다.

"오라, 재산을 죄 영국으로 빼돌렸구만."

"젠장, 더워 죽겠는데 손님이 왔으면 마실 것 정도는 대접해야 인정 아뉴?"

덩치는 제 맘대로 냉장고 문을 열어 보더니 다시 투덜댔다.

"아줌마, 냉장고는 좀 채워 놓고 사셔야지. 원, 부자가 더 무섭다더니."

재킷이 을러댔다.

"이봐, 아줌마. 순진한 얼굴로 사람들을 잘도 속였더군. 아무것도 없는 척하더니 이제 보니 떡 하니 감춰둔 상가도 있더구먼그래."

윤희는 얼굴에서 핏기가 가시는 것이 느껴졌다. 언니 말이 맞았다. 윤희가 아내라는 이름으로 남아 있는 한 그 악몽에서 결코 자유로울 수는 없었다.

그들은 소송이니 하는 것으로 피차 귀찮게 만들지 말고 순순히 상가의 권리를 내놓으라고 닦달하기 시작했다. 여러 사람 알고 덤벼들기 전에 이 자리에서 좋게 해결 보자고 다잡았다. 속이 쓰리다 못해 마구 할퀴어 대는 것 같았다.

"이 아줌마가 좋게 말하니 사람 말이 개좆으로 들리나."

사내들의 몸짓이 거칠어지기 시작했다. 손에 닿는 반짇고리를 던져 버렸다. 실패며 가위 등이 쏟아져 데구루루 굴러갔다. 다리미판도 위협적으로 밀쳐 버렸다. 다리미판이 나자빠지고 다리미가 둔탁한 소리를 내며 나가떨어졌다. 다리미판 위에 있던 이불도 떨어져 내렸다. 아직 열기가 남은 다리미가 이불 위에 올려져 있었다. 아, 이불이…… 윤희는 황급히 달려들어 다리미를 치웠다.

"엇쭈! 남의 피눈물 나는 돈은 우습고 제 천 쪼가리 상하는 건 걱정된다 이거지?"

덩치가 이불을 발로 짓이겼다. 순간 윤희는 거의 날다시피 달려들어 덩치를 밀쳤다. 이불을 그 발에서 꺼내는 찰나, 덩치가 일그러진 얼굴로 윤희에게서 이불을 잡아채더니 우악스레 힘을 주었다. 워낙 꼼꼼한 바느질이어서 이불은 쉽게 찢어지지 않았다. 재킷이 놀리듯 낄낄 웃었다. 덩치의 두 팔뚝에 근육이 불끈 솟았다. 청·홍의 고리들이 뚝 잘려 찢겨져 나갔다. 고리 속의 집들도 부서졌다.

아아악~

윤희는 비명을 지르며 이불을 향해 몸을 던졌다. 당황한 덩치가 덤벼 오는 윤희를 힘껏 떠밀었다. 윤희는 벽을 향해 나가떨어졌다. 번쩍, 순간 눈앞에서 사진기 플래시를 터뜨린 듯 빛이 작열했다. 빛이 사그라지자 주위는 하얗게 바래 갔다. 사내들의 고함 소리가 멀리서 들렸다. 입만 벙긋대는 사내들이 우스꽝스러웠다. 손을 내려다보았다. 이불이 쥐여 있었다. 윤희는 이불을 품에 끌어안았다.

사방이 점점 더 조용해져 갔다. 이젠 입만 벙긋대던 사내들도 보이지 않았다. 품속에 안긴 청·홍색 고리들이 꿈틀댔다. 세포분열하듯 늘어나기 시작했다. 고리들이 뚝뚝 끊어져 갔다. 끊어진 고리 속에서 집들이 쏟아져 나왔다. 그러나 윤희는 조각잇기의 전문가였다. 아무리 조각이 나도 처음부터 한덩어리였던 것처럼 꿰맬 수 있었다.

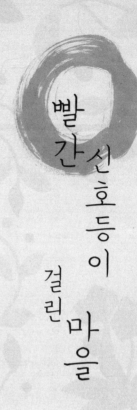

빨간 신호등이 걸린 마을

하늘이 뿌옇다. 누런 먼지로 주위의 풍경이 흐릿하다. 삭정이 앙상한 나무들이 길 옆에서 숨을 간당대고 허리가 동강난 산 사이로 차들이 쌩쌩 달린다. 인도가 따로 없어 덩치 큰 화물차라도 지나가면 갓길 언저리로 잠깐 몸을 비켜 주어야 한다. 그곳은 사라져 버렸다니까. 귓전에서 민영이 소곤댄다.

두 손을 들어 마른세수를 한다. 며칠 면도하지 못한 탓에 제멋대로 내민 수염들이 거칠하게 손바닥을 찌른다. 쉬지 않고 걸어온 두 다리가 뻐근하다. 오른쪽 어깨에 걸친 카메라가 옆구리를 친다. 그녀의 독일제 라이카다. 마을과 그녀와 모든 것을 버리고 떠났던 그때에도 그것만은 품에서 떼어놓지 않았다.

그동안 수많은 곳을 다녔고 많은 일들을 했다. 새벽 인력시장을 서성대기도 했고 배를 타기도 했다. 한곳에 오래 머문 적은 없었지만 지나간 흔적들은 라이카 안에 박제시켰다. 아버지가 그랬던 것처럼 바람 부는 어느 날, 사진들을 모두 태워 버리기도 했다. 그럴 때 나는 모든 것을 가진 듯 충만했고 모든 것을 다 잃어버린 듯 허전해지기도 했다.

큰길이 끝나고 마을 쪽으로 접어들자 사람이 살지 않을 것 같은 빈집들이 가끔 눈에 띈다. 부서진 문짝들과 더께 앉은 먼지, 개발조차 비껴간 곳은 더욱 을씨년스럽다.

작은 오솔길이 보인다. 오솔길은 잡목으로 어지럽다. 풍경이 달라진다. 길은 여러 갈래로 나 있다. 내가 알던 길은 쉽사리 발끝에 잡혀 주지 않는다. 이쪽이려니 하고 가다 보면 같은 길로 되돌아오기도 한다. 그러기를 여러 차례, 서서히 지쳐 간다. 한 번 더 찬찬히 뒤져 볼 요량으로 오던 길을 되짚어 가는데 별안간 눈앞에 집들이 나타난다.

바람이 한 차례 지나가며 먼지가 날아오른다. 천천히 마을 입구로 발을 내딛는다. 퇴락한 집들은 내 기억 속 그대로였고 우중충한 풍경도 그대로이다. 고불고불한 고샅길과 허름한 담장들, 나지막한 지붕들. 내가 떠나던 그때와 너무나 똑같다.

마을로 들어가면서 단 한 사람도 만나지 못했다. 그 흔하던 개도 한 마리 볼 수 없다. 수시로 불어대는 바람과 그때마다 일어나는 먼지 외에 사방은 쥐죽은 듯 고요하다. 황사도 이 마을에서 유독 심했는지 먼지를 뒤집어쓴 집들이 모두 잿빛이다.

마을이 끝나 간다. 그 마지막 집, 슈퍼마켓이 있다. 간판이 눈에 띈다. 색이 바래 흐릿하긴 했지만 원래 초록색 바탕이었고 빨간색 글자라는 것을 나는 금방 알아볼 수 있다. '빨간 신호등 슈퍼'.

가게 문은 열려 있다.

버석버석한 바람이 머리칼을 흩트려 놓고 지나간다. 조심스럽게 가게 안으로 고개를 들이밀어 본다. 흙먼지를 뒤집어쓴 선반들이 텅 비어 있다. 벽 모퉁이에 달린 커다란 거울이 보인다. 볼록거울이다. 언제나 그녀의 모습이 담겨 있었던 거울 속은 잿빛 어둠이 대신 채워져 있다. 민영이 말한다. 그곳은 그냥 먼지가 되어 사라졌어.

사라지고 있던 것은 민영의 마을이었다. 민영의 마을은 이미 오래전에 재개발이 결정되어 있었다. 조금씩 빈집들이 생기기 시작하던 일 년 전, 나는 처음 민영의 마을에 들어섰다.

사람들이 떠나간 빈집에는 쓰레기가 대신 자리를 차지하고 있었고, 고물들을 노리는 절도범들이 한바탕 분탕질하고 간 집은 더 황폐했다. 창문이 뜯겨 나간 집은 버려진 동네의 흙먼지를 막아내지 못하여 뿌옇게 서걱댔고 고물로도 쓸 수 없는 쓰레기들만 어지러웠다. 나의 라이카는 그런 빈집들을 찾아다녔다. 누군가의 잠자리였을 매트리스, 정성을 다해 꿰매었을 찢어진 조각 이불, 우그러진 양은 냄비, 부서진 장롱……

사람들이 지나쳐간 흔적들이 얼룩얼룩 벽에 묻어 있었다. 누군가 쏟아낸 눈물이었거나, 주먹이 부서져라 내리쳤을 자해의 흔적일 수도, 혹은 핏자국이었을지도 몰랐다. 누렇게 색 바랜 벽지에서

해묵은 낙서를 찾을 수도 있었다. 비뚤비뚤한 글씨, 엄마 아빠……. 글 배우는 아이의 낙서를 보며 흐뭇해했을 아이와 그 가족들이, 살 부비며 살았을 시간들도 이 방안에 있었을 것이다. 나는 너덜해진 담요가 품어 주었을 체온을 찍었고, 우그러진 냄비 속에 보글대었을 찌개를 찍었고, 문짝 떨어져 나간 장롱 속에 걸린 채 누군가의 외출을 행복하게 해주었을 옷들을 찍었다.

사라지고 마는 것들, 사랑, 미움, 희망, 세월. 꿈. 나의 라이카가 그런 것들을 찍고 다니는 동안 길 하나 사이를 둔 마을에서는 아직 떠나지 못한 삶들이 공존하였다. 아이들을 부르는 소리, 다투는 소리들로 골목은 소란스러웠다. 좁은 길에는 누군가가 늘 나와 있었고 대부분의 집들은 마당 없이 블록 벽으로 방과 길이 경계 지어져 있었다. 구불구불해서 끝이 보이지 않는 길, 경계가 모호한 집들, 오르막이 심했고 계단들은 비뚤비뚤했다. 때로는 몸 하나 간신히 지나갈 만큼 좁은 길도 있었다. 간혹 억지로 비집고 들어온 차들이 돌릴 곳도 없는 막다른 골목 끝에 서기도 했다. 전염병처럼 그곳의 집들도 하나 둘 비워져 가고 있었다.

어느 한 골목 끝에서 나는 우뚝 발을 멈추었다. 거의 90도로 꺾인 골목 모퉁이에 커다란 볼록거울이 세워져 있었다. 볼록거울 속에 그림처럼 앉아 있던 한 여인을 본 듯하였다. 여인이 사라진 거울 속에 반대쪽 골목의 작은 가게가 보였다. 사진현상소였다. 필름을 맡기고 며칠 후 찾으러 왔을 때 민영은 현상된 나의 사진을 오랫동안 들여다보았다.

당신의 사진에서는 냄비에 둘러앉았을 사람들의 고달픈 하루가 느껴지네요. 벽의 낙서와 부서진 문짝이 보여주는 쓸쓸함…… 과거로 떠밀려 가는 마을들…….

민영은 나의 라이카에도 관심을 보였다.

M3이죠? 아름답네요. 요즘 것은 아닌 것 같은데.

나는 반사적으로 한 걸음 물러섰다. 민영이 무안한 얼굴을 지으며 말했다.

내가, 실수라도, 한 건가요?

그러나 얼마 있지 않아 나는 민영에게 라이카를 수시로 맡기게 되었고, 팔베개를 해준 채 내게 라이카를 준 그녀에 대해서도 이야기를 해주기도 했다.

다리를 쓰지 못했던 그녀, 언제나 그림처럼 앉아 슈퍼마켓을 지키고 있었고, 때로는 '상'이란 이름을 붙여 할머니와 살던 나의 외로움을 어루만져 주었던 그녀에 대해.

상을 받았던 이유는 무궁무진했다. 나의 지나간 일은 모두 상 받을 만했다. 친구와 싸웠던 이야기, 벌로 혼자 청소했던 이야기도 상을 받을 이유가 되었다. 왜 내게 상을 주는 거냐고 물었을 때 그녀는 넌 언제나 상을 받을 만했어, 근데 그걸 아무도 몰라주었으니 이제라도 받아야지, 라고 대답했었다.

그럼 라이카도 상으로 준 거야? 어린애한테 말이야? 그거 굉장한데.

민영이 호들갑스레 말했을 때 나는 말을 더듬거렸다.

아, 아니, 그건 그, 그냥 준 거야.

장롱 깊이 감춰둔 라이카를 꺼내 줄 때 그녀는 말했었다. 소중하게 다뤄. 내게 남은 유일한 기억이라서 그래.

나는 그 필름도 없는 라이카로 그녀 가게 뒤에 있던 텃밭을 찍었고, 텃밭에 붙어 있던 벌판을 찍었다. 비싼 물건 잃어버리기 전에 얼른 돌려주라고 할머니는 야단쳤다. 새벽밥을 먹고 몇 번의 버스를 갈아타고 시내로 나가 파출부 일을 하던 할머니는 주인집 동네에 금품을 노린 도둑이 들어 사람이 다치는 것을 보았다고 질색했다.

직각으로 꺾인 골목 모퉁이의 볼록거울 앞에서 발을 멈추었다. 거울 속에 민영의 현상소가 있었고, 그 옆에 있던 건물 벽에 붉은 페인트로 '철거 예정'이라고 쓰인 것이 보였다. 석 달 만에 다시 찾은 민영의 마을은 임종을 앞둔 늙은이처럼 마지막 숨을 몰아쉬고 있었다. 현상소 간판에는 불이 켜져 있었다.

문을 밀자 종이 딸랑대며 울었다. 가게 안쪽에서 민영의 얼굴이 나타났다. 민영이 캑캑, 기침을 뱉어 냈다. 문 좀 닫아. 흙먼지가 들어와. 바깥은 땅거미가 드리워지고 있었다. 타워크레인이 거인처럼 시커먼 그림자로 버티고 서 있는 것이 멀리 보였다. 문을 닫고 돌아서자 민영이 눈앞에 서 있었다. 민영은 팔짱을 낀 채 미간을 접었다.

늘 허기진 얼굴이군. 방에 들어가. 라면이라도 끓여 줄 테니.

가게 안쪽으로 작은 방 하나와 그보다 더 작은 주방이 있었다.

민영은 부엌으로 향하고 나는 방으로 들어갔다. 두 칸짜리 옷장과 책상, 텔레비전이 전부인 방은 서쪽을 향한 창문에서 들어오는 불그스름한 빛으로 물들어 가고 있었다. 방안은 따뜻했다. 정돈되지 않은 작은 방이 긴장을 풀리게 만들었다. 부엌에서 달그락대는 그릇 소리, 음식 냄새. 지친 근육들이 나른해졌다.

방안에 사진집이 펼쳐져 있었다. 펼쳐진 면은 고층빌딩과 네온 사인으로 현란한 거리였다. 번화가였지만 사람들은 볼 수 없었고 사람이나 차들이 지나다닐 공간에는 불빛만이 길게 줄을 지어 있었다. 장기간 노출 기법을 사용한 김아타의 작품집이었다. 다중 노출 기법을 사용한 섹스 장면, 그리고 녹아서 물이 되어 가는 얼음 흉상들의 연속 사진이 그다음 면에서 펼쳐졌다. 상을 들고 방으로 들어오던 민영이 사진집에 눈길을 주었다.

그는 모든 존재하는 것은 사라진다고 했지.

민영은 방바닥에 놓인 나의 카메라 가방에 눈길을 주었다.

어디, 사라지기 전에 당신의 존재 순간을 확인해 볼까.

민영은 카메라 가방째로 들고 일어섰다.

식사 후 깜빡 잠이 들었다. 눈을 뜨니 방안이 캄캄했다. 민영은 아직 들어오지 않고 있었다. 나는 몸을 일으켰다. 민영은 암실에 있었다.

들어와도 괜찮아, 현상은 다 했으니.

빨간 어둠 속에 민영의 빨간 미소가 보였다. 사진들이 만국기처럼 집게에 집혀 걸려 있었다. 민영은 걸린 사진 하나를 가리켰다.

여긴 어디야? 바다가 매우 거칠어. 폭우 속에서 찍었나 봐.

사진 속의 바다는 비바람 속에서 몸부림치고 있었다.

우리나라 땅의 최남단.

지난번 태풍이 왔을 때 그곳에 있었던 거야?

나는 고개를 끄덕였다.

후우, 민영이 탄성인지 한숨인지 모를 숨을 크게 내쉬었다.

그 태풍 여기까지도 기세가 대단했었는데. 굉장했다고 하던데 괜찮았어?

내가 태풍과 만난 것은 바다를 면한 산모퉁이에서였다. 전날 빗방울이 돋기 시작하면서 더위도 가시기 시작했다. 밤이 되자 빗방울은 순식간에 굵어져 들이붓듯 쏟아졌다. 바람도 가벼운 사람 정도는 날려 버릴 기세로 불었다. 아침이 되자 뉴스에서는 태풍이 동반한 폭우로 도로가 모두 침수되었다는 소식들을 쏟아냈다. 비가 주춤거렸다. 가까운 민박집에서 밤을 보낸 나는 길을 재촉했다. 거리에는 차들도 뚝 끊겼다. 어제까지 차들이 다니던 도로가 수로가 되어 정강이까지 물이 차올랐다.

산으로 올라가는 길은 무너져 있었다. 흙탕물이 콸콸 흘러내렸다. 빗발은 기세가 죽었지만 한 번씩 불어대는 바람은 금방이라도 나를 날려 버릴 것 같았다. 나는 비옷 속으로 카메라를 몇 겹이나 싸매고 산길을 올랐다. 철벅대는 흙탕물이 미끄러워 몇 차례나 넘어질 뻔하였다. 절벽 끝에 정자가 하나 서 있었다. 기와의 곡선이 하늘을 향해 날아갈 듯했다. 그곳에 올라가 바다를 바라보았다. 수많은 섬들에 에워싸인 바다가 한눈에 다 보였다. 바다는 잔뜩 성이 나 있었다. 성난 바다는 섬들을 잡아먹고 하늘까지 치고 올라갈 기세였다. 정자 안으로도 사정없이 바람이 불어댔다. 정자가 기와를 날개삼아 활짝 펴고 날아갈 것 같았다. 나는 들이치는 비를 피해 바다를 향해 초점을 맞추었다.

그러나 민영이 보고 있는 사진은 국토의 끝 바다에서였다. 그곳에서 나는 단 한 장의 사진만 남겼다. 서서히 태풍은 비껴 지나갔고 있었지만 비는 끈질기게 내렸다. 나는 종일 내리는 빗속에 있었고 쉬지 않고 불어대는 바람을 맞았다.

이 거친 풍랑이 왜 이리 가슴을 저릿하게 하는지 모르겠네. 민영이 중얼댔다.

나는 그 마지막의 땅에서는 사진기를 들 수 없었다. 태풍 때문에 배도 끊겼고 더 이상은 걸어갈 수 없음을 일러주는 탑이 세워져 있었다. 아버지가 그랬던 것처럼 나는 멍하니 앉은 채 비가 흩뿌리는 무채색 공간 속에 오랫동안 들어가 있었다. 어쩌다 집에 돌아오면 아버지는 그런 식으로 멍하니 앉아 시간을 죽이곤 했었다.

프리랜서 사진기사였던 아버지의 꿈은 자신의 작품사진집을 만드는 것이었다. 언젠가 세상을 놀라게 할 만한 예술작품을 만들겠다고 말했을 때 엄마는 코웃음을 쳤다. 웃겨, 뭐가 뛰니 망둥이도 뛴다더니. 사람들을 놀라게 하는 건 둘째 치고 사람들이 불러 줘서 일거리나 좀 있으면 좋겠네. 제 식구 팽개치고 돌아다니면서 찍어 온 사진이라고는 하나 쓸 만한 것도 없더구만.

어느 날 나는 뒷마당에서 아버지가 사진들을 태우는 것을 보았다. 아버지는 사진들이 모두 재가 된 후에도 머리를 두 무릎 사이에 박고 오랫동안 앉아 있었다.

민영이 말했다. 바다가 탈출할 곳을 찾아 꿈틀대는 용암 같아.

끊어진 길을 향해 차를 몰았던 아버지도 그래서였을까. 아버지는 마지막 순간까지 어딘가에 탈출구가 있을 거라고 생각했던 건지 모른다. 영안실에서 울고 있는 나를 사람들은 어린 게 아버지를 많이 사랑했구나, 라고 말했다. 그러나 나는 아버지의 죽음보다 산산조각 난 카메라를 더 슬퍼하고 있었다. 아버지는 하필이면 낭떠러지에서 굴러떨어졌을까, 그때 왜 카메라를 가지고 있었을까를 생각하면 한없이 서러웠다.

나도 떠날 거야.

민영이 말했다.

다음에 찾아왔을 때는 이곳에 없을 거야.

그래.

나는 순순히 고개를 끄덕였다.

멋대로 돌아다니다 와도 여기서 늘 내가 기다리고 있을 줄 알았을 텐데…….

그러기를 바라긴 했어.

솔직히 대답하자 민영은 언짢아했다.

난 내 삶을 그렇게 낭비하고 싶지는 않거든.

나는 테이블 위에 놓인 라이카를 집어 들었다.

네가 원하는 삶을 찾기 바래.

가방에 넣으려는데 민영이 라이카를 잡았다.

한 번쯤은 붙잡아 볼 수도 있잖아.

나는 조용히 그 손을 떼어냈다.

그래, 하지만 곧 짐으로 느껴지기 시작하겠지. 변하는 것을 보는 건 서로 힘들어.

당신이야말로 정말 힘든 사람이야. 당신만 늘 버림받는다고 생각하는 거야? 그 라이카 주인만 해도 당신이 버린 거잖아.

나는 라이카를 손으로 쓸어 보았다. 달아나, 빨리! 그녀의 목소리가 아득하게 들려왔다.

그러나 그녀는 변하지 않을 거야. 그렇게 약속했어.

그곳은 사라져 버렸어. 먼지처럼. 변하지 않는 것은 어차피 없어.

민영의 말을 뒤로하고 문을 열자 바람이 들이쳤다. 가슴에서 휘이잉 바람 소리가 났다.

민영은 틀렸다. 아무것도 사라지지 않았다. 여기서는 시간도 나를 기다리고 있었다.

'빨간 신호등 슈퍼'.

처음 이 동네에 왔을 때 제일 먼저 내 눈을 끈 것은 작고 초라한 가게에 걸려 있던 이 간판이었다. 빛바랜 빨간 글씨만 덩그러니 멋없는 간판이었지만 '희망'이라든지 '우리' 같은, 흔히 보던 슈퍼마켓의 상호와는 달라 관심을 갖게 만들었다. 저 이름, 무슨 뜻인지 알아. 내가 말했을 때 그녀는 따뜻한 미소를 지으며 말해 보라고

했다. 이곳에서 발을 멈추라는 거잖아. 그러고는 나는 공연히 발밑에 쌓여 있는 라면 박스를 발끝으로 툭 찼다. 그래 봤자 누가 이딴 곳에 오기나 한대. 퉁명스러운 말투였는데 그녀는 밝게 웃었다. 넌 정말 영리하구나. 답을 맞혔으니 상을 줘야겠네. 그녀는 앞에 있는 작은 냉장고를 열어 사과를 하나 꺼냈다. 걸을 수 없던 그녀는 방 안에 작은 냉장고를 두었고 과도나 포크 같은 소소한 살림도구도 손닿는 곳에 두고 있었다.

나는 그 이름 싫어. 나는 그녀가 깎아 준 사과를 우물대며 말했다. 그럼 너라면 뭐라고 짓고 싶니? 나는 일 초도 생각해 보지 않고 대뜸 대답했다. 바람. 그녀가 눈을 둥그렇게 떴다. 왜 그런 이름을 생각해 냈니? 왜냐하면, 이번에는 조금 망설였지만 말해 주었다.

난 바람의 자식이거든. 그녀가 하하하 소리 내어 웃었다.

지 애비 자식 아니랄까 봐 코에 바람이 들어 노상 싸돌아다니려고 한다며 엄마는 나를 혼내곤 했다. 엄마는 늘 돈에 쪼들렸다. 그래서 언제나 화풀이할 곳이 필요했다. 아버지는 집에 있을 때보다 없을 때가 더 많았으므로 그 역할은 대개 내가 맡을 수밖에 없었다.

이 웬수, 어쩌다가 생겨나 가지고.

엄마는 아버지를 기다렸지만 정작 아버지가 돌아오면 상황은 더욱 나빠졌다. 그동안 켜켜이 쌓아둔 원망이 끝도 없이 쏟아져 나왔다.

나도 아버지를 기다렸다. 정직하게 말하면 내가 기다린 것은 아버지가 아니라 아버지가 묻혀 오는 세상의 냄새, 그리고 목에 매달려 있거나 검고 네모진 가방 안에 들어 있는 카메라였다. 내가 가 보지 못한 것들이 아버지의 필름 속에는 있었다. 나도 사진을 찍어 보고 싶었지만 아버지는 손도 대지 못하게 했다. 늘 카메라를 메고 다니면서도 아버지는 내게 사진 한 번 찍어 준 적 없었다. 나 때문에 발목이 잡혀 버렸던 사람은 엄마보다 아버지였을 것이다.

아버지의 카메라를 몰래 꺼내어 사진 찍는 흉내를 내보기도 했다. 카메라를 통해 보는 세상은 새로웠다. 내가 알던 세상조차 카메라 파인더에 잡혀 버리면 사뭇 달라졌다. 공간은 환상적이었고 허공조차 신비로웠다. 그것도 아버지가 살아 있을 때 이야기였다.

얼마 있지 않아 엄마도 바람이 되어 떠나가 버렸고 나는 할머니에게 보내졌다.

할머니의 마을은 나지막한 슬레이트 지붕들이 드문드문 있었고 간혹 논밭도 있었다. 집들은 삭막했고 논밭은 엉성했다. 아이들도 볼 수 없었고 몇 명 되지도 않은 동네 사람들은 모두 바빴다. 낮이면 동네는 텅 비어 버렸다. 내가 이곳에 살러 왔다고 했을 때 사람들은 믿을 수 없다는 표정이 되어 고개를 절레절레 흔들었다. 사람들은 모두 이곳을 떠나갈 기회만 찾고 있었고 나는 이곳으로 들어온 유일한 사람이었다. 할머니는 파출부 자리를 찾아내어 그 기회의 단초를 잡았다. 새벽이면 동네를 나섰고 한밤이 되어야 돌아왔다. 그러나 집에 돌아오지 않는 날이 더 많았다. 동네를 떠날 생각을 하지 않는 사람은 오직 그녀뿐이었다.

그녀는 가게에 딸린 방에 그림처럼 앉아 언제나 가게를 지키고 있었다. 가게는 천장 모서리마다 거울이 달려 있었다. 도로 모퉁이에 세워둔 것과 같은 둥그런 볼록거울이었다. 그래서 방에 앉아서 거울을 통해 가게의 모든 구석까지 다 볼 수 있었다. 그녀는 손님이 와도 나갈 필요가 없었다. 가게를 찾아오는 몇 안 되는 손님들은 모두 제가 알아서 물건을 고르고 그녀에게 와서 알아서 돈을 치르고 나갔다. 이 동네 사람들은 이런 운영 방법이 익숙해져 있었다.

떠돌이 부랑자가 지나쳐갈 때도 있었는데 거울로 보고 있을 거라고 생각지 못하고 물건을 가지고 그냥 가버렸다. 그러나 그녀는 아무 말 하지 않았다. 왜 소리치지 않았어? 욕을 하던지. 내가 물어보았다. 돈이 없었겠지. 그런데도 많이 필요했겠지. 그리고 한쪽 눈을 찡긋했다. 너처럼.

나는 무안하여 뒤통수를 긁었다. 처음에는 나도 그랬다. 슈퍼를 기웃대도 아무도 내디보지 않기에 주인이 사리를 비웠거나 안쪽에서 다른 일을 보고 있어서 미처 사람이 온 걸 모르고 있는 거라고 생각했다. 그래서 밖에 놓여 있던 새우깡을 슬쩍 집어 들고 나와 버렸다. 새우깡을 특별히 좋아한 건 아니지만 심심했던 내가 할 만한 놀이는 그것밖에 없었다. 그녀가 다리를 쓰지 못하고, 손님이 알아서 돈을 치러야 한다는 것을 나중에는 알게 되었지만 그렇다고 금방 고친 건 아니었다. 재수 없어서 들킨다 해도 나를 잡으러 오지는 못할 거라는 계산에 오히려 더 대담해질 수 있었다. 거울로 처음부터 내가 하는 모든 행동을 다 지켜보고 있었다는 것을 몰랐을 때까지는 말이다.

어느 날 라면을 사러 갔을 때 그녀가 말했다. 라면은 그녀가 뻔히 보이는 안쪽에 있었기 때문에 그냥 들고 나갈 수는 없었다. 참, 너 새우깡을 좋아하지. 나갈 때 가지고 가렴. 어디 있는지는 잘 알지? 이번에도 그냥 주는 거야.

나는 내가 아는 이야기들을 그녀에게 들려주었다. 아버지, 엄마, 학교, 선생님, 그리고 그림……. 나의 이야기는 마을에 들어오기 전의 것으로 모두 끝날 수밖에 없었다. 하지만 그녀에게서 나의 이야기는 새로 만들어졌다.

……그래서 그림을 고쳐 그렸니? 아니, 그냥 냈어. 나는 심통스럽게 대답했고 그녀는 싱긋 웃었다. 잘했어. 그림이란 제 그리고 싶은 대로 그리는 거야.

무슨 그림이 나무는 둥치만 덩그렇고 주변은 허허벌판이니. 게다가 나무엔 가지도 없고 뿌리도 없잖아. 선생님은 내게 운동장에 서 있는 나무를 잘 살펴보라고 했다. 저것 봐, 나뭇잎들이 얼마나 무성한지. 바람에 흔들리는 소리가 들리지 않니. 그리고 흙을 붙들고 있는 뿌리가 보이지 않니? 땅 아래에는 훨씬 많은 뿌리가 숨겨져 있단다.

그러나 아무리 해도 땅속에 파묻힌 뿌리를 그릴 수 없었고 내 나무의 가지는 더 자라나지 않았다. 선생님은 고개를 저었다. 나뭇결까지 이토록 세세히 그릴 만큼 재주는 있는데 왜 늘 그리다 마는 건지……. 뿌리가 없는 나무는 제자리를 지킬 수 없단다. 가지가 없는 나무에게는 미래를 기대할 수 없고.

그러나 그녀는 말했다. 언젠가 너의 나무에도 뿌리가 생길 거야. 가지도 자라날 거고 무성한 잎을 피울 거야. 그때 너는 바람이 너의 잎을 바스락대며 스쳐 지나가는 소리를 듣게 될 거야.

그런 그림을 그려 볼 기회는 없었다. 마을에는 학교가 없었다. 할머니는 내가 학교를 다 끝내지 못했다는 것도 깨닫지 못하고 있는 것 같았다. 다행하게도.

아버지가 담고 싶어 했던 영상이 때때로 내 속에서 꿈틀대기도 했다. 그럴 때면 그림으로라도 드러내보고 싶었다. 그러나 내 나무 그림처럼 제대로 그려낼 자신이 없었다. 원칙이라는 건 없어, 느끼는 대로 그리면 돼, 라며 그녀는 나를 이해시켜 주려고 애썼다. 똑같은 풍경을 보아도 사람마다 다르거든. 자신이 가지는 마음의 눈이 다르니까. 그림이란 그런 거야.

마음의 눈으로 보는 풍경, 그 말은 더욱 난해했다. 누 눈으로 같이 보는 시야는 너무 막연해서 그럴지도 몰라. 눈에 보이는 것이 오히려 사실이 아닐 때가 많거든. 그걸 어떻게 하면 네가 알 수 있을까. 그녀는 갸우뚱했다. 마음으로 볼 수 있는 방법이 뭐가 있지.

나는 아버지의 카메라를 생각해 냈다.

카메라를 통해 보면 그런 기분일 것 같아. 실제 모습보다 훨씬 더 실감이 나고 마음에도 와 닿았거든.

그녀는 환하게 웃으며 엉덩이를 끌어 장롱 앞으로 갔다. 장롱 속에서 헝겊에 둘둘 싸인 것이 나왔다. 헝겊을 펴자 나온 것은 카메라였다. 카메라를 받자 가슴이 뛰어 나는 잠깐 숨을 멈추었다. 카메라는 흠집 하나 없었다. 그래서 나는 알아차렸다. 그녀의 아버지 혹은 그녀의 남편이었던 사람들은 적어도 차와 함께 낭떠러지를 구르는 방법으로 그녀를 떠나가진 않았다는 것을.

쓰고 싶으면 언제든지 써도 좋아. 그러나 반드시 돌려줘야 해. 내게 남겨진 유일한 기억이니.

나는 약속한다고 손가락까지 걸어 주고는 카메라를 들고 가게를 나섰다. 가게 뒤에는 작은 텃밭이 있었는데 그녀는 가끔 텃밭에서 일을 하기도 했다. 그녀는 텃밭에서는 목발 대신 바퀴가 달린 작은 판자를 타고 다녔다. 손으로 밀고 다니는 모습은 마치 스키보드를 타고 있는 것 같았다. 땅에 뿌리를 내린 듯 웅크리고 앉아 있는 그녀를 멀리서 보면 무엇이 푸성귀이고 사람인지 구분이 안 갔다.

작은 텃밭은 황량하게 펼쳐진 벌판과 이어져 있었다. 나는 벌판을 향해 카메라를 들이댔다. 파인더를 통해 보는 벌판은 여느 때와는 다른 모습이었다. 벌판은 내게 무언가를 이야기하고 있는 듯했다. 렌즈를 통했을 때는 그들과 마음도 통할 수 있을 것 같았다.

여름이 되자 그녀는 땀띠로 고생했다. 목은 벌겋게 두드러기처럼 벌게져서 가려워했다. 그녀는 목욕은 어떻게 할까. 몸이 불편하니 제대로 씻지도 못할 것이다. 엄마의 등을 밀어 주었던 생각이 났다.

목욕 시켜 줄까? 그녀는 내 말이 무슨 뜻인지 모르겠다는 듯이 멀뚱히 쳐다보았다. 등 같은 건 혼자서는 못 씻을 거 아냐. 그녀가 깔깔대며 웃었다. 고맙구나. 하지만 괜찮아. 나 혼자서도 할 수 있어. 나중에 정말 도움이 필요할 때, 그때 진짜로 도와줘야 해. 나는 고개를 끄덕였다. 반드시 그렇게.

할머니가 집으로 돌아오지 않는 날은 점점 더 잦아졌고 더 길어졌다. 혼자 사는 주인할머니가 아예 입주해 말벗 삼아 지내자고 한다고 했다. 나는 원하는 대로 하라고 했다. 아무도 내게 매이게 하고 싶지도 않고 나 또한 아무것에도 매이고 싶지 않았다.

모든 것은 변해 가기 마련이었다. 엄마도, 아버지도, 할머니도, 계절이, 그리고 온 세상이. 그녀는 고개를 저었다. 꼭 그런 것만은 아니야. 결코 변하지 않는 것도 있단다.

내가 이야기 하나 해줄게 들어 봐. 어느 날 하느님이 천사에게 지상에서 가장 아름다운 것 세 가지를 가져와 보라고 했단다. 오래 고심하던 천사는 활짝 핀 장미꽃, 아이의 해맑은 웃음. 그리고 어머니의 마음을 가지고 갔단다. 그런데 그토록 아름답던 장미꽃은 시간이 지나니 시들어 흉하게 변해 버렸고, 아기의 웃음도 세월 따라 점점 때가 묻어 가더란다. 하지만 영원히 변하지 않는 한 가지가 있었대. 그건 바로 어머니의 마음이란다.

나는 픽 웃었다. 웃기지 마.

나는 어떤 남자와 같이 있던 엄마와 마주친 적이 있었다. 할머니 집으로 오기 전, 초등학교의 마지막 소풍이었다. 유치하게도 소풍지는 놀이동산이었다. 놀이기구를 타고 신나 하는 아이들이 한심해 보였다. 소풍지를 빠져나왔다. 근처에는 수목원이 있었다. 나는 무작정 걸었다. 울창한 나무 숲 사이로 남녀가 걸어오고 있었다.

엄마는 기분 좋게 웃고 있었다. 아버지가 돌아가신 후부터 며칠씩 집에 돌아오지 않는 날이 많아지던 엄마를 엉뚱한 곳에서 만난 것은 좀은 낯설었다. 나는 그들을 지켜보았다. 나쁜 뜻은 없었다. 굳이 몸을 감출 필요를 느끼지 못했을 뿐이었다. 그들은 갑자기 오던 방향을 바꿔 되돌아갔다. 그러고 얼마 있지 않아 엄마는 떠나갔다.

변화는 거부할 수 있는 것이 아니었다. 우선 나부터 변하고 있었다. 나는 더 이상 죠스 바를 물고 죠스 흉내 내던 철부지가 아니었다. 거웃이 하나둘 보이기 시작했고 목소리도 달라졌다. 키도 부쩍 자라났다.

부잣집에서 편히 지낼 꿈을 꾸었던 할머니의 꿈은 이루어지지 못했다. 어느 날 아침부터 숨을 쉬지 않는 것이었다. 나는 할머니의 머리맡에 무릎을 싸안은 채 오랫동안 꼼짝하지 않고 앉아 있었다. 그녀가 몹시 보고 싶었다. 가게에 갔지만 없었다. 갈 곳은 텃밭밖에 없었지만 텅 빈 방을 보자, 그녀에게마저 버림받은 듯한 외로움이 엄습했다.

나는 장롱 문을 열었고 그 속에서 라이카를 꺼냈다. 라이카를 목에 걸고 방을 나오는데 문 앞에 놓인 돈 통이 보였다.

돈 통 안에는 돈이 얼마 없었지만 이곳을 떠날 수 있는 차비 정도는 될 것 같았다. 지폐 한 장을 꺼냈다. 그때 볼록거울 속으로 사람의 그림자가 나타났다. 땟국이 번질번질한 점퍼를 걸친 추레한 사내였다. 그는 이내 내 앞에 나타났다. 그의 시선은 내 손에 쥔 돈에서 그 돈을 꺼냈던 돈 통으로 옮겨갔다. 그가 히힛 웃었다. 누런 이빨 사이에 고춧가루가 끼여 있었다. 그는 돈 통으로 손을 뻗쳤다. 내가 몸으로 막아서자 에이, 쌍! 욕설을 퍼붓더니 내게 주먹을 날렸다. 목에 걸린 라이카가 한바탕 튀어올랐다. 사내의 눈이 반짝 빛났다. 오호, 멋진 물건이군, 뒈지기 싫으면 이리 내. 사내는 이번에는 내 목에 걸린 라이카를 벗겨내려 했다. 라이카만은 절대로 빼앗길 수 없었다. 사내의 주먹이 다시 내 얼굴을 강타했다. 나는 방쪽으로 나둥그러졌다. 방 입구 손잡기 쉬운 곳에 놓인 과도가 보였다. 그가 돈 통에서 돈을 꺼내는 사이 칼을 잡았다.

더 가까이 오면 죽여 버릴 테야. 사내는 처음에는 조금 놀란 듯했지만 이내 얼굴에 살기가 돌기 시작했다.

애새끼가 날 열 받게 만드네. 칼을 어떻게 쓰는 건지 내가 한 수 가르쳐 주지.

말이 떨어지기 무섭게 내 손을 후러치자 순식간에 나의 칼은 사내 손에 들어가 버렸다. 그러나 칼에 사내의 팔이 스치면서 피가 배어 나왔다. 피를 본 사내는 더욱 흥분하여 나를 향해 칼을 휘두르기 시작했다.

그때 날카로운 그녀의 목소리가 들렸다. 뭐 하는 거예요? 양 겨드랑이에 목발을 짚은 그녀가 가게로 들어서고 있었다. 사내가 뒤돌아보는 순간 나는 칼을 잡은 팔을 잡으려 했다. 그러나 사내가 더 빨리 팔을 빼냈다. 앗! 칼을 본 그녀가 비명을 질렀다. 사내는 다시 나를 향해 칼을 휘둘렀다. 찰나 목발을 집어던진 그녀가 두 팔로 사내를 끌어안아 버렸다.

달아나, 빨리! 다리 역할까지 같이 해온 그녀의 팔은 힘이 센 편이었다. 사내는 죽기로 옭아매고 있는 그녀를 쉽게 떼어내지 못했다. 사내의 손에서 칼날이 차갑게 번득였다.

달아나, 빨리! 그녀가 다시 소리쳤다.

나는 달아났다. 두 번 다시 뒤돌아보지 않고.

가게 뒤쪽을 향한다. 그곳에는 작은 텃밭이 있었고 푸성귀를 가꾸던 그녀가 있었다. 예전에는 그랬다.

황갈색 공간이 소용돌이치고 있다. 어디가 땅이고 어디가 하늘인지 경계조차 모호하다. 흙먼지가 일어 숨을 쉴 수가 없다. 눈 속으로 모래가 박혀 든다. 바람이 지나간 뒤에도 눈을 얼른 뜨지 못하고 몇 차례나 껌뻑댄다. 서서히 보이기 시작하는 눈앞에는 사막처럼 황량한 벌판이 펼쳐진다. 나는 그 한가운데에서 그림자를 발견한다.

그녀였다…….

그녀를 향해 가는 걸음은 허공을 딛는 듯하다. 누런 흙이 발아래에서 푸석댄다. 나는 허방을 딛고 비틀댄다.

조심해. 그녀가 말한다. 이곳은 조금씩 무너져 가고 있어. 시간이 흰개미 떼처럼 속에서부터 갉아 들어가고 모든 것들이 먼지가 되어 사라지고 있어. 늘 부서져 가는 소리가 들려.

그녀는 바퀴 달린 널빤지를 타고 있지 않다. 휠체어도 없고 목발도 보이지 않는다. 하체는 자연스레 땅속으로 스며들어 있다. 쩍

쩍 갈라진 땅에서 먼지가 인다. 그녀는 건조한 목소리로 말한다.

길도 사람도 이곳은 모두 피해 가버렸어. 모두들 이곳을 잊어버렸어.

나는 잊지 않았어.

그래, 너는 돌아올 거라고 믿었어.

그녀가 잔잔하게 웃는다.

너무 메말라. 뿌리를 내릴 수가 없어.

내가 뿌리를 내리게 해줄게. 가지가 뻗어날 거고 잎도 무성해질 거야. 꽃도 피워낼 거야.

그녀의 미소가 무구하다. 어머니의 마음은 변하지 않는다고 했던 그녀의 말은 맞았다.

그리고 그녀는 틀렸다. 장미꽃의 아름다움과 때 묻지 않은 아기의 미소까지. 이곳에서는 아무것도 변할 수 없었다.

평
토
제

내 진작부터 그 성질 죽여야 한다고 했지. 허구한 날 제 속 불지르고 살더니 꼴좋게 됐다. 이 어리석은 사람아.

노인은 방바닥에 깔아둔 캐시미론 이불 밑에 손을 넣으며 중얼거렸다. 맞은편 벽에 걸려 있는 달력이 눈에 들어왔다. 그림 없이 숫자만 커다랗다. 형근이 막무가내로 바꿔치기해 버렸던 것이다.

옛수, 이거나 거슈. 젠장, 명화는 무슨 얼어죽을. 날짜를 깨알만큼 만들어 놓은 게 어디 달력이오? 아들이 준 명화 달력은 그날로 불쏘시개가 되어 버렸다. 나중에 아들은 몇 부 찍어내지 않은 귀한 달력이었다고 말하며 아까워했다.

오늘이 어정칠월 건들팔월이라는 처서로군. 절기라는 게 참 신통하긴 해. 제아무리 더웠다가도 입추만 지나면 날씨가 당장 달라지니. 어정어정 건들건들 지나가는 세월, 나도 이제 몇 번이나 여름 구경 더 할 수 있을지.

형근이 있었다면 정신 나간 노인네처럼 또 혼자 중얼댄다고 타박했겠지만 이젠 그럴 사람도 없다.

형근의 죽음을 전했을 때 아들은 승진 심사가 있어서 내려올 수 없다고 했다. 그래, 그냥 알기나 하라고 전한 거다. 노인은 선선히 말했다. 같은 성을 가진 것 외엔 친척이라고 할 수도 없을 만큼 먼 촌수였다.

미닫이 방문을 열었다. 댓돌 위에 동그마니 올라앉은 자신의 신발을 물끄러미 내려다보던 노인의 시선이 마당을 지나 음울한 어둠이 황소 대신 웅크리고 있는 외양간 옆의 감나무로 옮겨갔다. 하현달이 나뭇가지 사이에 걸려 있다. 바람이 이는지 솨르륵 나뭇잎 스치는 소리가 났다. 별이 총총한 걸 보니 내일은 맑을 것 같다. 그래, 날씨라도 도와줘야지. 마지막 가는 길인데. 노인은 조금 마음이 놓였다. 아름드리 감나무는 올해는 감도 별로 열리지 않았다.

서너 해 전이었을 것이다. 그해는 감이 풍년이었다. 아들이나 손자가 내려와 거들어 주면 모를까 노인 혼자 감을 따는 건 힘에 부쳤다. 그러자 형근이 팔을 걷어붙이고 나섰다. 내 다 따드릴 테니 나중에 술이나 한잔 받아 주슈. 형근은 나무 위 우듬지에 있는 감까지 그냥 두질 못했다. 까치 배 터져 죽일 일 있소? 까치밥이라는 건 몇 개만 맛보기로 남기는 거지, 저렇게 생으로 남기는 법이 어디 있소. 형근은 감나무를 타고 올라가 장대를 휘저어 댔다. 노인보다야 십여 년 젊지만 나이 들어가긴 피차 마찬가지였다. 보기에도 조마조마했지만 워낙 황소고집 같은 위인이라 막을 방법이 없었다. 감나무 가지는 믿으면 안 돼. 보기는 그럴싸해도 삭정이보다 못한 게 감나무 가지야. 말이 화근이었던가. 형근이 한 걸음 더 올라가려 발을 옮겨 디딘 가지가 정말로 뚝 부러져 버린 것이었다. 형근은 감나무 가지를 안고 땅바닥으로 나둥그러졌다. 아고고 나 죽네! 다리를 부둥켜안고 죽는 소리를 질러 대며 일어나질 못했다. 뼈에 금이 가서 깁스하고 있는 동안 노인은 그 성질 받아내느라 고생 좀 치러야 했다. 눈만 뜨면 어디든지 휘젓고 다니며 온 참견을 다 하고 다니던 위인이 집안에 갇혀 지내야 했으니 본인인들 오죽했겠는가. 쯧, 노인은 혀를 찬다. 이보게 동생, 그 성질이 어쩌다 그 좁은 관 속에 꼼짝 못하고 갇혀 버렸단 말인가.

감나무는 옆집 담장을 기웃대고 있었다. 장정들이 마음만 먹으면 얼마든지 넘나들 수 있을 만큼 나지막한 토담이다. 옆집은 고즈넉하다. 다행히 장 서방이 얌전히 잠들었는가 보다. 영안실을 지키고 있어야 할 상제지만 장 서방의 술 치레가 워낙 심했다. 집으로 데리고 오는 차안에서도 애를 먹었다. 뒤에 뉘어 두었더니 일어나 나대면서 앞좌석에서 운전을 하는 주희까지 건드리는 바람에 몇 차례나 차를 세워야 했다. 주희의 옆 좌석에는 노인이 앉아 있었지만 취한 장 서방의 완력을 막기에는 역부족이었다.

창문에서 새어 나오는 불빛이 희미하다. 지금이라도 형님, 밥 드셨수? 하며 형근의 강파른 얼굴이 쑥 나올 것만 같다. 노인은 어쩐지 자꾸 화가 치밀어 오른다. 쾅, 소리 나게 닫은 방문이 놀라 잠시 부르르 떨었다.

노인은 따뜻해진 이불 밑으로 들어가 비스듬히 누워 리모컨으로 텔레비전을 켰다. 전문가들이 나와 FTA 협정과 국가경쟁력과 경쟁이 되지 않는 산업의 몰락을 이야기하고 있었다. 도태되느냐 살아남느냐, 세상은 선택을 강요하고 있었다. FTA 협정이 체결되었다는 소식을 들었을 때 형근은 소주병을 들고 노인의 집으로 들이닥쳐 한참 동안 시근벌떡댔다.

자동차도 좋고 핸드폰도 좋지만 먹거리를 다 내주고 앞으로 어떻게 하겠다는 짓거리들인지. 자기네들만 살아남으려고 돈 많은 것들은 뒷돈도 대준다는 소문도 있소. 로비라나 노가리라나 그런 거 모르고 땅만 파먹을 줄 아는 농민들만 다 죽게 되는 거지. 이참에 나도 아예 땅을 다 파 뒤집어엎어 버리고 말아야지. 그러나 형근은 끝까지 땅을 버리지 못했다.

채널을 돌렸다. 리포트가 세계의 오지를 찾아 그곳의 생활 모습을 보여주고 있었다. 초라한 삶의 모습이었지만 그들은 리포트의 질문에 순박한 웃음으로 답해 주고 있었다. 리포트가 찾아가는 장소에 따라 방안은 어두워졌다 밝아졌다 했다.

오래전에 텔레비전 방송국에서 이 마을을 찾아온 적도 있었다. 한 집 두 집 짓기 시작한 표고농사가 성공하면서 표고의 산지로 알려져 가고 있을 즈음이었다. 시골 마을을 찾아다니며 특산물이나 훈훈한 미담 그리고 갖가지 이야깃거리를 전해 주는 프로라고 했다. 촬영은 하루 종일 걸렸지만 정작 텔레비전에 나온 것은 다른 몇 마을들과 함께 잠깐뿐이었다. 그러나 당시 이장 일을 보고 있던 형근이 마을 대표로 나서서 자랑으로 했던 말은 두고두고 이야깃거리가 되었다.

그때 형근은 그랬다. 우리 마을은 산세가 좋아 표고 농사뿐만 아니라 사람 농사도 잘 되는 곳이오. 여기선 훌륭한 위인도 많이 배출되지요. 노인은 형근이 옆에 있기라도 한 듯 퉁을 놓는다.

이 깡촌 골짜기에 네놈 말처럼 그런 인물들이 많이 배출되었다면 네놈이 무엇 때문에 그렇게 기고만장하였을라고. 마을 잔치는 무엇 때문에 그렇게 요란스러웠고.

노인은 태근이 외무고시에 합격했다는 소식에 온 마을이 축제 분위기로 들떴던 때를 기억하고 있었다. 그때까지만 해도 마을은 집성촌의 모습을 간직하고 있었다. 집들은 낡고 초라했지만 나지막한 지붕들은 인정스러웠고, 휑하니 빈집이 늘어난 지금처럼 스산하지도 않았다. 박씨 성을 가진 사람은 윗대로 몇 번만 거슬러 가면 어디서 맞닿든 모두 일가붙이였다.

하지만 마을은 산이 깊어 외부와도 고립되었고 농사지을 땅도 부족하였다. 몸이 고단한 데 비해 수입들은 변변찮았다. 어지간한 능력으로는 자식을 대학 보내기도 힘들어 전문대라도 보냈다 하면 으스대도 될 정도였다. 그러니 사람들이 기억하는 한 그때까지는 이 마을에서 인물이라 할 만한 사람을 배출한 적이 없었다. 형근이 자랑한 위인은 자신의 동생 태근이었다.

태근의 소식에 마을은 온통 술렁댔다. 그러면 외국에 나가 사는 건가? 물론이지, 거 왜 대사라는 거 있잖아. 외국에서 우리나라 일을 보는. 누군가 핀잔을 주기도 했다. 아무리 산골에 처박혔다지만 무식하긴. 외무고시 합격만 하면 다 대사가 된다면 세계에 나라가 도대체 몇 개가 있어야 하나? 그럼, 그럼. 외국에 나갈 거 있나. 우리나라에서 높은 자리 차지하는 게 낫지. 그러면 또 다른 사람이 손을 휘휘 저으며 나섰다. 이 사람들아, 중요한 건 이제야 우리 마을에도 출세한 사람이 나온다는 거 아니겠나. 사람들은 고개를 주억댔다. 맞아. 팔은 안으로 굽게 마련인데. 산 너머 둔말 좀 봐. 마을에 국회의원 한 사람 나오니 당장 길부터 달라지지 않던가.

　인근 마을에서 교편을 잡고 있던 노인도 마을에서 태근이 내려오는 날을 잡아 잔치를 벌인다는 소식을 듣고 참석을 했다.

　상답도 그중 많이 가진 편이었고 그 무렵 표고 농사를 조금씩 시작하던 박창복은 살찐 도야지 한 마리를 선뜻 내놓았다. 술 잘 빚기로 소문난 천안댁은 제사 때 쓸려고 담아둔 동동주를 내놓았고 닭 두 마리 내놓은 택보, 사는 게 워낙 어렵던 정호는 몸으로라도 때우겠다며 농사일 작파하고 온종일 매달려 미꾸라지를 한 양동이나 잡아오기도 했다. 그리고 무엇이든 성의껏 추렴한 일가붙이들은 들에서 일을 끝내고 돌아온 저녁이 되자, 개울 옆에 솥을 걸고 멍석도 펴고 언청이 광호는 장구를 둘러맸다. 농사일 틈틈이 솥걸어놓고 개도 잡아먹고 하던 개울가엔 당시만 해도 물이 맑고 수량이 풍부한 개울이 흐르고 있었고 넓은 모래밭도 있어서 만남의

장소로는 더할 나위 없이 좋은 곳이었다.

덩더꿍 장구 소리 흥겨운 가운데 술에 취하고 인정에 취한 사람들은 덩실덩실 춤을 추었고, 그 사이를 태근은 발그레 상기된 얼굴로 마을 어른들에게 일일이 술 한 잔씩 올리고 다녔다. 때로는 머리 허연 중늙은이가 아제, 참말 장하요, 하며 두 손으로 태근의 술잔을 받기도 하고 까까머리가 나서서 이보게 조카 나도 술 한 잔 주면 안 되나, 하다 마빡에 피도 안 마른 놈이 뭐가 어째? 제 어미에게 지청구 듣기도 했다. 시나브로 해가 지고 하늘은 먹물이라도 뿌려 놓은 듯 새카매졌지만 금방이라도 쏟아질 듯 총총한 별들이 서로의 눈 속에 담겨지고, 사람들의 어깨춤은 장구채 잡은 경수의 손길 따라 덩실덩실 물결쳤다. 간혹 밤벌레가 쓰르르쓰르르 흥겨운 잔치마당에 끼어들다가 사람들의 딱다그르르 터지는 웃음소리에 놀라 화들짝 숨어들곤 했다. 태근은 노인에게도 술잔을 올렸다. 무릎을 꿇고 앉아 잔에 술을 가득 채우고는 큰절까지 올렸다. 다 선생님 덕입니다. 그때 가정형편 때문에 진학을 포기했다면 지금의 저는 있을 수 없었겠지요. 선생님은 그것을 가능하게 해주신, 제게는 은인 같은 분입니다.

제가 잘나서 된 일이지, 내가 무슨 일을 했다고. 노인은 슬몃 민망한 미소를 짓는다. 6학년 때 담임이었던 노인은 남달리 영특한 태근을 아꼈다. 학업을 중단하기엔 아까운 아이였기에 장학금을 받을 수 있는 학교로 주선해 준 게 전부라고 생각하는데, 너무 과분한 인사를 들은 것 같아 면구스러웠다.

태근은 쉰 둥이로 태어났고 앞서거니 뒤서거니 돌아가신 부모님의 자리는 형근이 대신하였다. 그러나 형근도 물려받은 재산 하나 없이 살다 보니 제 가족 건사하기도 벅찬 형편이었다. 태근은 일찍 객지로 나가 장학금을 받거나 입주 가정교사를 해가며 어렵게 학교를 다녔다.

어젯밤 성보의 당황한 부름에 달려갔다가 노인은 망연자실했다. 평소 고혈압이 있긴 했지만 형근의 죽음은 워낙 급작스러웠다. 어째 머리가 띵하다는 형근의 말을 예사롭게 지나쳤던 것을 노인은 가슴을 치며 후회한다. 성보가 영안실로 제 아버지를 모시고 장례 준비하는 동안 부고 돌리는 것은 노인이 맡았다. FTA 협정 업무 때문에 태근이 한국과 외국을 들락거린다는 말을 형근에게 들은 적 있었지만 성보는 정확하게 모르고 있었다. 태근에게 전화했지만 핸드폰은 꺼져 있었다. 외교통상부에 전화를 했지만 어디에 있는지 가르쳐 주지 않았다. 부고를 전해 달라고 하는 수밖에 없었다.

장 서방 내외는 오늘 새벽에야 들이닥쳤다. 주희는 영안실을 들어서면서 아이구, 아버지! 통곡 소리부터 먼저 냈다. 주희의 통곡 소리가 들리자 내내 적막하던 곳이 비로소 영안실처럼 되었다. 장 서방도 호곡을 했다. 성보는 묵묵히 그들 내외의 곡소리를 듣고만 있었다.

옆집에서 자지러지는 아이의 울음소리가 들렸다. 뒤이어 무엇인가 부서지는 소리도 들렸다. 잠든 게 아니었구나. 노인은 황급히 마당으로 내려섰다. 다투는 소리는 좀 더 분명하게 들려왔다. 노인은 담장으로 가서 발돋움하여 집안 동정을 살폈다. 장 서방이 무어라 소리치고 있었지만 잔뜩 혀가 꼬부라져 말을 알아듣기는 힘들었다. 주희도 지지 않고 대거리하고 있었지만 이미 반은 울음소리였다. 제 아비 영정 앞에서 애절하게 울던 모습이 떠올라 마음이 짠해졌다.

그러나 노인은 차마 옆집으로 건너가지 못하고 망설인다. 워낙술 치레가 심한 위인이다. 아까 저녁에도 성보와 한바탕하는 것을보지 않았던가. 처음부터 그랬던 것은 아니었다. 오히려 장 서방이아니었다면 어쩔 뻔했던가 싶었다. 제 아내도 건사 못하고 달아나게 만든 성보는 이런 일 처리엔 서툴렀다. 장 서방도 처음엔 술을입에 대지 않으려 나름대로 조심을 하는 눈치였다. 그러나 밤이 이슥해지고 그나마 드문드문 찾아오던 손님마저 끊어질 때쯤엔 장서방은 이미 취해 있었다. 건사양을 하긴 했지만 손님들이 한 잔씩권하는 잔을 다 밀쳐내지 못한 것이다.

아이의 울음소리가 더 커져 갔다. 주희의 비명 소리가 들렸다. 언젠가 얼굴이 퍼렇게 멍든 채로 친정 온 주희를 본 적이 있다. 형근은 내, 이놈을 그냥! 소리치며 당장 요절이라도 낼 듯 씩씩댔지만다음 날 찾아온 장 서방이 두 무릎 꿇고 빌자 어쩔 수 없이 주희를되돌려 보냈다. 어쩌겠소, 다신 안 그러겠다는데. 그날 형근은 노인을 찾아와 깊이 탄식하였다. 저도 맺힌 게 많아 그런 걸.

흉한 꼴을 또 보기 전에 말려야 했다. 노인은 담을 돌아 옆집으

로 향했다. 막 현관 손잡이에 손을 대려는데 문이 먼저 열리며 주
희가 뛰쳐나왔다. 아이가 엄마의 옷자락을 잡고 끌리다시피 따라
나왔다. 주희는 노인을 보더니 흑흑 흐느꼈다. 아이도 겁에 질렸는
지 소리도 제대로 내지 못하고 꾹꾹 누질린 소리만 내고 있었다.

"그래, 술 취한 사람 일일이 상대하는 것보단 우선 피하는 게 낫
다. 너는 우리 집에 가렴. 아이가 많이 놀랐을 테니 달래서 재우고.
장 서방은 내가 잘 달래 볼 테니."

집안은 엉망이었다. 개다리소반이 방구석에 나둥그러진 채 다리
가 하나 부러져 있었고 그릇들이 이리저리 흩어져 있었다. 김치보
시기가 엎어져 벌건 국물이 사방으로 튀어 있었다. 장 서방은 냉장
고 문을 붙들고 있었다. 술이라도 찾고 있었는지 냉장고며 찬장이
문이 다 열린 채 속에 것들이 끄집어 나와 있었다. 고개를 돌린 장
서방의 터진 입술이 부풀어 올라 검보랏빛으로 변해 있었다. 노인
은 슬그머니 눈을 피했다. 노인을 보자 장 서방은 과장적으로 허리
를 숙이며 인사하는 시늉을 했다. 넘어질 듯 몸이 휘청댔다.

"인사 차릴 줄 아는 걸 보니 이제 술이 엔간히 깬 모양이네."

노인은 짐짓 웃어 주었다. 영안실에서 그 소동이 있고 나서 시간
이 한참 지났으니 이젠 조금 정신이 들 때도 되긴 했다. 장 서방을
다독여 일단 눈을 붙이게 해야겠다고 노인은 생각했다. 부모를 마
지막 보내는 영안실에서 상제들끼리 주먹다짐을 했다는 것은 기가
막힐 노릇이었지만 내일 장지로 형근의 마지막 길을 보낼 일이 아
직 남아 있었다. 그 우세스런 꼴을 보여줄 만큼 손님들이 많지 않

왔다는 것이 다행이라면 다행이었다.

성보와 장 서방은 예전부터 좋은 사이는 아니었다. 둘의 성격이
워낙 다르기도 했지만 형근의 편애 탓도 있었다. 형근은 제 자식 성
보보다 사위인 장 서방에게 더 의지했다. 어쨌거나 장인 죽음 앞에
서 술주정을 부리던 장 서방이나 그에 맞서 기어코 주먹다짐을 벌
이던 성보나 괘씸하긴 마찬가지였다. 세상이 어찌되려고 이 모양
인고. 노인은 가만히 탄식했다.

허우대야 장 서방이 더 멀쩡하고 키도 한 뼘은 더 컸지만 주먹다
짐으로 세월을 보낸 성보와는 처음부터 되지 않는 싸움이었다. 분함
을 참지 못한 장 서방의 몸짓만 더욱 어지러이 흐트러졌을 뿐이
었다. 이래저래 설움을 감추지 못한 주희만 그들 사이에서 울부짖
다가 간신히 장 서방을 집으로 데리고 온 것이었다.

"제에송하므니다, 선생님."

집성촌이라 모두가 일가들이고 조카들이었지만 노인만은 촌수
나 항렬을 따지기보다 모두에게 선생님이란 호칭으로 불리고 있었
다. 한마을에서 같은 초등학교를 졸업하다 보니 일가붙이들 중엔
노인의 제자들이 아니면 그 학부모들이 많았다.

"그래, 이 사람아. 웬 술을 그리 과하게 했는가. 여하튼 오늘은 수
고 많이 했네. 이젠 눈 좀 붙이게. 내일 해야 할 일도 많으니."

"난 안 할랍니다. 자알난 아들놈이 있는데 내가 왜 합니까."

장 서방은 금방 격앙되고 만다. 혀가 자유롭지 않아 발음이 어
눌하였다.

"자알난 사람 많은 집안에 나같이 근본도 모를 인간이 껍죽댄 것 자체가 웃기는 일이죠."

근본도 모를 불상놈을 집안에 들일 수 없다. 장 서방이 주회와의 결혼을 간청했을 때 형근은 냉랭했다. 부모를 일찍 앞세웠던 장 서방의 가슴에 그런 식으로 사정없이 못을 박아 대고 간신히 허락한 결혼이었다.

"저는요오, 살아남기 위해서 자존심이고 뭐고 다 버렸습니다아. 필요하다면 아무데나 빌붙었습니다. 그렇게 살았다구요. 도와주는 사람 하나 없이 모든 걸 혼자 해결해야 하는 설움이 어떤 건지 수시로 손 내밀 부모를 가진 자식은 절대 모를 겁니다. 그런데 그 자식은 부모 등골을 뽑아내지 않고 제 힘으로 살아 보려 발버둥치는 것이 비굴하고 야비한 거라 합디다."

"참게, 워낙 그 애의 말본새가 그렇잖은가."

성보는 자신의 자존심을 지키는 방법으로 힘을 택했고 고등학교도 졸업하지 못했다. 아무도 그 애의 비위를 거스를 수 없었다. 폭력 혐의로 교도소에 들어가거도 했다. 형근이 장 서방을 받아들인 것은 그런 자식에 대한 절망감 탓도 컸다.

장 서방은 세일즈맨으로도 능력을 보였고 이런저런 일을 가리지 않고 했으며 사업에도 수완을 보였다. 새까만 벤츠를 몰고 동네로 들어설 때는 형근의 입도 함지박만 하게 벌어졌다. 장 서방은 형근에게도 극진하였다. 부모 없는 자신에게 부모가 생긴 것만으로도 감사하게 생각한다고 말했다. 겉으로 보면 형근이 함부로 내뱉었던 모진 소리들은 모두 잊은 듯 보였다. 그러나 술이 과해지면 옹이처럼 박힌 말들이 쏟아져 나와 형근의 가슴을 철렁하게 만들곤 했으므로 형근은 장 서방의 눈치를 보았고 비위를 맞춰 주려 애를 썼다.

오늘 일만 해도 그랬다. 조문 온 사람들은 상주와 맞절하고 얼마나 마음이 아프십니까 등 의례적인 문상치레가 끝나면 다음은 태근은? 하고 물어 왔다. 출장 중인데 아직 연락이 안 닿았다고 대답해 주었지만 차츰 이상한 소문이 퍼지기 시작했다. 좁은 영안실에서 수군거림이 상제들 귀에 들리지 않을 리 없었다.

태근이 지금 검찰에 불려가 조사 받는 중이라는 말을 들었는데.

왜? 무슨 일이래?

무슨 청탁 사건이라나…….

누군가에서 시작된 이야기는 점점 살이 붙어 가고 구체화되어 갔다. 나쁜 소식일수록 더 관심을 끌 수밖에 없었다. 남보다 더 많은 것을 알고 있음을 과시하고 싶은 사람들은 알고 있는 것과 자신의 추측을 보탰고, 다음 사람은 그 추측에 또 다른 이야기를 보태서 다음 사람에게 전해 주었다.

사람들은 처음엔 걱정했다. 다음은 그럴 수도 있겠다고 생각했다. 그다음은 그래야 한다고 생각하기 시작했다. 시간이 지나고 사람들이 바뀌어 가면서 청탁 사건의 내용도 더 구체화되어 갔다.

요새 텔레비전에서 맨날 FTA 협정 이야기던데 그 일에 태근도 관여한 거 아니야?

맞아. 그쪽 분야에서 일하고 있었다고 들었던 거 같아.

그 협정에서 빠지려는 돈 있고 힘 있는 사람들은 뒷거래를 한다는 소문들도 있던데…….

그저 힘없는 농민만 다 죽인다는 형근이 말이 괜히 나온 게 아니네그려.

아, 촌것들은 뭘 했어. 소 뒷다리 한 짝이라도 안겨 주지.

그래도 태근 아제는 그러면 안 되지. 자기를 키운 땅인데.

이마에 깊은 주름을 만들며 정호가 비아냥대듯 말했다. 노인은 정호가 형근을 찾아왔던 것을 알고 있었다. 면사무소에서 일하던 아들의 승진을 부탁했다고 했다. 너 고시 됐을 때 제 일같이 기뻐한 사람이다. 농사꾼이 하루 농사 작파하고 종일 미꾸라지 잡아온 인정이 어디 쉬운 줄 아나. 명절에 찾아온 태근에게 형근이 간곡하게 말했지만 고개를 저었다고 했다.

그런 일 없어도 워낙 바쁘신 어른인데 제 형님 초상엔들 올 수 있겠어.

이제 고인이 된 박창복의 아들도 심사가 꼬여 있었다. 태근이 한국에서 근무한다는 말을 듣고 박창복은 자신의 회갑연에 꼭 와서 자리를 빛내 달라고 따로 전화까지 넣었다고 했지만, 태근은 축하화분으로 대신했고 박창복은 그것을 죽을 때까지 섭섭하게 생각하였다. 아무리 출세해도 그렇지, 내가 저 어려울 때 해준 게 어딘데 이러면 안 되지.

요즘에사 다 칠순도 생략하는 판인데 멀리 있는 사람이 일가 행사를 일일이 다 챙길 수 있나. 하도 박창복이 섭섭해하기에 노인이 능쳐 본 게 오히려 속을 더 긁은 꼴이 됐다. 내가 다른 사람과 같은가. 촌수를 따져도 집안에서 젤 어른인데 지는 하늘에서 떨어진 줄 아나.

좀 뻣뻣하긴 했지.

천안댁도 거들었다. 인정 많은 천안댁은 술 좋아하는 형근에게 가끔 술을 담아 주기도 하고 반찬가지도 챙겨 주곤 했다. 아들도 성실하였다. 영농후계자로 선정되어 나름대로 과학적 영농을 하여 인터넷을 통한 직거래 방법도 찾아냈다. 그런데 농사지은 채소들을 트럭에 싣고 도시로 내왕하던 아들이 식사 후 피곤도 풀 겸 소주 한 병을 먹고 운전하다가 음주 단속에 걸려 벌금과 함께 면허정지 처분을 받고 말았다. 운전을 할 수 없는 것은 당장 생계와 직결된 일이었다. 다급해진 천안댁은 태근에게 빼내 달라고 사정했지만 거절을 당했다. 간신히 뚫은 판로가 막히고 그 바람에 빚을 지게 된 아들은 지금도 고생을 하고 있다고 했다.

그만한 힘 정도는 있으면서 사람을 죽인 것도 아닌데 못 빼내 줄 리가 있나. 그저 제 몸 사리느라 그러는 게지. 천안댁은 태근에 대한 서운한 마음을 두고두고 감추지 않았다.

소도 비빌 언덕이 있어야 비빈다고 하는데 젠장, 고향 사람 언덕 좀 돼주는 게 그렇게 힘든가. 택보가 투덜댔다.

장 서방은 그들 사이를 누비고 다녔다. 뭘 그런 걸 가지고 그래요. 자자, 술이나 한 잔들 하시고. 그들을 말리는 것 같았지만 다음

조문객들이 와서 끊어질 뻔한 화제를 먼저 꺼내 불씨를 살려 주는 것도 장 서방이었다.

성보는 입을 굳게 다물고 바위처럼 빈소만 지키고 있었다. 눈빛이 점점 더 매서워지고 있었다.

"아이고 아직 창창한 나이인데 이래 가다니."

할머니뻘 되는 고형댁이 형근의 영정 앞에서 아이고, 아이고! 한 차례 곡소리 내고 팽 코를 풀었다. 여러 해 전에 아들 내외를 따라 마을을 떠난 사람이다. 며느리의 오라비가 불렀다고 했다. 며느리의 오라비는 작은 전자대리점을 하고 있었다. 고형댁은 성보에게 문상의 인사치레를 한 후에도 빈소에서 얼른 나가지 않았다.

"그래 요새 뭘 하는고? 노래방 하다가 손해 많이 봤다는 말은 들었는데."

성보는 묵묵히 고개 숙이고 있었다. 노인은 식사는 했습니까, 이리 와서 국이나 한술 뜨시지요, 하며 고형댁을 불러냈다. 평소 주책바가지라는 이름으로 불리던 고형댁이었다. 성보의 속을 긁어놓고 사람들 사이에 앉자마자 고형댁은 자신의 아들 이야기를 풀어놓기 시작했다. 며느리의 오라비는 몇 안 되는 직원들이 걸핏하면 담합하여 애를 먹곤 있었는데 아들이 간 뒤부터는 일이 잘 돌아가고 매상도 부쩍 늘었다고, 다른 사람들이 듣기 싫어하거나 말거나 처남 덕에 돈을 잘 벌고 있다는 아들 자랑을 늘어놓았다. 더 이상 찾아오는 사람도 없는 빈소에서 성보가 나오자 고형댁의 수다는 다시 성보를 향했다.

"너도 삼촌한테 부탁 좀 하라고. 높은 사람이라는데 마음만 먹으면 하나뿐인 조카 취직 못 시켜 줄까. 어디 돈 많이 준다는 데 넣어 달라고 해."

못 해주겠다는 거요, 형님. 내 이제 그놈을 동생이라 생각 안 할라요. 장 서방의 부탁으로 태근을 만나러 아침 일찍 서울로 갔던 형근이 어느 날 밤 씩씩대며 들이닥쳤다. 장마 뒤끝이라 푹푹 찌던 염천의 날씨가 밤이 되어도 수그러들 줄을 몰라 이리 뒤척 저리 뒤척하던 노인이 간신히 잠 자락을 붙들었을 때였다. 노인은 무슨 소리인지 몰라 잠이 덜 깬 눈을 멀뚱댔다. 종일 먼 걸음 발품 팔았다가 울화만 안고 돌아온 형근의 강파른 얼굴은 땀 때문인지 분노 때문인지 벌겋게 상기되어 번들대고 있었다. 요즘 세상에 연줄 없이 되는 일이 어디 있답니까. 아, 생으로 은행 문을 밀고 들어가 내 정수기 사시우, 할 수는 없는 일 아니우. 누군가의 알음알음이 있어야 말문도 트고 거래가 되든 안 되든 시작이라도 해볼 것 아니겠소.

당시 장 서방은 정수기 판매를 하고 있었다. 초창기여서 정수기 값이 상당히 비쌀 때였다. 장 서방은 그 비싼 정수기를 물 좋은 시골 마을에도 한 집 건너 하나씩 들이게 할 만큼 수완이 좋았다. 하여간 북극에 가서도 냉장고를 팔 위인이라니까. 사람들은 혀를 내둘렀다. 처음에는 엄청난 판매량을 기록하였던 것 같다. 그러나 그런 고가의 물건이 늘 팔리는 것은 아니었다. 장 서방이 팔 수 있을 만한 곳엔 다 들어가면서 금방 바닥이 드러나 버렸다. 어디엔가 새로운 판로가 필요했던 장 서방은 은행에 눈독을 들였다. 지금은 어지간한 은행들은 다 정수기 몇 대 정도 가지고 있지만 당시만 해도 그렇지 않았다. 서비스를 중요하게 생각하는 은행에서 조만간 그것들을 갖추게 될 거라는 생각을 한 건 장 서방의 뛰어난 사업 감각이라 봐야 될 것이다. 장 서방이 볼 때 시장은 무주공산으로 널려 있었던 것이다. 게다가 은행은 지점들이 거미줄처럼 퍼져 있으니 한두 군데만 뚫으면 그다음부턴 땅 짚고 헤엄치기라고 생각한 것이다. 사려는 고객이 있고 팔겠다는 상인이 있는데 문제는 이들을 연결할 다리였다.

장 서방은 당연히 처숙부 태근이 도와줄 거라고 생각했다. 장 서방은 스스로의 능력을 믿고 있었기 때문에 자기 생각에는 무리한 부탁을 한 것도 아니었다. 태근이 은행의 책임자만 소개시켜 주기만 하면 나머지는 자기가 알아서 하겠다는 것이었다. 그까짓 일은 별로 힘든 일도 아닐 거라고 생각했다. 사람과 사람 사이야 얼마든지 소개할 수도 있는 일 아닌가. 그런데 태근은 단박에 거절하고 만 것이다. 그렇다고 쉽게 물러설 사람은 아니었다. 이번엔 형근에게 도움을 요청하였고 큰 부탁도 아니라 싶어서 형근이 대신 나서 태근에게 부탁했다.

이야기를 하던 형근은 다시 분을 못 참고 시근덕대었다. 형님, 어쩌면 그럴 수가 있소? 한 번쯤 생각해 보겠다든지 그런 말도 없습디다. 제 형인 내가 부탁하는데도 그 자리서 무 자르듯 싹둑 잘라 버립디다. 그런 몰인정한 놈이 어디 있소. 왜 안 된다고 그래? 노인이 물어 보았다. 말이사 그럽디다. '나는 소개만 시켜 주었다 해도

164

듣는 사람은 이미 그것만으로도 압력이 될 수밖에 없습니다. 결국 그 사람은 사업가 장 서방을 상대하는 게 아니라 나의 질서를 만나는 거고 그 사람에겐 이미 선택의 여지가 없게 됩니다.' 이게 말이 나 되는 소리요? 은행도 어차피 누군가에게서 정수기를 들여놓을 생각이라 한다는데 이왕이면 아는 사람 것을 들이는 게 믿을 수 있어서 서로 덕 될 일인데.

장 서방의 예측대로 은행들은 모두 정수기를 갖추기 시작했고 나름대로의 연줄을 통해 그 판로를 확보한 정수기 대리점이 크게 성장을 할 동안 다른 판로를 찾지 못한 장 서방의 정수기 판매업은 곧 문을 닫아야 했다. 태근이 그날 더욱 분을 못 참은 것은 그런 일이 처음이 아니었기 때문이다. 빈둥대는 성보 때문에 속을 끓이던 형근이 큰맘 먹고 태근에게 부탁한 적이 있었다. 그럴듯한 곳에 좀 집어넣어 달라고. 태근은 난색을 표했다고 했다. 성보가 어느 정도 자격은 갖추어야지 말이라도 해볼 수 있는데 지금으로서는 무리라는 것이다. 검정고시를 봐서 고등학교 졸업장이라도 가지든지, 아니면 그에 가름할 만한 기술이라도 갖추면 어떻게 해볼 수도 있을 텐데, 라고 말하면서. 그때도 형근은 부르르했다. 아, 그런 자격 다 갖췄다면 내가 뭣땜에 제 놈에게 그런 아쉬운 소릴 해. 거절을 해도 배운 놈답게 매끌매끌하게도 합디다. 억지로 집어넣는다 한들 우선 본인도 견뎌내지 못할 겁니다라고? 젠장, 되나 안 되나 한번 넣어나 보고 그딴 소리를 해야 할 것 아뇨. 그만한 힘이 없을 리 있나. 해줄 마음이 없는 거지.

그러나 성보의 처지가 워낙 당당하지 못한 건 사실이었기에 한
풀 꺾였지만 장 서방의 실패는 바로 자신에게도 영향을 미쳐 당장
경제적 압박으로 다가왔다. 장 서방이 사업 시작할 때 형근이 보증
을 서주었던 것이다. 형근은 그 모든 것이 다 태근의 탓인 양 섭섭
한 마음을 버리지 못했다.

"그 잘난 처삼촌 말입니까?"

고형댁의 말을 성보 대신 건너편 자리에서 술잔을 기울이던 장
서방이 받았다. 이미 장 서방의 혀는 꼬이고 있었다.

"우리 같은 무지렁이들이 눈에 보이기나 한답디까."

고형댁은 말상대가 생긴 것을 반겨 장 서방의 술주정을 받은 것
까지는 좋은데 눈치 없이 심사를 긁어 버렸다.

"이 사람, 그런 소리 말게. 내 어릴 때부터 보았지만 인사 잘하
고 사람 하난 똑 부러졌댔어. 자네도 사업하면서 그 사람 덕 많이
봤다던데 뭘 그래."

장 서방이 들고 있던 술잔을 소리 나게 내려놓으며 소리 질렀다.
그 바람에 술이 사방으로 튀었다.

"씨팔, 누가 그딴 소리를 해요."

장 서방은 이것저것 일을 벌일 때마다 자신의 처삼촌이 태근이
라는 소리를 의도적으로 떠들고 다녔고, 그것이 그의 신용도에 도
움을 준 것은 사실이었다. 그러나 태근이 나서 도와준 건 없었으니
고형댁의 말이 반은 맞고 반은 틀린 셈이었다. 고형댁은 말꼬리를
흐리며 꽁무니를 뺐다.

"난, 그저……."

"우리 농민들 다 죽이자고 하는 높은 어르신들 중에 그 새끼도 끼어 있단 말 못 들었습니까? 혼자 고고한 척 다 하더니 돈 있는 것들한테는 찰싹 들러붙어 가지고는 말입니다."

고형댁이 우물우물 영안실을 떠나가고 앞서거니 뒤서거니 다른 사람들도 일어나 영안실은 노인과 형근의 가족 외에 두엇밖에 남지 않았다. 장 서방은 본격적으로 소주병을 들고 병나발을 불더니 건들대며 성보에게 시비를 걸기 시작했다.

"어이, 처남. 그 잘난 삼촌이 지금 검찰에 불려 갔대. 어떻게 생각해. 아마 어느 빽 좋은 연줄을 잡았겠지. 세상에 저 혼자 독불장군일 것 같더니 별수 없네. 저나 나나 다 서로 돕고 사는 게 사는 이치지. 안 그래?"

성보는 가늘게 찢어진 눈만 빛내며 어깨로 숨을 쉬고 있었다. 폭발 직전의 화약고 같았다. 주희가 장 서방의 손에서 술병을 뺏으려 안간힘을 썼다.

"이년이 왜 이래. 근본 좋은 집안의 장손 생각 좀 들어 보자는데."

주희의 팔을 뿌리치자 그 서슬에 주희가 나둥그러지고 한쪽 구석에 잠들어 있던 아이가 칭얼대었다. 노인은 비틀대는 장 서방을 막아 볼 엄두가 나지 않아 장 서방 왜 이러나, 왜 이러나 소리만 하였다. 나둥그러진 주희가 다시 일어나 장 서방을 잡으며 제발 정신 좀 차려. 여긴 울 아버지 영안실이란 말이야, 하며 흐느꼈을 때였다. 별안간 성보가 몸을 날려 장 서방의 면상에 주먹을 날려 버린 것이었다.

"비겁한 새끼 같으니. 뒤에서 구시렁대지 말고 삼촌에게 직접 얼굴 대고 그딴 소리 지껄여 보시지. 힘 있을 때는 뱉이고 좇이고 다 빼놓고 빌붙다가 좀 별 볼일 없다 싶으면 씹다 버린 껌이냐?"

이번엔 주희가 미친 듯이 제 동생에게 덤벼들며 악다구니를 질러 댔다.

"이 새끼라니, 너보다 나이가 많아도 한참 더 많고 자식 노릇을 해도 너보다는 백 배 더 잘한 매부에게 이게 무슨 행패야."

"웃기고 자빠졌네. 아버지한테 살살 붙어 한 푼이라도 더 우려내려 하는 게 자식 노릇이야?"

"기가 막혀 말이 안 나오네. 네가 미친놈처럼 돌아다닐 때 그 바쁜 와중에도 농사철이면 수시로 찾아와 아버지 일손을 돕고 했던 매형인데."

"그게 아버지를 위해 온 거야? 일은 조금 하는 척해 놓고 농산물 하나라도 더 챙겨 가려 온 거지. 내가 아무것도 모르는 줄 아는가 본데. 말 나온 김에 좀 짚고 넘어가자. 예전에 정수기 사업이라나 하는 건 밑천이 어디서 난 거야?"

"적반하장도 유분수네. 아버지가 죽자고 농사지어 번 돈, 걸핏하면 네가 한입에 다 털어놓고선. 너는 아예 논을 들어먹었잖아. 사고를 쳐서 그거 수습하느라 논도 팔게 하고, 제 여자도 건사 못해 도망치게 하고선 무슨 소리야."

장 서방이 비틀대며 일어나더니 성보에게 덤벼들었다. 그러다 다시 성보의 주먹에 나가떨어지고 말았다. 남은 조문객도 슬금슬금 일어나 모두 떠나가 버렸다.

형근은 사진 속에서 이 광경을 묵묵히 바라보고 있었다. 몇 년 전에 봉사차 찾아온 사진사에게 무료로 찍어둔 영정 사진이었다. 비료 값은 아끼지 않았지만 자신에게 들어가는 돈은 한 푼도 쓰지 않던 사람이었다.

장 서방을 간신히 달래 놓고 집으로 돌아왔을 때 주희와 아이는 잠들어 있었다. 노인은 이불을 덮어 주고 건넌방으로 나왔다. 아들 가족이나 오면 한 번씩 쓰는 방이라 을씨년스럽다. 노인은 자리에 누웠지만 잠이 오지 않았다.

너무 급작스러운 탓도 있지만 형근이 가는 길은 썰렁하였다. 가까운 집안들 외엔 달리 친구들이라 할 만한 이도 별로 오지 않았다. 그나마 태근 앞으로 온 화환 몇 개가 간신히 영안실의 스산함을 덜어 주었다. 마을 일에도 궂은일에도 언제나 먼저 나서곤 했지만 퉁명한 언사와 고집 때문에 실컷 좋은 일 하고도 끝맺음이 좋지 못했던 형근이었다. 욱하는 성미 탓에 남들과 다툼도 종종 있었다. 아무리 선의로 한 일이라 해도 남의 마음 헤아림이 부족한 게 매번 문제였다.

하지만 형근이 사실 얼마나 인정이 많은 사람인지 노인은 알고 있었다. 공동체라는 이름 속에 숨은 이기심까지 헤아리기엔 너무 단순한 사람이었을 따름이다. 인정으로 말하자면 어디 형근뿐일까. 좋은 일, 궂은일은 같이 해주어야 한다며 멀리서도 찾아와 준 일가들도 모두 그랬다. 서로의 삶에 대한 깊은 관심과 인정, 남의 불행에 대한 염려. 노인이 은퇴 후 고향 땅에 자리를 잡았던 것은 이곳이 좀 더 그런 것들과 가까울 거라고 생각했기 때문이었다. 그러나 염려 뒤로 엿보이던 잔인성은 어찌된 일인지. 노인은 그동안 당연히 알고 있었다고 생각한 것들의 정체가 두려워졌다.

천장 귀퉁이에 거미줄이 보였다. 수시로 걷어내어도 거미는 끈질기게 방안에 자리 잡곤 했다. 거미줄에 하루살이가 매달려 버둥대고 있었다. 달아나려고 필사적이지만 그럴수록 더욱 거미줄에 엉겨들고 있었다. 노인은 돌아누웠다.

아들은 하루하루가 불안하다고 했다. 회사는 자꾸 감원을 하고 어제까지 동료가 실직자로 내몰리는 모습을 보며 그 자리에 서는 이가 자신이 아닌 것만을 다행으로 여겨야 하는 스스로가 싫어진다고 했다. 지금 승진 심사를 앞두고 더욱 초조해하고 있었다. 동료들은 모두 경쟁자이고 적이었다.

태근을 비난하던 장 서방에게 주먹을 날린 성보가 떠올랐다. 마을에서 가장 성공한 삼촌과 함께 자라며 사사건건 비교당했던 성보였다. 하지만 성보는 태근과 경쟁을 한 적이 없었다. 성보의 상대는 경쟁 그 자체였고 그것은 처음부터 이길 수 없는 경기였다. 일을 배워 보라고 노인이 제자가 하던 수족관에 취직시켜 준 적이 있었다. 성보는 한 달을 채우지 못했다. 한 수족관 안에서 사이좋게 살던 물고기들이 그중 한 마리가 상처 나자 순식간에 달려들어 먹어치우는 것을 보고는 어항을 깨트리고 물고기들이 펄떡대는 바닥에 발자국만 남기고 나와 버린 것이다. 사진현상소에도 있었지만 디지털 카메라와 스마트폰에 밀려 사진현상소는 문을 닫고 말았다.

성보는 재작년 봄에 불쑥 고향으로 돌아왔다. 살아남기 위해서 자신의 삶을 떠나는 사람들로 마을이 더욱 스산해지고 있을 때였다.

성보가 어렸을 때만 해도 절대로 자식만은 농사꾼 안 만들 거라고 큰소리쳤던 형근이었지만 돌아온 성보에게 베어 둔 참나무에 표고 종균을 심는 법이며 표고가 제대로 자라날 수 있는 요령을 열심히 가르쳤다. 형근도 표고 농사 시작했던 첫해는 실패했었다. 그 실패의 기억까지 가르치느라 한동안 형근은 행복해했다. 형근은 성보가 표고 농사에 재미를 들이기를 바랐다.

자연은 속이지 않아. 열심히 하기만 하면 그만큼 얻게 돼. 하지만 성보를 설득하고 싶은 형근의 심정과 달리 땅도 하늘도 수시로 속였다.

성보의 첫 표고 농사는 긴 가뭄과 연이은 태풍 탓에 망치고 말았다. 두 번째 해는 평년작을 했지만 판로를 빼앗겨서 손해를 보았다. 세상은 경쟁을 요구하고 있었다. 앞선 정보와 판로 개척, 남들보다 좋은 품질에 싼 가격을 갖추어야 했다. 결국 성보는 농사짓기를 포기하고 노래방을 하겠다고 나섰다.

인색하다는 비난을 들어 가며 악착스레 모아 온 형근의 재산은 매번 그런 식으로 사라져 버리고 그 자리는 차츰 빚이 대신하고 있었다. 아들만 자식인가요. 주희도 지지 않고 손을 내밀었다. 이래저래 형근의 혈압은 자꾸 올라가기만 했다. 그러나 병원에 가거나 혈압약 사는 일은 좋은 표고 종균을 사는 일 다음으로 자꾸 밀려 버렸다.

희뿌연 빛이 방안으로 들어왔다. 새벽이 되어도 깨워 줄 닭 울음소리 하나 들리지 않는 적막함이 스산한 새벽바람처럼 파고든다. 주희는 곤히 잠들어 있었다. 눈자위에 거뭇하게 기미가 낀 얼굴이 푸석댄다. 안쓰러웠지만 노인은 주희를 깨웠다. 오늘 형근을 장지로 모시려면 얼른 영안실로 보내야 했다. 주희가 놀란 듯 일어나 장서방을 깨우러 황급히 옆집으로 갔다. 형근의 장지는 이곳 뒷산이니 노인은 따라가지 않고 병원에서 출발한 영구차가 올 때까지 기다리기로 했다. 시달리느라 피곤하였는지 아이도 죽은 듯 깊이 잠들어 있다. 전화벨이 울렸다. 아들이었다.

"오늘 발인이죠? 저도 내려가겠어요."

"승진 심사 때문에 바쁘다는데 굳이 그럴 필요 없다."

아들이 머뭇댔다.

"사실은 그것 때문이에요."

이미 한 번 탈락한 적이 있는 아들은 이번에도 탈락한다면 어쩌면 회사를 나와야 할지 몰랐다. 지방대 나온 자신에게는 특별한 인맥이 없어서 이런 일이 생길 때마다 불이익을 당할 수밖에 없다고 했다. 그런데 이번 승진 심사를 하는 핵심 간부가 태근과 친한 대학 동기라는 소리를 들었다는 것이다. 아들은 태근을 만나 도움을 요청할 생각이라며 노인에게도 도와 달라고 했다.

"아버지가 하는 부탁이라면 그분도 무시하지 못할 거 아닙니까."

172

"하지만 애야, 여기선 지금 소문이 자자하다. 태근이 무슨 청탁을 받는 바람에 검찰에 불려가서 장례식에 참석하지 못할 거라고."

"아, 그거요."

아들은 심상하게 말했다.

"저도 그런 말 듣긴 했지만 사실 여부는 아직 몰라요. 소문과 반대로 말을 들어주지 않아서 부탁을 한 쪽에서 오히려 무고를 했다는 소리도 있으니. 제가 알아보니 오늘 아침에 한국 도착할 거라더군요. 직항 비행기가 없는 나라여서 비행기 연결이 쉽지 않아 돌아오는 시간이 걸렸을 거예요."

장의차가 서는 것이 보였다. 노인은 언덕에 걸터앉아 차에서 형근의 관이 내려지는 것을 지켜보았다. 상여꾼들이 준비한 상여로 옮겼다. 꽃상여였다. 장 서방이 잘 모셔 달라고 상여꾼들을 구슬렸다. 얼마 되지 않는 사람들과 마을 사람들이 지켜보고 있었다.

"쯧, 제 형이 죽어도 못 오다니. 뭔 사단인지 나긴 났나 봐."

사단은 개뿔……. 성보가 고개를 돌려 노려보았다. 수군대던 사람들이 움찔, 입을 다물었다. 성보가 퉁명스레 말을 뱉었다.

"지금 여기 오고 있는 중이니 뒷담화 까지 말고 궁금하면 직접 물어 보슈."

천안댁이 얼른 나서 물코를 훌쩍댔다.

"하나밖에 없는 제 형인데 당연히 와야지. 하늘에서 떨어진 사람이 어디 있누, 사람에게 젤로 소중한 게 핏줄이고 고향인데. 하이고, 딱해라. 왜 그것밖에 못 살고 가누."

평토제   173

"그러게 동생 덕에 호강도 해봐야 하는데."

정호의 말을 택보가 받았다.

"이래저래 마음고생 많았을 텐데 우리가 챙겨 줘야지. 어려울 때 서로 돕고 도와주는 그게 바로 고향 사람의 정이 아닌가."

서울에서 무역업을 하고 있다던 박창복의 아들이 옆의 사람에게 말했다.

"아버님은 돌아가시기 전까지 맺고 끝냄이 분명해서 실수가 없는 사람이라고 얼마나 칭찬을 하셨는지…… 이번에 만나면 아버님이 생전에 얼마나 아꼈는지를 말해 주어야겠어. 장지까지 따라오길 잘했지. 난 누가 뭐래도 태근이 안 올 리 없다 싶었거든."

아이구, 아버지! 주희의 통곡 소리가 절절했다. 아이구아이구, 장 서방의 곡소리도 청승스럽다. 굴건제복을 하고 지팡이를 짚은 채 성보는 눈만 껌벅대며 말이 없었다. 노인은 검은 비닐하우스가 늘어서 있는 형근의 표고농장 쪽으로 고개를 돌렸다. 드릴로 참나무에 구멍을 뚫고 일일이 표고 종균을 심고 돌보던 형근의 구릿빛 얼굴이 노인을 보고 씩 웃었다. 나 살아 있는 동안은 이 땅만은 절대 못 판다. 성보와 주희에게 고함지르던 그 땅은 이미 성보의 노래방 빚으로 넘어가 버렸다. 세를 얻어서라도 땅을 지키려던 사람도 이젠 가버렸다.

멀리 마을 입구에 차가 한 대 들어오고 있었다. 아들 차인가?

끙, 지켜보고 있던 노인은 지팡이를 짚고 몸을 일으켰다.

문을 열다

문을 민다. 유리문이 열리자, 어둠 속을 휘젓고 있던 바람이 등을 밀치며 먼저 들이친다. 바닥에 흩어진 잡동사니들이 달아날 곳을 찾아 우왕좌왕 흩어진다. 나는 얼른 문을 닫는다. 미처 들어오지 못한 바람이 쾅쾅, 셔터를 쳐댄다.

한 손으로는 턱을 괴고 다른 한 손으로는 술잔을 잡고 있던 그녀가 느릿느릿 고개를 든다. 장사……. 나라는 것을 안 그녀는 입을 다문다.

가게 안은 아수라장이다. 의자는 나둥그러져 있고 바닥에는 멸치며 팝콘이 흩어져 있다. 깨진 컵의 유리조각 때문에 발 딛기가 조심스럽다. 그녀의 입술이 약간 터져 피딱지가 붙어 있다. 다툼이 크긴 컸던 모양이다.

가게를 나서 집으로 향하던 나는 장씨가 질러대던 고함 소리에 걸음을 되돌렸지만 내려진 철제 셔터 앞에서 서성대며 초조하게 손톱만 물어뜯었다. 어둠 속에서 가게 밖 손님을 위한 플라스틱 의자들과 테이블들이 보였다. 퇴근하기 전 내가 가게 벽에 체인으로 꽁꽁 동여매어 둔 그대로였다. 그 옆에는 배달용으로 쓰는 오토바이가 세워져 있었다. 주로 장씨가 타고 다녔다. 장씨의 고함 소리에 이어 무어라 맞받아치는 그녀의 새된 소리가 들려오자 응원해 주듯 오토바이를 힘껏 걷어찼다. 오토바이가 넘어지며 소리를 질렀다. 이 고물 오토바이가 언젠가 사람 잡을 거라고 투덜대던 장씨의 탁한 목소리 같다. 그 '언젠가'를 앞당기고 싶었다.

셔터가 올라가는 소리가 들렸다. 오토바이 클러치를 만지고 있던 나는 얼른 일어났다. 장씨가 흥, 비웃음을 흘렸다.

오호, 벙어리 보디가드이신가? 눈물 나는 사랑이구먼…… 말할 때마다 풍기는 술냄새가 역했다. 몸의 균형을 잡지 못해 오토바이를 일으키다가 한 차례 넘어졌다. 간신히 일으킨 후 올라앉는 것이 쓰러질 듯 위태로웠다. 나는 주머니에 손을 찌른 채 몇 번의 시도 만에 시동이 걸리는지 세어 보았다. 한 번, 두 번, 세 번…… 여섯 번 만에 오토바이의 시동이 걸렸다. 장씨의 검붉은 얼굴이 내게 향했다.

충고 하나 해주지. 저 여자, 네 생각처럼 고상한 여자가 아니라구. 우리가 왜 헤어졌겠어. 내 탓? 웃기고 있네. 그렇다면 저 여자가 나를 받아들이기나 했을 거 같아?

킬킬대던 장씨의 웃음소리와 굉음을 남기고 오토바이는 멀어
져 갔다.

그녀의 입술에 눈이 간다. 죽은 사람의 것처럼 푸르죽죽해진 입
술에 붙은 검붉은 딱지가 도발적이다. 시선을 의식했는지 그녀가
손을 들어 입가를 한 번 문지른다. 통증을 느끼는 듯 인상을 찌푸
린다.

나는 얼른 허리를 숙여 눈길을 피한다. 발밑의 깨어진 컵 조각을
줍기 시작한다. 내버려둬. 그녀가 심드렁하게 말한다. 혀가 꼬여 있
다. 나는 계속 손을 놀린다. 그녀도 더는 말리지 않는다. 대충 눈에
띄는 컵 조각을 주워 쓰레기통에 버린다. 빗자루를 찾아 비질을 시
작한다. 지켜보고 있는 그녀의 시선이 느껴진다. 나뒹그러져 있는
탁자며 의자도 반듯하게 세운다. 그녀 옆의 의자도 넘어져 있다. 의
자를 세워 탁자 안으로 밀어 넣는데 불쑥 그녀가 내 손목을 잡는다.

나랑 잘래?

내가 잘못 들은 줄 알았다. 휘둥그레진 내 눈을 보더니 그녀가 다
시 말한다. 너, 맨날 나랑 자고 싶어 했잖아. 말할 때마다 그녀의 입
에서 술냄새가 역하게 뿜어져 나온다. 방에 데려다 줘. 일어나려던
그녀가 비틀댄다. 나는 얼른 그녀를 부축한다. 적당히 살찐 몸피에
서 체온이 전해져 온다. 그녀가 내게 매달려 온다. 맞닿은 가슴이
뭉클하다. 나보다는 목 하나는 작은 키다. 부축하기보다 들어 안는
것이 더 편하겠지만 그러지는 못한다. 나는 자꾸 부풀어지는 몸을
한껏 오그려 그녀를 부축한다.

가게 뒤쪽으로 돌아간다. 방이 보인다. 한 번도 들어가 본 적은 없던 곳이다. 방안은 가게와 달리 깨끗하게 정돈되어 있다. 방은 제법 크다. 장롱과 작은 화장대, 침대가 있었고 카우치도 하나 놓여 있다. 구석에 세워져 있는 옷걸이에 남자 점퍼가 걸려 있다. 방안까지 따라 들어갈 용기는 나지 않는다. 나는 방문 앞에 어정쩡하게 선 채 그녀의 위태로운 걸음을 지켜본다. 방에 들어선 그녀는 블라우스를 벗기 시작한다. 연주황색의 폴리에스테르다. 손이 흔들려 단추 하나하나 벗기는 데 시간이 많이 걸린다. 그녀는 블라우스를 방구석에 아무렇게나 던져 버린다. 간신히 블라우스를 벗자 이번에는 브래지어를 벗으려 애를 쓴다. 나를 쳐다본다. 황급히 눈을 피하는데 그녀가 등을 들이댄다. 풀어 줘.

꽃이 수놓인 브래지어다. 블라우스와 같은 색이다. 나는 조심스럽게 브래지어의 고리를 벗겨 준다. 브래지어가 스르르 방바닥에 떨어져 내린다. 하얀 속살이 눈부시게 드러나기 시작한다. 숨이 막혀 온다. 비틀대며 그녀가 돌아서 다가온다. 가슴이 부드럽게 흔들린다. 한 번도 아기에게 물려 본 적이 없었다던 그녀의 가슴은 풍만하고 팽팽하다. 내 아기에게 젖을 물려 보고 싶었는데, 그런 기분이 어떨지 느껴 보고 싶었는데. 언젠가 그녀는 잔뜩 취해 유산되었다던 아기의 이야기를 한 적이 있었다. 장씨가 나타난 직후였다. 보랏빛 젖꼭지가 바로 눈앞에서 바짝 고개를 치켜들고 있다. 그녀의 머리에서 시큼한 냄새가 풍긴다.

그녀가 킬킬댄다. 떨긴, 내가 잡아먹기라도 한대니? 그녀가 비틀댄다. 나는 얼른 그녀의 어깨를 잡는다. 무너지듯 그녀가 품안으로 안겨 들어온다. 순간 시간이 정지되어 버린 것 같다. 가슴이 무섭게 요동친다. 너무 뛰어서 조금만 더 그렇게 있으면 심장이 멎어 버릴 것 같다. 그녀가 손을 들어 내 등을 토닥인다. 됐어, 가. 나는 꼼짝하지 못한다. 그녀가 소리친다. 새끼야, 꺼지랬잖아.

집으로 와서도 쉬 잠을 이룰 수 없다. 간신히 든 풋잠 속에는 악몽만 끼어든다. 더는 눈 붙일 엄두가 나지 않는다. 시간은 한없이 더디게 흐른다.

똥 마른 강아지처럼 왜 그리 안절부절못하는 거야. 시장으로 나가려던 할머니가 못마땅한 표정이다. 늙어빠진 이 할망구가 언제까지 네 수발을 들어야 하는 거냐. 고등학교를 졸업시켜 줬으면 제 밥벌이는 해야 할 거 아니냐. 기껏 한다는 게 술집 시다바리가 뭐야. 그것조차 하다 말다. 에이그, 더런 놈의 세상. 이 꼴 저 꼴 그만 보게 나도 죽어 버려야 할 텐데. 할머니의 넋두리가 또 시작된다. 내 얼굴만 보면 나오는 넋두리는 한번 시작되면 끝이 없다. 나는 얼른 내 방으로 들어가 문을 닫아 버린다. 에구, 속 터져. 그렇게 입을 닫아 버리고 살 거면 처먹지라도 말든지. 문밖에서 할머니가 소리친다.

할머니는 시장 입구에 쭈그리고 앉아 푸성귀나 쪽파를 다듬어 판다. 죄 판다고 해봤자 몇 푼 되지도 않는다. 다 떨이하지 못할 때도 많다. 어젯밤 할머니는 남은 쪽파로 김치를 담갔다. 아마 한참 동안 나는 쪽파김치만으로 밥을 먹어야 할 것이다. 쪽파김치가 먹기 싫어 집을 떠나려 한 적이 있었다. 수중에는 치킨집에서 일급으로 받아 모았던 돈 삼십오만 팔천 원이 있었다. 하지만 나는 내 앞에 닫혀 있는 문을 끝내 열지 못했다.

치킨집은 다른 날과 다름없이 열한 시가 넘자 문이 열린다. 들어서지 못하고 기웃대는 나를 그녀가 본다. 잘 왔어. 그렇잖아도 부르려고 했는데. 오늘은 배달까지 네가 맡아야 해. 심상하게 그녀가 말한다.

가게 안은 잘 정돈되어 어제의 흔적을 찾을 수 없다. 아무런 일도 벌어진 적이 없었던 것 같다. 꿈이라도 꾸었던 걸까. 그녀의 입가에 피딱지가 앉아 있다. 뒤따라 어제의 그 눈부신 나신이 떠오른다. 그녀를 똑바로 볼 수가 없다.

장씨는 보이지 않는다. 언제든지 돌아올 곳이 있다는 그의 믿음이 얼마나 잘못된 것인지 가르쳐 주고 싶다.

간간이 비가 뿌리고 바람이 분다. 태풍 북상 소식 때문인지 손님은 별로 없다. 대신 통닭 배달은 심심치 않다. 오토바이가 없어서 배달은 내 자전거로 다닌다. 어, 주인아저씨가 안 보이네. 단골들이 아는 척한다. 그녀가 즉각 맞받는다. 주인이라니. 그 인간, 종업원이라니까 자꾸 그러네. 그러자 단골들은 더 따지지 않고 자기들끼리 의미 있는 웃음을 주고받는다. 나는 섣불리 아는 척하는 그런 사람들이 제일 싫다. 장씨, 그는 나처럼 분명히 종업원이다. 그러나 그는 정규직이고 나는 임시직이다. 그가 한때 그녀의 남편이었던 적도 있지만 지금은 분명히 아니다. 그들은 이미 오래전에 이혼했고 장씨가 다시 나타난 건 일 년도 채 되지 않는다. 그녀는 치킨 겸 호프집 사장이었고 일손이 필요했으므로 장씨를 채용했을 뿐이다.

불쑥 어제 본 방안의 풍경이 떠오른다. 방은 하나뿐이었다. 침대도 하나. 그리고 옷걸이에 걸려 있던 장씨의 옷들. 그러나 침대는 싱글이었고 카우치가 놓여 있었다. 한 사람의 잠자리로는 충분할 만한.

설거지를 하는데 문득 그녀의 말이 귀에 들어온다. 안 그래도 잘라 버릴 참이야. 딴 데 일자리 알아보라고 말했다니까. 게을러터진 종업원을 뭐 하러 쓰냐고 실없는 손님들이 약이라도 올린 것일까. 그래도 나가라고까지 했다는 말은 조금 놀랍다.

바람이 더욱 세차진다. 간간이 빗줄기도 뿌린다. 호프집은 원래 해가 져야 손님들의 걸음이 잦아지긴 하지만 오늘은 영 손님이 없다. 빗줄기가 세지면서 거리에는 사람들의 발걸음이 끊긴다. 잠깐 들른 손님들도 오래 있지 않는다. 일찌감치 집으로 발걸음들을 재촉하고 있다.

태풍으로 제 집이 날아가기라도 할까 봐 걱정되나 보지. 그녀가 주방에서 나와 탁자에 앉으며 말한다. 그녀에게서 튀김 기름 냄새가 난다. 눅눅해진 습기 때문에 달아날 곳을 못 찾은 냄새들이 뒤섞여 돌아다닌다. 실내는 후텁지근하다. 그녀는 팔을 괴고 바깥으로 시선을 두고 정물화처럼 앉아 있다. 기다리고 있는 것이 단지 손님뿐이길 바라던 나를 향해 별안간 고개를 돌린다.

손님도 없는데 일찌감치 문 닫고 너랑 술이나 한잔 할까? 그녀가

깔깔 웃는다. 얘 좀 봐, 술 한잔 하자는데 놀라긴. 어젯밤의 풍경이
끼어들어 내 얼굴이 벌게졌을지도 모르겠다. 무슨 엉큼한 생각이
라도 한 거 아냐? 사내새끼들이란 거저. 그녀는 어젯밤의 일을 정
말 하나도 기억 못하는 걸까.

하지만 나를 조금 전 다녀간 부동산 주 사장하고 싸잡아 버리는
것은 억울하다. 주 사장은 큰길가에서 큰 부동산을 하고 있는데 거
의 하루도 빠지지 않고 찾아온다. 몰고 오는 손님도 많아 무시할
수 없는 중요한 단골이지만 혼자 와도 매상을 충분히 올려주고 가
곤 한다. 원래 성질이 급하고 괴팍하긴 하지만 내겐 특히 더 심하
다. 얼른 말을 듣지 않으면 손부터 날아오곤 한다. 무르팍에 조인
트도 여러 번 까였다. 장씨도 주 사장만 오면 도끼눈을 치떴고 공
연히 심통을 부려댄다. 나와 장씨가 유일하게 마음이 맞는 때다.
그거나 말거나 그녀는 주 사장이 오면 반색하며 맞이했고, 흔한 일
은 아니지만 다른 손님이 없을 때는 대작을 해줄 때도 있어서 장씨
의 심사를 긁어댔다.

주 사장은 오늘 장씨가 없다는 걸 알자 마음 턱 놓고 그녀에게
수작을 걸어 왔다. 하긴 있다고 해도 별로 신경 쓰는 것 같지도 않
았지만. 그녀의 엉덩이를 슬쩍 만지는 것을 나는 놓치지 않고 보
았다. 주 사장보다 더 마음에 들지 않는 것은 주 사장의 그런 짓거
리를 모르는 척 받아주고 있는 그녀의 태도였다. 평소 그녀는 특
별히 친한 단골들이 아니면 손님들과 같이 좌석을 하지 않았다. 그
녀에게는 나름대로의 경영철학과 자존심이 있었다. 그것이 더 바

람둥이로 소문난 주 사장의 애간장을 태우게 하는 건지도 몰랐다.

나는 부러 그 둘 사이로 비집고 들어가 최대한 느리게 빈 소주 병을 치웠다. 이 벙어리 자식이. 미간을 찌푸리던 주 사장은 쟁반에 어깨까지 부딪히자 벌컥 화를 냈다. 또 손이 올라올 듯했지만 마주 앉은 그녀를 힐끗 보더니 간신히 참는 것 같았다. 주 사장은 자기가 얼마나 능력 있는지를 과시하던 중이었다. 부동산 사무실에서 찾는 전화가 걸려오지 않으면 언제 일어섰을지 몰랐다. 잘하면 큰 건이 하나 성사될 것 같은데. 주 사장은 한껏 허세부리며 자리를 떴다.

그녀는 정말로 셔터를 내리고 있다. 그러나 완전히 다 내리진 않는다. 유리문도 잠그지 않는다.

반만 닫힌 셔터는 불안정하다. 바람이 셔터를 요란스레 흔든다. 그녀는 술잔을 두 개 탁자에 올려놓는다. 맥주로 할래, 소주로 할래. 나는 대답할 필요가 없다. 잔은 처음부터 맥주잔이다. 그녀는 술에 관한 한은 고집스럽게 맥주다. 그래서 소주만이 술이라고 생각하는 장씨와는 한자리에 앉아 맞대작하지도 않는다. 나는 원래 소주를 더 좋아했지만 맥주를 더 좋아하기로 결심한 터이다. 나는 냉장고에서 차가운 맥주 한 병을 꺼내온다.

그녀가 잔을 내민다. 나는 얼른 맥주를 그득하게 따라 준다. 그녀는 내 잔도 채워 준다. 자, 건배를 해야지. 무엇을 위해서 할까. 그러더니 그녀의 입꼬리가 슬쩍 올라간다. 그렇지. 복권 당첨을 위해 건배. 복권? 나는 벌컥벌컥 맥주를 들이키는 그녀를 바라본다. 그녀의 목울대가 올라갔다 내려간다. 그녀는 반이나 비워진 잔을 내려놓는다. 아, 시원하다. 그녀가 장난스레 웃는다. 그래, 나 복권 샀다. 어제 꿈이 기가 막히게 좋았거든. 그녀는 천진한 얼굴이다. 이럴 때 그녀는 정말 내 나이 또래의 여자아이 같다. 내가 어느 꽃밭에 있는 거야. 정말 아름다운 곳이었어. 꽃밭에는 아이들이 행복하게 뛰어놀고 있었어. 근데 그중 한 아이가 나를 향해 환하게 웃고 있는 거야. 나는 단번에 알 수 있었지 그 아이가 누군지.

꿈을 기억해 내는 그녀는 행복해 보인다. 나도 그 아이가 누군지 알 수 있을 것 같다. 한 번도 그녀가 젖을 물려 보지 못했던 아이. 물에 빠져 거의 죽을 뻔했다가 간신히 깨어났지만 뱃속의 아이는 구하지 못했다고 했다. 그녀는 뱃속의 아이가 내지르는 발길질이 얼마나 사랑스러웠는지를 이야기해 주기도 했다. 아이가 순대를 좋아했다고 말하면서 키득댔다. 우습지 않니? 태어나지도 않은 게 얼마나 식성이 까다로운지 저 먹기 싫은 건 쳐다보지도 못하게 했다니까.

아이는 그녀의 자궁도 같이 가져가 버렸다. 그래서인지 그녀는 유난스레 아이들을 좋아한다. 길 가다가도 아이들을 보면 그냥 지나쳐 가질 못한다. 아이들을 바라보는 그녀의 눈길이 너무 안타깝게 보여 가끔 그녀에게 아이를 선물해 주고 싶어지기도 한다.

아이는 행복해 보였어. 너무나 사랑스러워 꼭 안아 주고 싶었어. 근데 내가 안아 보려 하면 그만큼 뒤로 물러서는 거야. 별안간 아이가 사라졌어. 나는 아이를 찾아다녔지. 갑자기 커다란 꽃이 보이는 거야. 붉은 꽃이었어. 너 믿을 수 있니? 꿈속인데 그 색깔이 선명하게 보인다는 거. 피처럼 붉고 불꽃처럼 화려한 그런 붉은 색이었어. 나는 그 꽃을 꼭 갖고 싶었어. 그런데 이번엔 몸이 움직여지질 않는 거야. 그때 나타난 사람이 누군지 알아? 그리고 그녀는 재미있다는 얼굴로 지그시 나를 쳐다본다. 바로 너야. 기분이 좋아진다. 내가 그녀의 꿈속에 나타났다니. 나는 한 번도 그녀의 꿈을 꾸질 못했다. 그녀를 생각하며 잠들었는데도 꿈속에 나타나는 여자들은 도색 잡지에서 본 그런 여자들뿐이었다. 어젯밤의 악몽이 떠오른다. 한 여자가 나를 노려보고 있었다. 검푸른 얼굴, 목에 맨 스카프가 길게 드리워져 있었다. 엄마…….

하지만 악몽은 그녀의 행복한 꿈 뒤로 밀려나 버린다. 네가 말했어. 나는 내가 했던 말을 듣고 싶어 그녀의 입을 쳐다본다. 제가 꺾어 드릴게요. 그러더니 불쑥 묻는다. 근데 너는 왜 말을 하지 않는 거니?

말을 하지 않는다고 해주는 사람은 할머니 말고는 그녀뿐이다. 할머니는 사람들에게 내가 말을 못하는 게 아니라 안 하는 것이라고 주장했지만 다들 나보고 벙어리라고 했다. 딱 한 번 할머니는 나를 병원에 데리고 간 적이 있었다. 병원에서는 성대나 발성기관에는 아무 이상이 없다고 했다. 정신과 상담이 필요한 것 같군요. 의사는 그렇게 말했지만 정신과에 가본 적은 없다.

내 목을 통해 나오는 소리를 듣지 못한 것이 언제부터였을까. 엄마가 죽은 이후인지, 아버지가 나를 버리고 떠나가 버린 이후인지. 언제부터인지는 별로 중요하지도 않다. 나는 지금 충분히 편하다. 다행히 그녀도 마찬가지인 것 같다.

하지만 그래서 좋아. 네게는 온갖 얘길 다 할 수 있거든. 한번 뱉어 버린 말은 꼬리까지 단 독화살이 되어 돌아오는 법이니까. 그녀는 남은 잔을 마저 비운 후 말했다. 내가 어디까지 말했더라. 나는 입모양으로 꽃이라고 대답해 준다. 그렇지 꽃, 그걸 네가 꺾어 준 거야. 나는 그걸 꼭 품에 안았어. 사람처럼. 꽃인데 말이야. 그런데 그렇게 따뜻할 수가 없었어. 꿈에서 깨어난 후 한참 동안 그 행복했던 기분이 사라지지 않는 거 있지.

어쨌든 내가 그녀에게 도움을 준 것 같아 덩달아 뿌듯해진다. 더 기분이 좋은 것은 그 꿈속에 장씨가 등장하지 않았다는 것이다. 그녀는 여전히 셔터를 완전히 내려놓지 않고 있다. 간간이 바깥에 귀기울인다. 밖은 바람과 빗줄기 소리가 시끄럽다. 장씨의 오토바이 소리는 들리지 않는다.

장씨는 폭주족이라 말하기는 뭣하지만 위험하게 운전하는 편이다. 달리는 차들 사이로 지그재그로 몰고 다니는 그를 보노라면 내가 다 아슬아슬해지곤 했다. 그런데 별안간 클러치가 말을 듣지 않는다. 그러면 어떻게 될까. 어젯밤 장씨의 오토바이 앞에 쭈그리고 앉아 있었던 나를 떠올린다.

내가 무슨 번호를 택했는지 궁금하지 않아? 그녀는 치마의 주머니를 뒤적대더니 복권 두 장을 꺼낸다.

잘 봐. 다 어제 꾼 꿈과 관련된 것들이야. 검게 마크된 숫자들의 조합을 그녀는 설명해 준다. 이건 우리 아기가 떠난 날이고, 그다음 번호는 만일 태어났다면 생일이 되었을 날이야. 나는 고개를 끄덕여 준다. 다음은 너와 관계된 날짜야. 맞춰 봐. 하지만 나는 고개만 갸우뚱댄다. 내 생일도 아니다. 하긴 호적에 기록된 날짜가 정말 내 생일이 맞는지조차 믿을 수는 없지만. 바보야, 네가 우리 집에서 처음 일하기 시작한 날이잖아. 나는 감동한다. 너무나 감동해서 그런 것을 기억하고 있는 그녀를 위해서라면 목숨도 바칠 수 있을 것 같다. 그다음은 어제 날짜와 오늘 날짜. 그 꿈이 두 날을 걸쳤기 때문이라고 한다. 그녀는 평소 잠을 잘 이루지 못한다. 잠들기 위해 술을 한잔 해보기도 하지만 그럴 때는 온밤 내내 꿈을 꾼다고 한다.

그녀는 꿈속의 계시를 충실히 따르고 있다. 그런데 남은 하나의 숫자 조합에 대해서는 더 설명해 주지 않는다. 나는 그 숫자들을 손가락으로 가리킨다. 그러나 그녀는 아무 말도 하지 않는다. 장씨와 관계된 날일지 모른다. 생일은 아니다. 장씨는 제 생일날 한 달 전부터 하도 떠벌리고 다녀 온 동네가 다 알 정도였다. 미역국 구경 못한 지 오래되었다는 둥 생일 케이크에 초라도 꽂고 아이들처럼 박수라도 받아 보고 싶다는 둥. 그녀는 끝내 알은척 하지 않았다. 장씨가 바라던 미역국은 고사하고 오히려 그날은 주 사장과 놀러 나가 밤늦게 돌아왔다.

그들이 이혼한 날일지도 모른다. 그녀에게 행운이란 장씨가 태어난 날보다 장씨와 결별한 날일 테니까. 바람이 셔터를 심하게 친다. 그녀가 일어난다. 셔터 문을 내린다. 하지만 손 하나 들어갈 정도의 여유는 아직 있다. 밖에서 문을 들어 올릴 수 있을 만큼이다. 셔터는 한결 잠잠해진다.

어쨌건 그녀가 복권을 샀다는 건 의외다. 그녀는 횡재나 일확천금에 대해서는 병적일 만큼 싫어한다. 그들의 가정이 깨어진 것도 장씨의 허황된 꿈 때문이라고 한다. 어느 날 소리 질러 대던 장씨의 절규를 보면 처음부터 그랬던 건 아니었던 것 같다.

씨파, 나도 할 만큼 했다구. 부모가 물려준 집 팔아 고깃간 채려 그렇게 뼈 빠지게 일했으면 됐지. 그래서 뭐가 남았냐구. 몇 년을 노예처럼 일하고 잠 안 자고 모은 돈이 고깃간 차리자고 팔아 버린 집값의 반도 안 되는 걸 보고 눈 안 뒤집어질 사람 어딨냐구.

팔았던 집이 신도시로 개발되어 이제 그들이 도저히 살 수 없을 만큼 오른 것을 눈으로 확인한 장씨와 그녀는 절망감에 휩싸였다고 했다. 돌아오는 길목에 강이 보이자 장씨는 차를 세웠다. 강둑에 앉아 장씨는 빈속에 맨 소주를 마셔대며 울부짖었다. 그녀도 시선만 무연히 강으로만 던져놓았다.

일한 놈이 바보 되는 이런 더런 놈의 세상 살아 뭐 하냐던 장씨가 갑자기 벌떡 일어났다. 그녀의 손목을 낚아챘다. 그리고 강물 속으로 들어가기 시작했다. 그녀는 필사적으로 저항했다. 하지만 술에 취해 이미 이성을 잃어버린 장씨의 완력을 이길 수는 없었다. 그녀는 수영을 하지 못했다. 숨이 막혀 왔다. 꾸룩꾸룩 물을 들이키며 그녀는 한 가지만 생각했다. 내 아기, 뱃속의 내 아기. 정신이 가물가물해지면서 그녀가 마지막으로 본 것은 장씨가 강둑을 향해 허우적대며 헤엄쳐 나가는 모습이었다. 수상구조대원에게 구조된 그녀가 의식이 들었을 때 이미 아기는 그녀의 자궁과 함께 사라지고 없었다.

그 후 장씨는 더 이상 일은 하지 않고 일확천금의 꿈만 쫓아다녔다. 그동안 모은 돈도 모두 장씨의 일확천금의 꿈속으로 사라져 버렸다.

장씨의 도박 빚 때문에 그녀가 볼모처럼 잡힌 적도 있었다고 했다. 장씨는 사채업 용역들에게 잡혀 있었던 동안 그녀가 겪은 고초를 미안해하기보다 그들과 어떤 일들이 있었는지를 더 알고자 끊임없이 괴롭혔다.

멋쩍은 미소를 지으며 장씨가 호프집에 처음 나타난 날, 그녀의 눈에는 독기가 철철 넘쳐흘렀다. 그녀는 당장 나가라고 쇠된 소리를 질러대며 손에 잡히는 대로 물건을 집어 던지기도 했다. 그러나 장씨는 떠나지 않았고 가게 손님들을 비위 좋게 맞이하면서 어물어물 가게의 일꾼으로 눌러앉아 버렸다.

그녀가 맥주병을 들어 자신의 컵에 따르기 시작한다. 나는 얼른 병을 뺏어 따라 준다. 그녀는 사실 술을 많이 하는 편은 아니다. 그런데 장씨가 나타나고 난 뒤 점점 술 마시는 시간이 많아졌다. 나는 말리지 않는다. 그녀가 술을 마신다면 그 술친구는 거의 내가 되기 때문이다. 그녀는 손님들의 비위는 잘 맞추었지만 좀처럼 그 이상의 곁은 주지 않는다. 또다시 상처를 받고 싶지 않은 그녀에게 나는 가장 만만한 상대였을 것이다.

책임 없이 지껄이는 말들이 얼마나 무서운 건지 아니? 나는 고개를 끄덕여 준다. 그녀는 피식 웃는다. 알긴 네가 뭘 알아. 하지만 나는 잘 안다.

……네가 뭘 잘못했다고 입을 닫아 버리고 그래. 네 에미는 죽어 마땅한 년이었는데…….

나름대로는 나를 싸안아 보려 한 시도였겠지만 걸러내지 못한 할머니의 거친 푸념에서 나는 무의식 속으로 숨겨 버린 유년의 기억을 끄집어낼 수밖에 없었다.

아버지의 비명 소리에 잠이 깼었던 새벽. 아버지는 목발을 짚고 화장실 안에서 등을 보여주고 있었다. 공장에서 사고로 잃어버렸던 아버지의 한쪽 다리가 허전했다. 아버지는 나를 보자 얼른 문을 닫았다. 넌 보지 마! '들어오지 마'가 아니라 '보지 마'라고 했다. 그래서 나는 엄마의 마지막 모습을 볼 수 없었다. 119가 오고 사람들의 부산한 움직임 소리도 방안에 갇힌 채 들어야 했다. 엄마가 병원에 실려 가고 주위가 조용해지자 나는 방에서 나와 화장실부터 갔다. 문을 열자마자 나는 놀라 소리 질렀다. 흘러내리는 붉은색 피를 본 것 같았기 때문이었다. 하지만 그것은 엄마의 스카프였다. 붉은색 스카프는 수건걸이에 단단히 매듭이 지어져 아래로 늘어뜨려져 있었다. 수건걸이에 매달린 스카프라니! 그 생경스러운 결합은 꿈이 되어 수시로 찾아왔다. 모양새는 매번 바뀌었다. 붉은색 스카프는 날름대는 뱀의 혀가 되기도 했고 쇠사슬이 되어 나를 꽁꽁 묶기도 했다. 스카프는 어떤 아저씨가 엄마에게 선물한 것이었다.

아버지는 내게 많은 것을 캐물었다. 나는 그걸 나에 대한 관심이라고 생각했는지 모른다. 다리를 잃어버린 후 걸핏하면 화를 내고 손찌검을 해서 무섭기만 하던 아버지가, 내 이야기를 진지하게 듣고 있다는 게 신이 나서 중구난방 떠들어댔을 것이다. 아버지에게 말해 주었던 것들을 나는 정말 보았던 것일까. 기억은 안개처럼 희뿌옇기만 하다.

내 유년을 모두 지워 버리고 싶었지만 성공한 것은 엄마의 얼굴을 잊어버린 것뿐이다. 할머니는 수시로 넋두리를 하여 기억을 되살려 내곤 한다. 스카프는 내 속에서 똬리 튼 뱀처럼 도사리고 있다가 기회만 있으면 꼿꼿하게 고개를 치켜든다.

내가 아는, 정확하게 말하면 내가 들은 엄마는 천박하고 야비한 여자일 뿐이다. 죽음으로 보여주고 싶었던 것이 있었을지도 모르지만 엄마는 이제 변명을 할 수도 없다. 엄마는 아버지의 다리와 바꾼 산재보험금을 다 날렸다고 했다. 장사한다고 나서다 실패했다지만 아마 다른 데다 썼을 거라고 이웃 아줌마들은 수군댔다. 스카프는 그 증거였다.

우리 둘뿐이었으면 나는 어떻게든 견뎌냈을지도 몰라. 하지만 사람들의 입이 그냥 두질 않더라. 경마장에, 카지노에 제 인생을 쏟아 부은 남자. 나중에는 제 마누라도 담보물처럼 내놓는 남자. 그 재미있는 이야기를 왜 감춰두겠니. 책임지지 않아도 되는 말들은 사실보다 더 그럴듯해지는 법이란다.

나는 고개를 끄덕인다. 아버지가 나와 나의 말을 버리고 떠나가 버린 것은 당연한 일이다. 그때 엄마의 나이가 지금 그녀쯤 되었을까. 나는 그녀를 통해 기억을 되살려 보려 애를 쓴다.

남은 한 장의 복권에 대해서는 설명이 없다. 그녀가 피식 웃는다. 그건 주 사장이 사준 거야. 꿈이 좋았다고 하니까 선물해 주는 거라나. 주 사장 자신은 복이 많은 사람이니 복을 빌려 주겠다고 말하면서 말이야. 내가 기억해야 할 날짜들이래. 주 사장 생일이라든지 그런 거겠지.

그녀는 꿈 이야기를 내게만 한 게 아니었다. 그녀는 내게는 다 해주지 않은 자신의 행운의 숫자를 주 사장에게는 모두 이야기했을 것이다.

나는 내 앞에 놓인 잔을 쥐고 손아귀에 불끈 힘을 준다. 그리고 단숨에 비워 버린다. 머리가 펑 도는 것 같다. 질세라 그녀의 술을 마시는 속도도 더욱 빨라져 간다. 내 손을 밀어내고 아예 자작을 한다. 그녀는 취하면 말이 많아진다. 종횡무진 휘돌아다니던 이야기는 모양새만 바뀔 뿐 결국은 한 가지로 정리된다. 그 근사한 꿈속에는 등장해 주지도 않았던 장씨가 알코올 속에서는 제 세상 만난 것 같다. 장씨라면 틀림없이 희망보다 돈을 택했을 것이다. 부나비처럼 허상을 좇아 떠돌던 장씨였다. 그녀를 찾아온 것은 더 갈 곳이 없었기 때문일 것이다, 라고 나는 생각한다.

화장실에 가려는지 그녀가 일어선다. 흐느적대다 허공을 잡고 넘어진다. 나는 그녀를 일으키기 위해 팔을 붙잡는다. 그녀는 주저앉은 그대로 나를 올려다본다. 입술을 비틀어 야릇한 미소를 만든다.

너, 나 좋아하지.

당황한 나는 시선을 피한다. 그녀는 짓궂게 내 시선을 쫓아온다. 근데 말이야. 킬킬대며 그녀가 말한다. 네가 조금만 더 나이가 들었거나 조금만 더 어렸으면 좋았을 뻔했잖아. 그녀는 숫제 가락을 붙여 흥얼댄다. 애인을 삼자니 너무 어리고 아들을 삼자니 너무 나이가 많고.

그녀는 일어서려 애를 쓰고 있었지만 다리가 풀려 자꾸 휘청댄다. 그녀의 양어깨를 받쳐 끌어올린다. 하지만 쉽지 않다. 나는 이번에는 망설임 없이 덥석 안아 올려 버린다. 생각보다 가볍다. 그녀는 얌전하게 안겨 눈을 감아 버린다. 구름 위에 뜬 것 같아. 그녀는 잠꼬대처럼 중얼댄다. 나는 성큼성큼 발걸음을 뗀다.

그녀의 방은 어제처럼 잘 정리되어 있다. 조심조심 그녀를 침대에 누인다. 이불을 덮어 주고 나니 내가 할일은 더 없다. 그러나 선뜻 발이 떼어지지 않는다. 그녀가 괴로운 듯 뒤척대며 이불을 걷어낸다. 답답해, 옷 좀 벗겨 줘. 나는 허리 숙여 고분고분 블라우스의 단추를 열기 시작한다. 하나, 둘 세어 가며 단추구멍에서 단추를 벗겨낸다. 모두 여덟 개다. 다음에는 소매에서 팔을 빼낸다. 그녀가 뒤척대서 쉽지 않다. 밝은 갈색이다. 벗긴 블라우스를 들고 옆의 옷걸이로 간다. 장씨의 점퍼가 보이지 않는다. 장씨가 온 적은 없었다. 방안을 둘러본다. 어디에도 장씨의 흔적은 찾을 수 없다. 완벽한 그녀만의 방이었다.

비어 있는 옷걸이에 그녀의 블라우스를 건다. 잠깐 생각하다 나는 남방을 벗는다. 남방에는 땀 냄새가 난다. 그녀의 블라우스 옆에 같이 건다. 그녀의 갈색 블라우스에 겹쳐진 내 녹색 체크 남방은 제법 잘 어우러진다. 대지 위에 움트는 풀처럼.

침대로 돌아온다. 그녀는 잠들었다. 치마가 불편해 보인다. 치마허리가 너무 죄여 뱃살이 삐쳐 나와 있다. 최근에 아랫배가 불어난다고, 그래서 고민이라고 말했던 것이 생각난다. 근래 들어 부쩍 술을 자주 한 탓일 것이다. 나는 치마허리의 단추도 풀어 지퍼를 내려준다. 가슴을 죄고 있는 브래지어를 풀어낸다.

그녀의 가슴이 눈부시게 드러난다. 나는 하나씩 다리를 꺾어 침대 옆에 조용히 무릎을 꿇는다. 코끝이 시큰해진다. 목이 메어 온다. 내 가슴 밑 어디선가 꾹꾹 소리가 울려 나오고 있다. 눈물이 흐르기 시작한다. 그녀가 팔을 들어 내 머리통을 감싸 안는다. 울지 마. 그녀가 말했다. 내 아가.

밖에선 바람 소리가 요란하다.

나도 그녀의 붉은 꽃을 보았다. 검은 강이 놓여 있었던 것 같다. 맞은편에 그녀가 서 있었다. 그녀는 기다리고 있었다. 꽃은 검은 강 한가운데에 피어 있었다. 꽃을 향해 가던 나는 발을 멈추고 뒤를 돌아보았다. 음습하고 어두운 동굴이 있었다. 나는 방금 그곳에서 나왔다는 것을 알고 있었다. 꽃은 화려했고 탐스러웠다. 그녀의 말이 맞다. 꿈속이지만 피처럼 붉고 불꽃처럼 화려한 붉은색이 선명하게 보였다. 나는 주저 없이 그 꽃을 꺾었다. 꺾인 꽃이 내 손아

귀 속에서 흐물대며 녹아내렸다. 건너편에서 크크크, 울부짖는 소리가 들렸다. 나는 그녀를 보았다. 그녀가 소리쳤다. 안 돼, 내 거야. 꽃은 기다랗게 너풀대고 있었다. 나는 이건 꽃이 아니라고 말했다. 절대 줄 수 없다고 말했다. 하지만 꿈속에서도 목소리는 나오지 않았다. 나는 말을 하기 위해 애를 썼다.

으으……. 꽃은 뱀처럼 자꾸 늘어져 갔다. 꾸물대며 살아나 내 목을 죄기 시작했다. 숨이 막혀 왔다. 허파가 풍선처럼 부풀어 올랐다. 나는 밭은기침을 했다.

잠을 깬 다음 한참 동안 나는 내 목을 쓸어내린다. 목구멍이 간질댄다. 허파 속에 갇힌 것을 뱉어내고 싶다. 쿡쿡, 나는 나지막하게 기침을 한다.

고른 숨소리가 들린다. 그녀가 편안히 잠들어 있다. 햇살이 들어오고 있다. 방문이 열려 있다. 그녀가 깨지 않게 조심하며 일어난다. 옷걸이에 걸린 남방을 입는다. 흡, 순간 숨이 막혀 온다. 가슴이 심하게 뛴다. 붉은색 스카프가 드리워져 있다! 수건걸이에 매달렸던 스카프. 다리가 후들댄다. 뒷걸음질을 하다 겨우 알아차린다.

스카프가 아니다. 옷걸이에 걸려 축 늘어뜨려진 그녀의 블라우스다. 돋을 빛을 받은 갈색 블라우스는 나를 향해 빨갛게 빛을 보내고 있다.

그러나 나는 들이마셨던 숨을 좀처럼 내뱉지 못한다. 열린 방문을 통해 밖으로 나간다. 방 밖은 희붐하다. 가게로 들어선다. 어젯밤 거의 내려졌던 셔터가 올려져 있다. 어슴푸레한 빛이 들어오고 있다. 발에 의자가 걸린다. 의자가 몇 개 나뒹그러져 있다. 탁자도 하나 넘어져 있다. 그녀와 내가 앉아 있었던 탁자다. 탁자를 바로 세운다. 그그극, 쇠로 된 다리가 바닥을 긁는 소리가 난다. 크크큭, 짐승의 울부짖음 같은. 누군가 방문을 열었고 꿈결같이 들었던 소리를 기억해 낸다. 안 돼, 내 거야. 하지만 꿈속의 그녀 입에서 나온 말이었는지도 모르겠다.

흙 발자국들로 어지러운 바닥이 눈에 들어온다. 신발 자국은 하나다. 다른 쪽은 발을 딛지 못한 채 끌린 자국이다. 앉아 있었던 것 같은 흔적도 보인다. 제 굴인 줄 알고 찾아들어온 상처 입은 짐승의 것 같은. 빈 소주병이 두 개 나뒹그러져 있다. 힘껏 바닥에 내동댕이친 듯 사방으로 흩어진 병 조각도 있다.

나는 흙 얼룩 위에 힘없이 주저앉는다. 두 무릎 사이로 얼굴을 파묻는다. 목구멍이 참을 수 없을 만큼 차오른다. 울컥 목을 막고 있던 덩어리가 밀려 나오더니 토악질처럼 터져 나온다.

"꺼……억……."

장씨는 여기에서 얼마나 오랫동안 웅크리고 있었을까. 그는 떠났다. 이제 정말 돌아오지 않을 것이다.

병 조각과 안주 부스러기들 사이에서 종잇조각이 눈에 띈다. 천천히 헤쳐 본다. 깨어진 병 조각이 뜨끔 손가락을 찔러 온다. 핏방울이 맺힌다. 병 조각을 털어낸다. 종잇조각을 집어 올린다. 그녀의 복권들이다. 종이에는 붉은 꽃이 점점이 피워져 있다. 내 손가락에서 떨어진 핏자국. 피처럼 붉은 꽃이었어. 그녀의 말이 기억난다.

꽃은 차츰 밝아지는 돋을 빛을 받아 더욱 붉게 피어난다.

나는 주 사장 나름대로의 행운의 의미를 실었을 다른 한 장의 복권을 들여다본다. 그중 한 숫자의 조합이 눈에 들어온다. 주 사장이 그녀와 같이 하루를 보냈던 날이다. 그리고 그것은 또한 장씨의 생일이다. 그녀가 끝내 기억해 주려 하지 않았던.

나는 손가락에 힘을 주어 주 사장의 행운을 찢어 버린다. 그녀의 것도 찢어 버린다. 장씨도, 태어나 보지 못했던 아기도, 붉은 꽃도, 그리고 나도 모두 조각이 되어 뿔뿔이 흩어져 버린다.

일어나 문을 향한다.

세차게 불어 대던 바람이 죽은 거리는 고요하다. 매어 놓았던 가게 앞의 의자들이 반 이상 날아가 버리고 없다. 대신 어디선가 날아온 낯선 입간판 하나가 길 한중간에 널브러져 있다. 길바닥은 쓰레기와 부러진 나뭇가지, 나뭇잎들이 어수선하게 흩어져 있다.

나는 문밖으로 천천히 발을 내딛는다.

검색

막 마루로 나오던 그가 우뚝 발을 멈춘다. 계십니까. 저음의 낯선 목소리가 대문을 두드리고 있다. 끼이익, 녹슨 문쩌귀가 쇳소리를 낸다. 한 청년이 갸우뚱 고개를 들이민다. 청년의 워커가 먼저 눈에 들어온다. 뽀얗게 흙먼지가 쌓여 있다. 앞을 막아서던 낯선 남자들의 워커처럼 청년이 말한다. 잠깐 실례합니다. 고함 소리, 냄새, 코가 매워진다. 속이 메슥거린다. 시공이 뒤섞여 일렁거린다. 아⋯⋯. 청년이 주춤댄다. 죄송합니다. 저 때문에 놀라셨나 보군요. 저는 옆집에 잠시 살게 된 사람입니다. 비음이 많이 섞인 말투, 억지로 만들어내는 듯 억양이 어색하다. 손끝부터 싸늘해지는 것이 느껴진다. 그는 옆집에 대해 생각해 보려 애를 쓴다. 저어기 말입니다. 청년은 자신의 뒤쪽을 향해 팔을 쳐든다. 가물거리는 기억 속에 허리

구부정했던 할아버지가 떠오른다. 이 근방에 남아 있던 마지막 이웃. 그러나 할아버지는 몇 달 전에 돌아가셨다. 주인 잃은 집은 조금씩 허물어져 가고 있다. 비워져 있다기에 잠깐 빌리기로 했습니다. 열려 있는 방문이 보인다. 왜 나왔던가. 촌집에 무얼 훔쳐갈 게 있다고 자꾸 잠그니. 어머니의 역정 소리가 들린다. 눈이 어두워 열쇠 구멍 맞추는 것도 성가신데. 그는 간신히 기억해 낸다. 어머니가 나가는 소리를 듣고 대문을 잠그기 위해 나왔다. 된장이나 끓이게 애호박이나 좀 따와야겠다. 어머니는 집 옆의 텃밭으로 나갔다.

뒷걸음질을 시작한다. 문지방이 발뒤꿈치에 부딪힌다. 문지방만 넘어서면 된다. 등줄기를 타고 땀이 흘러내린다. 눈을 둥그렇게 뜨고 있는 청년의 모습이 자꾸 아득해진다. 누구요? 어머니다. 아, 이웃에 잠시 머무는 사람입니다. 이웃? 어머니는 목소리로만 존재한다. 근데, 무슨 일이오? 전기선 좀 끌어 쓸 수 있을까요. 비용, 대겠습니다. 어머니는 안 된다고 말해야 한다. 절대 안 된다고. 그러나 그는 그 대답을 듣지 못한다. 얘, 왜 이러니 정신 차려. 아득한 곳에서 누군가가 뺨을 때리고 있다. 구두발질이던가. 개새끼 누구를 바보인 줄 알아. 빨리 불어. 김. 민. 섭. 팔이 오그라든다. 얼굴이 일그러진다. 그는 온몸이 뒤틀려 가는 것을 느낀다.

옆집과의 담장 한 귀퉁이는 허물어져 있다. 그는 창백한 달빛 속을 건너간다. 방문 앞에서 발을 멈춘다. 청년의 고른 숨소리가 들린다. 방과 뜨락 사이에는 작은 댓돌이 있다. 청년의 워커는 그 위에 놓여 있다. 뽀얗게 먼지가 앉아 있다. 안쪽에 43라는 숫자가 적혀 있다. made in FRANCE. 뒤축에 비해 앞축이 많이 닳은 편이고 닳은 뒤축 또한 일정하지 않다.

뚜걱뚜걱, 실례합니다. 워커 네 개가 앞에 섰다. 팔짱을 끼고 있던 그녀가 놀라 몸을 붙여 왔다. 덕수궁 돌담길을 걷자는 말은 그가 꺼냈을 것이다. 그 부근에 시위가 계획되어 있었다는 것은 알지 못했다.

그들은 불심검문 중이었다. 워커가 말했다. 신분증 좀 봅시다. 질린 얼굴로 그녀가 그를 보았다. 그녀를 실망시킬 수는 없었다. 그는 학생증을 내밀었다. 그녀 한 사람만을 위해 준비한 것이었다. 워커가 빙긋 미소를 지었다. 김민섭이라…….

그들에게 김민섭은 그녀만을 위해 있는 이름이 아니었다. 누굴 바보인 줄 알아. 여기가 아니라고 잡아떼면 대충 넘어갈 그런 곳인 줄 알아? 사방에서 워커가 날아든다. 황급히 담장을 넘어 방안으로 피한다. 컴퓨터의 커서가 깜빡대며 검색을 기다리고 있다.

　　워커 : 십자군전쟁 때 나타난다. 타의 가죽으로 제 것의 보호를 하기 위해 탄생했다. 단단한 껍질 속으로 감춰진다. 그 힘이 제 것이 아니라는 기억도 지워진다.

7시 33분, 그 집 방문이 열리고 청년의 오른쪽 발이 먼저 보이고 다음에는 왼발이 내려온다. 7시 38분, 한때는 대문이 달렸던 집의 경계를 청년은 벗어난다. 사진기를 어깨에 메고 있다. 곤충 사진 찍으러 왔습니다. 사진집 만드는 중입니다. 어머니에게 그렇게 말했다고 했다. 부엌에서 어머니가 부르는 소리가 들린다. 안방으로 건너간다. 안방과 부엌을 통한 문으로 상이 들어온다. 귀퉁이가 떨어져 나간 개다리소반이다. 일어나 상을 받는다. 된장국과 김치. 오이장아찌와 감자조림이 올려져 있다. 어머니는 부엌문 쪽에, 그는 방문 쪽 가까이에 자리를 잡는다. 직사각형의 상은 정확하게 어머니와 그 사이를 이등분하고 있다. 어머니는 그의 기색을 살핀다. 간혹 어머니가 말한다. 올해는 너무 해가 뜨거워 고추가 많이 녹아내렸구나. 벼농사는 잘된 것 같다고도 말한다. 이대로 태풍을 만나지 않고 지난다면 풍년일지 모른다고도 말한다. 설거지를 끝낸 후 어머니는 논에 나갈 차비를 한다. 어머니는 그도 같이 논에 나가자고 한다. 그러나 오래 권하진 않는다. 한숨을 길게 내쉬고 혼자 집을 나서는 어머니의 뒷모습은 왜소하다.

저녁 6시 48분, 청년은 지금 그의 집에 와 있다. 저녁을 같이 먹자고 했단다. 어머니가 말한다. 그동안 비워져 있던 집이라 밥을 해 먹기는 힘들 거야. 저녁을 대먹을 수 있냐고 묻기에 그러자고 했다. 부엌에서 어머니가 덜거덕대는 동안 청년은 안방에 있다. 그가 밥상을 기다리던 자리다. 텔레비전이 켜져 있다. 마루에 서서 청년을 내려다본다. 청년은 고개를 돌려 그를 본다. 청년은 일어선다. 이번에는 청년이 그를 내려다보게 된다. 미안합니다. 하지만 청년은 사과할 이유가 없다. 어머니는 생각지도 않은 부수입이 생긴 것에 기뻐하고 있다. 안방과 부엌이 통하는 작은 문에서 구수한 된장국 냄새가 흘러나온다. 문은 열려 있다. 부엌에서 일하는 어머니의 모습이 흘낏흘낏 보인다. 저는 장 블랑입니다. 그냥 장이라고 불러 주십시오. 그는 청년이 내민 손을 바라본다. 손가락이 길다. 개다리소반이 들어온다. 내밀었던 청년의 손이 얼른 밥상을 잡는다. 어머니가 뒤따라 들어온다. 어머니는 부엌문 쪽에, 방문 쪽에는 청년이 자리잡고 있다. 어머니는 그를 본다. 왜 그러고 서 있니. 처음 본 사람도 아닌데. 당분간 이웃에 지내게 된 학생이야. 어제 너도 만났잖아. 어머니가 그의 손을 끌어 밥상 앞에 앉힌다. 그는 청년과 어머니의 중간에 끼이게 된다. 방문은 청년에 의해서 가려져 있다. 밥상에는 된장국과 김치, 오이장아찌와 감자조림, 그리고 간고등어가 한 마리 누워 있다. 고등어는 아직 눈을 뜨고 있다. 머리가 벽 쪽을 향해 있다. 청년의 젓가락이 막 고등어의 흰 살을 떼내고 있다. 어설픈 젓가락질. 고등어 살이 찢겨져 흐트러진다. 속이 거북해져 온다. 나가고 싶다. 방문은 청년이 막고 있다. 부엌문을 통해 나갈 수도 있다. 그러나 어머니가 그것을 막고 있다. 왜 그러니? 어머니가 그의 안색을 살핀다. 진땀을 흘리시는군요. 청년도 맞장구친다. 이 사람이 몸이 좀 약하거든. 신경 쓰지 말고 밥 먹게나. 어머니는 얼른 그를 데리고 밖으로 나온다. 청년이 몸을 움직여 막고 있던 방문을 비켜준다. 그의 방으로 들어간다. 어머니가 걱정스레 쳐다본다. 괜찮겠니? 그는 문을 닫는다. 컴퓨터 앞에 앉는다. 의자에서 일어선다. 문을 다시 한 번 더 닫는다. 의자에 앉는다. 검색창이 열린다.

문 : 소통이고 탈출이다. 하지만 그 뒤는 아무것도 없다.

프랑스에서 왔다더구나. 프랑스라면 아주 먼 나라 아니니? 어머니는 청년에게 호감을 보인다. 청년은 이미 전기 사용료와 일주일치 식사비를 어머니에게 주었다. 너무 많이 받은 것 같아 미안스럽다고 말한다. 음식이 입에 안 맞을 텐데 어떡하지, 쇠고기라도 볶아야 하지 않을까, 읍내라도 가봐야겠다. 어머니는 부산스럽다. 새이불을 꺼낸다. 그 학생, 이불도 없는 것 같더라. 아무리 여름이라도 이불을 덮어야 배탈이 안 나지.

그는 이불과 베개를 싼 보따리를 들고 어머니의 뒤를 따른다. 야트막한 산등성이에 걸쳐진 하늘은 검은 잿빛이다. 고샅길 따라 듬성듬성 보이는 몇 채의 집은 모두 비어 있다. 옆집 마당은 이끼가 퍼렇다. 이것 봐 학생. 어머니의 부름에 방문이 열린다. 방문 사이에 청년의 상체가 드러나고 곧 온몸이 나온다. 그는 청년의 어깨너머를 재빨리 훑는다. 예전 이 집 주인이던 할아버지가 늘 드러누워 있던 방안, 할아버지가 쓰던 낡은 문갑도 그대로 남겨져 있다. 도시에 산다던 아들은 아무것도 가지고 가지 않았다. 방은 말끔하게 치워져 있다. 문갑 위에 못 보던 물건이 있다. 이불을 주고받는 청년과 어머니는 모두 행복한 표정이다. 들어오시겠습니까? 청년은 방문을 좀 더 활짝 연다. 어머니도 문갑 위를 본다. 저건 뭔가 텔레비전? 아, 저거요. 컴퓨터입니다. 무슨 컴퓨터가 저렇게 작아. 우리 집의 것하고 다른데. 어머니가 호기심을 보인다. 노트북입니다.

한번 보시겠습니까? 청년은 노트북을 가지고 올 듯 몸을 움직인다. 비스듬하게 모니터가 보인다. 글들이 빼곡하다. 중단된 글 끝에 커서가 깜박인다. 날짜도 있다. 어머니가 손을 내젓는다. 컴퓨터라면 신물 나. 어머니는 그를 쳐다본다. 청년도 그를 본다. 아저씨가 컴퓨터를 좋아하시나 봅니다. 말도 마. 어머니는 하소연할 상대가 생겨 기뻐하는 것 같다. 잠도 자지 않고 온종일 그것만 붙들고 있지. 아예 마루에 걸터앉는다. 어머니는 이야기를 하고 싶어 한다. 이 사람은 말이야……. 흘낏 그의 기색을 살피던 어머니가 잠깐 말을 멈춘다. 여행 다니면서 컴퓨터까지 들고 다니면 무거울 텐데. 어머니는 그렇게 말하려 했던 건 아닐 것이다. 늘 집안에만 처박혀 컴퓨터만 끼고 있어. 낮에는 자고 밤이면 일어나지. 농사일이라도 거들어 주면 좋을 텐데. 꿀꺽 침과 함께 어머니는 말을 삼킨다.

하지만 그도 가끔은 어머니와 함께 들로 나간다. 늘 집안에서 웅크리고 보냈던 시간들도 있다. 그때 어머니의 소원은 그가 건강해지는 것뿐이었다. 입이라도 좀 떼고 살자. 요즘 어머니는 그가 말벗이 되어 주길 원한다. 이거야 원, 맨날 혼자 떠들어대니. 지금 어머니는 혼자 떠들고 있지 않다. 청년은 방으로 들어간다. 노트북을 가지고 나온다. 마우스를 움직인다. 이것 보셔요. 어머니가 볼 수 있게 돌려놓는다. 모니터에 떠 있는 화면은 곤충이다. 여섯 개의 기다란 다리가 화면을 가득 채워 놓고 있다. 커다란 두 눈이 먹이를 노리는 듯 매섭다. 사마귀잖아. 어머니도 들여다보고 알은척 한다. 네. 그리고 화면은 바뀐다. 저건 무당벌레, 또 풍뎅이……. 저건 뭔지 모르겠네. 아휴, 무슨 곤충들이 저렇게도 많다지. 어머니는 모니터에서 꿈틀대는 곤충들을 보며 즐거워한다. 청년도 어머니의 관심이 싫지 않은 눈치다. 그러나 사이사이 그를 힐끔대는 것을 놓치지 않는다. 다 여기서 찍은 거야? 돌아서 나온 그는 그 대답은 듣지 못한다. 집으로 온 그는 컴퓨터 앞에 앉는다.

사마귀 : 위장술이 뛰어나므로 한시도 경계를 늦출 수 없다. 아무리 깊이 숨어도 그것의 눈을 피하기는 어렵다. 깨달았을 땐 이미 늦다. 희생자의 머리는 그것의 입속에 들어가 있을 것이다. 생존 방법은 하나뿐이다. 숨죽일 것. 하지만 언제나 깨어 있을 것.

밥상이 들어온다. 어머니와 청년이 마주 앉는다. 그는 그 사이에 끼어 있다. 된장국과 김치, 오이장아찌, 김, 이번엔 계란찜이 올려져 있다. 청년은 계란찜을 맛있게 먹는다. 어머니는 흐뭇해한다. 부모는 모두 프랑스에 계신가? 어머니는 매일 조금씩 새로운 정보를 캐낸다. 아버지와 살았는데 얼마 전 돌아가셨습니다. 쯧쯧, 어머니는 혀를 찬다. 근데 한국말을 곧잘 하는구먼. 최근 몇 년간 거의 해마다 한국에 나왔습니다. 청년의 눈빛이 탐색하듯 반짝대다 스러진다. 삼 년 전에는 교환학생으로 한국 생활을 일 년 해보기도 했습니다. 프랑스에는 언제 간 건가. 어머니는 언제나 사람들의 사연들에 관심이 많다. 그러나 제일 가까운 이웃도 산모퉁이 하나는 돌아야 있다. 청년은 김치가 맛있다는 말로 대답을 대신한다. 좀

시어졌을 텐데. 어머니가 걱정스레 말한다. 그리고 그를 본다. 이
사람도 신김치를 좋아하긴 하지. 밥을 먹고 나서도 청년은 선뜻 일
어서지 않는다. 이것저것 자꾸 말을 거는 어머니 탓은 아니다. 청
년도 어머니만큼 무언가를 알아내고 싶어 하고 있다. 두 분만 사십
니까? 다른 가족은 안 계신가요? 여기서 사신 지 얼마나 되셨습니
까? 혀가 굴러다니는 듯한 청년의 질문은 계속된다. 그는 자리에서
일어선다. 엉거주춤 청년도 일어선다. 어머니가 청년을 붙든다. 내
일부터는 아침도 여기서 먹게나. 어차피 차리는 밥, 숟가락 하나만
더 놓으면 되는 건데. 청년은 싱긋 웃는다. 감사합니다만 괜찮습니
다. 굶고 다니면 되나, 젊은 사람이. 어머니는 끈질기다. 아닙니다.
원래부터 아침에 우유 한 잔만 먹었습니다. 저런. 청년이 나간 뒤
에도 어머니는 내내 아쉬워한다. 어머니는 청년이 오래 곁에 있기
를 바란다. 사람의 그림자가 반가워서 그래. 손자 같기도 하고. 어
머니의 눈길이 아득하다.

  아침 6시 42분. 오늘도 청년은 카메라를 메고 밖으로 나간다. 멀
어지는 워커 소리를 확인한다. 담을 넘어 청년의 집으로 간다. 방
안에는 커피믹스 한 박스와 커피포트, 그리고 시리얼과 접시, 멸균
우유가 구석에 놓여 있다. 윗목엔 그가 가져다 준 이불이 잘 개켜
져 있다. 배낭이 보인다. 조심스레 배낭 속을 살펴본다. 퀴퀴한 옷
냄새가 먼저 코를 자극한다. 몇 벌의 옷들. 엠피스리, 배터리, 그리
고 수첩이 있다. 수첩을 펴본다. 낯선 언어들로 가득하다. 읽을 수

가 없다. 몇 개의 스펠 위에는 갈매기 같은 부호가 붙어 있다. 영어
는 아니다. 불어인 것 같다. 수첩을 덮고 원래대로 넣어 둔다. 문갑
위에는 노트북 컴퓨터가 있다. 그 옆에 비닐 파일이 놓여 있다. 파
일 안엔 에이포 용지가 한 장 들어 있다. 무슨 서류처럼 보인다. 영
어다. 두어 문장에 빨간 줄이 쳐 있는 것이 눈에 띈다. 이번에는 그
도 읽을 수 있다. 누군가의 이름이다. 그 이름을 보는 순간 그는 쿵
때리는 자신의 심장 소리를 듣는다.

박…… 옥…… 분.

문갑 위에는 노트북 컴퓨터가 놓여 있다. 노트북을 연다. 패스워
드를 입력하라고 깜빡댄다. 청년에게 의미 있을 어떤 숫자가 필요
하다. 옆에 놓인 서류에 눈이 간다. 보란 듯 빨간 동그라미를 몇 겹
이나 둘러친 숫자가 눈에 들어온다. 날짜다. 생일일지도 모른다. 그
는 그 숫자들을 쳐본다. 화면이 열린다.

첫 번째 날

우울하고 그늘진 얼굴, 40대 중반, 그는 적대적이고 폐쇄적이다. 낯
선 이에게 극도의 경계심을 보인다. 굳이 그 속으로 들어가 봐야 할
지는 아직 모르겠다.

두 번째 날

끊임없이 나를 탐색하는 눈길이 느껴진다. 그는 여기에 있지만 여기
에 없는 사람처럼 보인다. 그리고, 할.머.니가 있다. 할머니라고 불러

보았을 때 깨달았다. 내게 고향이라는 것이 있었다면 그것은 그 이름 속에 있을 것이라는 것을.

세 번째 날
그는 자신의 생활 속에 내가 들어오는 것에 극도의 거부감을 보인다. 그는 무엇인가로부터 도망치고, 또 무엇인가를 찾아 헤맨다. 이건 여러 경우의 수로 상상해 보았던 최악의 경우보다 더 나쁜 상태다…….

밖에서 무슨 소리가 들린다. 컴퓨터를 닫으려는데 문이 열린다. 어머니다. 어머니도 놀란다. 너, 거기서 뭘 하는 거냐? 어머니 손에는 무럭무럭 김이 오르는 감자가 담긴 양푼이 들려 있다. 어머니는 감자를 방안으로 들이민다. 삶는 김에 좀 넉넉히 삶았다. 한창 혈기왕성할 때인데 오죽 출출하겠니. 여기선 사먹을 곳도 없는데. 네 것도 집에 있다. 어머니는 제풀에 주섬주섬 변명을 늘어놓는다. 그는 재빨리 나머지 글을 읽는다.

……그는 타인과의 대화가 거의 힘든 상태다. 닫아 버린 그의 의식 속에는 오직 할머니 한 사람만 받아들여지고 있다. 삶을 공유하는 사람들끼리 느껴지는 끈끈한 유대감이 그들 사이에는 있다. 한 번도 내 것이 되어 본 적 없는 낯선 정서이다.

방을 원래대로 해놓고 일어선다. 집으로 향한다. 뒤를 따라오는 슬리퍼 소리가 들린다. 어머니는 그가 왜 그곳에 있었는지 묻는다. 발을 멈춘다. 어머니도 발을 멈춘다. 어머니를 빤히 쳐다본다. 어머니는 흠칫 입을 다문다. 왜 그래. 그런 무서운 눈으로. 그는 아무것도 아니라고 말한다. 박옥분, 어머니.

비가 온다. 청년은 오늘 나가지 않았다. 어머니도 집에 있다. 어머니는 점심 같이 먹자고 청년을 부른다. 상이 들어온다. 어머니와 청년이 마주 앉고 그 사이에 그가 앉아 있다. 어둑신한 방. 텔레비전이 켜져 있다. 문득 어머니의 숟가락질이 멈춘다. 앵커가 말한다. 다음은 김민섭 대변인의 의견을 들어 보겠습니다. 고개를 든다. 화면 가득 한 남자가 웃고 있다. 어머니는 흘낏 그의 눈치를 본다. 리모컨을 든다. 그는 채널을 돌리지 못하게 손을 붙든다. 당 대변인이라는 남자는 활기차다. 턱선이 갸름하다. 학생증에 붙어 있던 작은 흑백사진 한 장. 갸름한 얼굴 윤곽. 온몸의 털이 곤추서기 시작한다. 남자에게 돌려주어야 할 게 있었다. 그는 그 무게에 짓눌린다. 어머니의 당황한 음성이 아득하다. 애, 정신 차려. 경련을 하고 있네요, 할머니.

여름이었다. 그가 묵었던 하숙집은 창이 골목길을 향해 돌아 있었다. 그는 공부하고 있었다. 더위 때문에 열어 두었던 창문으로 별안간 가방 하나가 날아들어 왔다. 내다보니 남자는 급한 소리만 남겨두고 내달리고 있었다. 신발을 꿰신는데 쫓고 쫓기는 듯 어지러운 발소리와 고함 소리가 들려왔다. 그는 방안으로 되들어가 문을 잠갔다. 소리가 멀어질 때까지 숨조차 크게 쉬지 못했다.

남자가 던져놓고 간 가방 속에는 유인물 한 묶음이 들어 있었다. 어느 한밤중 몰래 뒷산에 올라가 그것들을 모두 불태웠다. 바람이 음모를 꾸미듯 나뭇잎들을 깨우며 지나갔다. 가방 속에는 학생증도 하나 들어 있었다. K대. 남자가 사진 속에 있었다. 갸름한 턱선과 형형한 눈빛. 그는 학생증을 주머니에 넣고 일어섰다. 남자는 다시 오지 않았다.

방을 구하러 다닐 때 유난히 싼 방이 있었다. 그 까닭이 남자 때문이었다는 것을 처음에는 알지 못했다. 오히려 그는 책상도 구비되어 있다는 것을 더 마음에 들어 했다. 방세를 내지 않은 채 소식이 없는 남자의 방을 주인은 세놓았고 남자의 물건이던 몇 권의 책들은 다락으로 들어가 있었다. 대부분 평범한 대학 교재들이었지만 그중에는 어디서도 본 적 없는 제목의 책도 몇 권 있었다. 그는 남자의 책을 한 권도 버리지 않았다.

너, 고시 공부 하나 봐. 그를 보는 그녀의 눈길이 따뜻했다. 그녀는 고시촌에서 공부하면 모두 고시생일 거라고 생각했다. 그래서 9급 공무원 시험 공부 중이라는 것을 말할 수 없었다. 여대생인 그녀에게 대학 진학 대신이라는 것을 말할 용기는 더더욱 없었다. 다행히 그에게는 김민섭의 학생증이 있었다. 그래서 그는 고시 공부 중인 K대 정치외교학과 김민섭이 되었다.

워커가 정강이에 날아들었다. 무슨 헛소리야, 네가 누군지도 모르는데 그런 불온서적을 맡겼다고? 처음엔 그들은 그가 김민섭이

라는 것을 실토하라고 했고 나중엔 아닌 것을 실토하라 했다. 마침
내 그도 자신이 누구인지 알지 못하게 되어 버렸다. 너는 분명히 김
두문이야. 어머니만은 그를 알고 있었다.

아득하게 어머니의 목소리가 들린다. 왜 이러니 정신 차려. 사
지가 뒤틀려 간다. 그리고 경련. 그는 도망치려 했다. 후퇴하는 주
둔군처럼.

빗소리가 들려온다. 깨어나 보니 입가에 거품이 말라붙어 있다.
입에는 나무젓가락에 감은 수건이 물려 있다. 그는 수건을 빼낸다.
어머니가 나지막이 한숨을 뱉는다. 학생이 도와줬어. 놀랐을 텐데
당황하지 않고 뒤처리를 잘해 내더구나. 간호를 많이 해봤대. 아버
지가 류머티즘으로 오랫동안 병석에 누워 있었다나 봐. 뒤통수에
통증을 느낀다. 넘어지며 바닥에 머리를 찧었다고 한다.

컴퓨터 앞에 앉는다. 김민섭이란 이름의 파일을 찾아들어간다.
11명의 김민섭이 뜬다. 오늘 새로운 김민섭을 보탠다.

외교관 김민섭, 목사 김민섭, 수영선수 김민섭, 기자 김민섭, 기
업인 김민섭, 공무원 김민섭, 교수 김민섭…… 양반, 선비, 각시, 중,
부네, 초랭이, 할미…… 탈바가지들이 얼쑤 춤을 춘다. 옻칠로 윤
기 나는 오리나무 뒤는 텅 비어 있다. 탈을 벗으면 마주치는 건 시
커먼 허공뿐이다.

아침이 되자 청년은 집을 나선다. 그는 청년의 방으로 숨어든다.
컴퓨터에는 새로운 글이 올라와 있다.

네 번째 날

나는 도대체 몇 번이나 버려졌을까. 나를 쓰레기처럼 거리에 버린 이
와 거리에서 나를 발견했지만 다시 버린 사람, 그들을 그리워한 적
도 있었다. 나의 기아 의식을 양부는 적절히 이용하였다. 더 이상 영
문도 모른 채 당하며 살고 싶지 않다.

내 입양 기록에 남아 있는 유일한 이름은 박옥분이다. 나를 발견 후
영아원에 보낸 사람으로 되어 있다. 찾아내는 것도 오래 걸렸다. 그
에게 아내나 아이가 없냐고 물었을 때 할머니는 결혼할 뻔한 각시
는 있었지……라고 했지만 아이에 대해서는 어두운 얼굴이 되어 말
을 피해 버렸다.

어머니는 어두운 얼굴로 그녀에 대해서는 자꾸 말을 피했다. 몇
달이나 지나서 겨우 이루어진 면회였다. 그녀를 만나 보았냐니까
요. 유리창 너머에서 다시 소리쳤다. 어머니는 고개를 저었다. 만나
주지 않더라. 곧 결혼할 거래. 그리고 미국으로 갈 거라더군. 한 번
만 더 찾아오면 경찰을 부르겠다고 오빠라는 사람이 을러대더라.
반국가 활동을 한 가짜 대학생. 그녀가 아는 그의 모습이었다.

그는 하얗게 비워진 머리통을 싸안고 있느라 어머니가 면회실
을 나가는 것도 몰랐다. 그녀가 임신 중이었다는 기억은 감방으로
돌아온 후에야 겨우 떠올랐다. 다음 면회에서도 그가 먼저 물어 볼
때까지 어머니는 말해 주지 않았다. 낙태했다더라. 어머니는 시선
을 피하며 조그만 목소리로 간신히 대답했다.

석방된 후에도 그녀를 만나지 못했다. 어느 누구와도 만나지 못했다. 사방 벽에 숨겨진 눈들이 그를 쏘아보고 있었다. 그의 무의식 속까지 눈들이 파고들었다. 이사 가자. 아무도 너를 알지 못하는 곳으로. 어머니는 보따리를 싸며 울었다.

그는 청년의 서류를 다시 꺼내 찬찬히 살펴본다. HOLT CHILDREN'S SERVICES INC. 패스워드로 쓰인 숫자는 그가 태어난 날이 아니라 영아원으로 인계된 날이었다는 것도 알아낸다.

홀트아동복지회 : 떠나보내고 맞이하는 야누스의 문. 야누스의 문은 지금도 열려 있다. 그것은 숨어 있는 전쟁의 지석이다.

새벽녘까지 소쩍새는 울음을 그치지 않는다. 소쩍소쩍, 달빛에 신경은 시퍼렇게 날이 선다. 어머니 방에서 기척이 난다. 새벽잠 없는 어머니다. 문이 열린다. 또 밤새웠나 보구나. 의사는 잠을 잘 자야 한다고 했는데. 손잡이를 잡은 채로 어머니는 어둑한 바깥을 본다. 쯧쯧, 저놈의 소쩍새는 무어가 그리도 한스러워 저리도 울어대누. 어머니는 논을 둘러보고 고추밭에 나갈 거라 한다. 해가 뜨거워지기 전에 붉게 영근 고추를 거둬들여야 한다. 혼자 해내기는 힘들다고 말한다. 그러나 어머니는 그가 나가지 못할 것을 알고 있다. 발작은 마지막 기운까지 소진하게 만든다. 검은 그림자가 그의 앞에 서 있다. 나는 김민섭이 아니야. 더듬대는 그는 자신 없다. 나는 아무 짓도 하지 않았어. 내 탓이 아니야. 그림자가 낄낄대며 웃는다. 나를 봐. 나를 모르겠어? 그는 그림자를 보기 위해 애를 쓴다. 검은 안개가 차츰 걷혀 간다. 김민섭! 그는 비명을 지른다.

눈을 떴다. 온몸이 땀으로 흥건하다. 그는 머리를 싸안는다. 그는 그들이 적어 준 자술서에 사인을 했고 풀려났다. 낯선 이름의 반국가단체가 한동안 사회를 시끄럽게 했다. 신문에 따르면 그는 그 조직원 중 한 사람이었다. 어머니는 해가 진 후에야 돌아왔다. 거둔 고추는 얼마 되지 않아서 비닐하우스에 펼쳐 두었다고 한다. 어머니 손에는 검은 비닐에 담긴 쇠고기가 들려 있다. 어머니는 읍내에 나갔다 온 것이다. 얼굴이 어둡다. 어머니는 쇠고기를 부뚜막에 툭 던진다.

그 학생, 갔다.

어머니는 밤늦도록 마루에 앉아 있다. 시선은 불 꺼진 옆집으로 향해 있다. 비쭉 치마 밑으로 발이 드러난다. 허옇게 거스러미 일어난 거친 발. 발가락의 신근들이 도드라져 있다. 거의 해마다 한국에 나왔습니다. 그 말을 할 때 보여주었던 이글대는 눈빛, 청년은 박옥분이란 이름을 오랫동안 찾아다녔다. 어머니는 자신의 이름이 왜 그 기록에 남아 있는지 알고 있을 것이다. 청년이 프랑스 가정에 입양된 입양아라는 그의 말에 어머니는 뒤통수를 망치로라도 맞은 얼굴이 된다. 하얗게 핏기 가신 입술에서는 한참 지난 후 긴 한숨이 내뱉어진다.

그랬구나. 혹시나 하는 생각은 들었다만. 어머니의 입에서 단내가 풍겨난다. 얼마나 원망을 많이 했을까. 하지만 나로서는 어쩔 수 없었다. 그 아가씨 오빠가 핏덩이를 안고 왔더구나. 너는 언제 나오게 될지 기약도 없는데. 어차피 키우지도 못할 거라면 처음부터 너는 모르는 게 좋을 거라 생각했다. 어머니의 목소리가 잠긴다. 버려진 아이라고 말하고 영아원에 맡겼다. 귓속에서 따라다니던 아기 울음소리 때문에 오랫동안 괴로웠다. 떼놓고 돌아설 때 자지러지게 울던 그 소리 말이다.

하지만, 어머니의 다음 말이 잠긴다. 왜 그냥 갔을까. 아무것도 물어 보지 않고. 알고 싶은 것들이 많았을 텐데. 어머니는 그를 바라보지 못한다. 코맹맹이 소리로 웅얼댄다. 아마 도저히 용서할 수 없었나 보다. 엄지발톱을 잃어버려 뭉뗑해진 그의 발에 어머니의 시선이 닿는다. 이 죄를 어떡하면 좋으냐. 네게 그 아이를 알아볼 기회조차 주지 못했구나. 마룻바닥에 어머니의 눈물방울이 툭 떨어진다.

오늘도 새벽녘에 소쩍새가 운다. 솥 적다. 솥 적다. 어머니 방에서 부스럭 뒤척이는 소리가 난다. 그는 컴퓨터 앞에 앉는다. 부팅을 한다. 화면이 밝아진다. 화면에 떠 있는 '검색' 아이콘을 클릭한다. 그가 찾아낸 수많은 정보들이 화면에 주르륵 뜬다. 그러나 수많은 검색 중 어느 곳에서도 프랑스로 입양된 한 청년에 대한 것은 없다.

불편하다. 그는 손을 멈춘다. 신경이 곤두선다. 동물적인 감각으로 그는 느낀다. 누군가 들어왔다는 것을. 그는 컴퓨터를 노려본다. 그 속에 침입자라도 숨어 있는 것처럼.

그는 깨닫는다. 청년이었다. 청년이 그를 검색했다.

컴퓨터를 본다. 그 속에서 청년이 그를 기다리고 있다. 이번에는 그가 찾아 들어가야 한다. 자판 위로 천천히 손을 올린다. 장 블랑. 그러나 손가락은 허공에 머문 채 내려올 줄 모른다.

그 이름은 청년의 것이 아니다. 청년은 아직 이름을 갖지 못했다. 불러 줄 이름*이 있을 때만이 비로소 서로에게 의미가 되어 다가올 수 있다.

그의 손가락들은 결국 다른 이름을 찾아낸다. 김민섭. 저장된 12명의 김민섭들이 뜬다. 한 명씩 한 명씩 지워 버린다. 삭제되는 것은 한순간이다. 이제 그에겐 단 한 명의 김민섭만 남는다.

그는 컴퓨터 안에 갇힌 김민섭을 들여다본다. 김민섭 속에 갇힌 그를 본다.

애, 이것 좀 보렴. 어머니가 방안으로 들어온다. 어머니는 손에 쥔 것을 눈앞에 내민다. 옆집 학생 방에 있더구나. 잊어버리고 간 거 아닌지 모르겠다. 케이스 안에 들어 있는 시디는 특별히 표시된 것도 없는 흔한 것이다. 중요한 거 아니니? 찾으러 오지 않을까? 어머니 눈이 기대감에 반짝거린다. 그는 고개를 젓는다.

깊은 한숨을 남기고 돌아서 나가는 어머니의 뒤 어깨가 축 처져 땅에 닿을 듯하다. 그는 시디를 컴퓨터에 넣는다. 모니터에 글이 뜬다. 그는 잠시 눈을 감았다가 뜬다. 청년은 버리고 가지 않았다. 잃

---

* 김춘수의 〈꽃〉에서 인용.

어버린 것도 아니다. 영어도 불어도 아닌 한글, 처음부터 읽을 사
람을 염두에 둔 기록이다.

다섯 번째 날

그의 발작, 꼿꼿이 굳어 가며 입에서는 거품을 뿜어댔다. 나는 그런
모습이 낯설지는 않다. 양부는 늘 화가 나 있었다. 제 성질을 이기지
못한 어느 날은 졸도하기도 했다. 이혼하고 내게 남겨진 양부의 병
간호가 내 청소년기의 전부였다. 양부는 점점 병이 깊어 가면서 죽기
직전에는 거의 움직일 수 없는 상태까지 되었다. 양부는 그와 나를
버린 양모에 대한 배반감으로 버텼고 증오감으로 무너졌다.

버림받았다는 과거의 분노에 얽매여 자유롭지 못했던 건 나 역시 마
찬가지였다. 그리고 여기에 와서, 과거 속에서 살고 있는 한 남자를
보고 있다. 텔레비전에 김민섭이란 인물이 클로즈업되었을 때 그의
얼굴색이 하얗게 바래 갔다. 김민섭이 사는 세상으로부터 도망쳐 자
신 속으로 숨어든 남자, 그것이 현재 그의 모습이다.

청년은 흔적을 남겨둠으로써 자신이 도망치지 않았다는 것을 알
리려 했다. 시디 한 장으로 존재할 수도, 파괴될 수도, 그 이상이 되
어 그의 삶에 들어올 수도 있다. 그의 삶 어느 귀퉁이에 입력시켜
복원시킬 수도 있을 것이다. 청년은 그에게 화두를 던져놓고 갔다.

마지막 날

그는 과거 어느 날에서 멈춘 채 스스로를 유폐시키고 있다. 그의 의식이 과거 속을 헤매고 있을 때, 푸념처럼 풀어놓던 할머니의 이야기들, 퍼즐처럼 토막토막 끊어지던 과거 어느 때, 그 속에서 나는 존재감을 느꼈다.

하지만 나는 두렵다. 그의 어두운 의식 저 뒤편 어느 곳에 존재한 나를 발견하게 될 것이, 그리고 지금까지와 다른 절망과 마주치게 될 것이. 나는 길을 나설 것이다. 시간을 거슬러 그의 닫혀 버린 의식 속으로 들어가기 위한 여행이다.

다시 돌아오는 그날, 멈춰 버린 시간 속에서 살고 있는 그와 할머니에게 나는 다시 움직이는 시계를 선물해 줄 것이다.

어머니의 가슴에는 넓은 자리가 언제나 준비되어 있다. 하지만 그의 용량은 한계가 있다. 그동안 그는 그의 공간을 열심히 채워 나갔다. 그곳에 청년의 자리는 마련되어 있지 않다. 언젠가 청년이 돌아온다면, 무엇인가 비워 두어야 한다.

'검색' 아이콘을 클릭한다. 수많은 정보들이 모니터에 꾸역꾸역 떠오르기 시작한다. 이윽고 모니터가 가득 찬다. 그는 그만큼 충전되어 간다. 충만감에 편안해진다.

불쑥 스팸메일처럼 끼어드는 단어가 있다. '김민섭.' 한순간에 느긋해지던 충만감이 사라진다. 대신 그 자리에 불안감이 차지한다. 알지 못한다는 것은 적에게 등을 보이고 있는 것과 같다. 언제나 먼저 준비하고 있어야만 한다.

　모니터에 펼쳐놓은 '검색' 파일을 닫는다. 그것을 왜 열었는지에 대해 잠깐 생각해 보긴 했지만 비워 낸다는 것은 위험하다. 오늘도 그는 검색을 해서 채워 넣어야 한다. 모니터에서 새로운 정보가 떠오르고 수많은 홈페이지 주소도 나타난다. 그의 손가락은 자판 위에서 활기를 되찾는다.

　문득 그의 손가락이 멈춘다. 준비해야 할 것이 또 있다. 가슴이 뛰기 시작한다. 숨이 가빠진다. 하지만 그의 손가락은 굳은 듯 움직이지 못한다. 오랜 망설임이 지난 후 서서히 자판에 손가락을 올린다. 처음 컴퓨터를 배우는 사람처럼 자판 위에서 그의 손가락이 더듬거린다. 기억 저편 아득히 묻어 버린 이름, 그녀의 이름을 치는 손가락이 떨려 온다. 청년을 위해 그가 마련하는 선물이다.

열어두는

어두워지면

귀

하나

넘어지면 낭패다. 무게중심이 위에 있다 보니 넘어지기라도 하면 머리로 방바닥을 이어야 한다. 지난번에는 하늘로 향한 다리를 한참동안 버둥대어 간신히 일어나느라 진이 다 빠졌다. 나는 대나무숲에서 얻어 왔던 지팡이를 두 손으로 단단히 잡고 조심조심 몸을 일으켰다. 무사히 발로 방바닥을 딛고 섰다. 오늘은 어깨에 노트북이 없어서 훨씬 힘이 덜 들었다. 형편없이 약해진 다리를 후들대며 탁자 위에 펼쳐진 노트북을 잠깐 내려다보았다. 노트북에는 아무것도 남겨져 있지 않다. 그동안 쓰여 있던 모든 것들을 지우는 데 아쉬움은 없었다. '내'가 만들 내 생애 최고의 걸작을 위해 비워두는 자리이기 때문이다. 흥분과 짜릿한 쾌감으로 몸이 떨려 왔다.

주머니를 뒤져 담배 한 개비와 라이터를 꺼냈다. 찰칵 소리 내며 일회용 라이터에 불이 붙는 순간 제멋대로 자란 수염에 불이 붙었다. 황급히 털어 불을 껐다. 또 실수하지 않도록 조심스레 담배에 불을 붙인 후 라이터를 주머니에 다시 넣었다. 담배 연기를 깊숙이 들이마셨다가 뱉어냈다. 피돌기를 타고 도는 니코틴이 느껴졌다. 얼마 만에 피워 보는 것인가, 어지러워지더니 손도 떨려 와 담배를 놓쳤다. 떨어진 담배는 방바닥의 비닐 장판을 조금 눌어 붙이고는 이내 사그라졌다.

방 밖으로 나가는 데는 장애물이 많다. 문을 있는 대로 다 열어젖혔지만 결국 귀가 문설주에 부딪혔다. 살짝 부딪혀서 다행이었다. 아니면 복통으로 한참 고생했을 텐데. 신경통일지도 모르지만.

마침내 낡은 기와가 무겁게 내리누르고 있는 집 밖으로 나왔다. 집 앞으로 보이는 시야는 탁 트여 있다. 산 중턱에 위치한 집 뒤는 바로 산이다. 집의 위치가 높아서 상대적으로 산은 야트막하다. 서쪽 하늘 쪽이 벌겋게 물들어 갔다. 잡풀 우거진 들판이 거뭇하게 땅거미에게 먹혀들어가고 있었다.

이 집을 처음 발견했을 때도 이 무렵이었다. 서서히 해거름이 내리면서 쉴 곳을 찾던 중 나는 낡은 기와집을 발견했다. 주위에 다른 인가는 없었다. 산그늘 아래 어둠에 덮여 우두커니 서 있는 집은 전설의 고향에서 나옴직한 모습이었다. 대문도 없었다. 사람을 불러도 안 나오기에 여닫이 방문을 열어 보니 빈집이었다. 먼지가 살포시 내려앉아 있긴 했지만 방안은 비교적 잘 정리되어 있었다. 사람의 손길이 느껴져 오히려 꺼림칙했다. 그때쯤 나는 완전히 지쳐 있었다. 더는 한 발짝도 떼기 힘들었지만 이 집 말고는 갈 만한 곳도 없었다.

어쩔 수 없잖아, 나는 생각했다. 설사 길손을 기다리는 백 년 묵은 여우가 숨어 칼을 갈고 있다고 해도 말이야.

방안에 들어섰다. 생각보다는 깨끗했다. 쉴 곳을 찾았다는 안도감에 피로가 한순간에 몰려왔다. 무거운 배낭을 벗고 몸을 뉘이자마자 그대로 잠속으로 빠져들어가 버렸다.

무언가 눈꺼풀을 찔러대는 바람에 눈을 떴을 때 나는 주인도 없는 집에서 방문도 닫지 않고 잤다는 사실을 깨달았다. 눈꺼풀을 찌른 것은 길게 집안까지 파고들어 온 햇살이었다. 밖으로 나가 집을 살펴보았다. 밝은 햇살 아래 보는 집은 작고 소박하였다. 낡은 기와의 한쪽이 무너질 듯 이지러져 있었지만 보기 따라 운치 있다 말할 수도 있었다. 집은 산자락이 시작하는 초입에 위치하여 집에서 내려다보면 먼 곳의 길까지 한눈에 다 보였다. 누군가 온다면 집에서 다 확인할 수 있을 것 같았다. 이곳에 자리 잡은 이후로 그 길을 통해 온 사람은 이 집주인 단 한 사람뿐이었지만.

뒤로는 산이 있었고 집 앞은 예전에는 밭이었을 것 같지만 지금은 키 낮은 잡풀들이 무성한 벌판이었다. 봄을 맞이하여 피어난 들꽃들이 잡풀 사이에서 함초롬했다. 조금 걸어 나가니 멀지 않은 곳에 실개천이 흐르고 있었다. 밝은 낮에도 주위 마을과는 한참 동떨어져 다른 집은 보이지 않았다.

며칠 후 집주인이 나타났다. 육십이 훨씬 넘은 노인이었다. 들짐

승이 드나드는 것을 막기 위해 문을 폐쇄하러 온 거라고 했다. 나는 집을 빌리고 싶다고 했다. 노인은 기꺼이, 라고 대답했다.

노인은 집 관리 문제를 난감해하고 있던 차였다. 얼마 전까지 여기에 살았던 노모가 집을 없애지 말라고 죽기 전에 유언을 남겼다고 했다. 노인은 이 집에 아무런 추억도 없었다. 중학교 입학하면서 노인은 도시로 갔고, 그런 후 노인의 부모는 이 집으로 이사 왔다. 노인의 부친은 이 집으로 오고 일 년 남짓 후 사라져 돌아오지 않았다고 한다. 노모는 평생 집을 지키며 부친을 기다렸다.

노인은 내게 혹시 글을 쓰는 사람이냐고 물었다. 그렇다고 하자 노인은 역시……, 라고 고개를 끄덕였다. 글 쓰는 사람들 눈에는 이 집이 달라 보이나……, 노인은 혼잣말처럼 중얼댔다. 사라진 노인의 부친도 글쟁이 흉내 내다가 덜컥 이 집을 산 거라고 노모가 했다던 말투 그대로 내게 옮겨 주었다.

그때 나는 지방 신문의 신춘문예에 당선하면서 소설가로서의 첫발을 막 내디뎠을 때였다. 그러기 위해 수많은 습작들이 버려졌다. 그리고 단 하나 건진 작품이었다. 그해 새해 첫날 신문에 실린 나의 글을 읽는 기분은 더없이 행복했다. 심사평도 좋았다.

풍부한 상상력을 바탕으로 거침없이 써나간 글솜씨가 예사롭지가 않다. 충분한 습작기를 거친 듯 바탕도 탄탄하다. 치열한 작가정신이 엿보이는 신인을 발굴한 것 같다. 대성을 기대한다.

결과적으로 그 말은 맞았다. 지금의 나는 대성했고 유명한 소설가이니까.

그러나 이곳에 오기 전까지만 해도 그렇지 않았다. 당선은 했지만 그다음 내놓을 만한 작품이 없었다. 간신히 써서 내놓은 작품에 대한 반응은 냉담했다. 신문지상이나 매스컴에 유명 작가들이 나오면 나는 미칠 것 같은 질투심을 느꼈다. 그들을 능가하는 작품을 세상에 보이고 싶었다.

등단작에서 평론가는 내가 풍부한 상상력을 가지고 있다고 말했지만 내 주위 환경은 상상력과는 한참 거리가 멀었다. 매일 수치와 싸움을 하는 경리사원과 소설가는 어울리지 않았다. 사방이 막힌 시멘트 공간에 갇혀 윗사람들의 눈치를 봐야 하는 나날들. 이것이 내게서 치열한 작가적 능력을 빼앗아 가는 요인이라고 생각했다.

사표를 냈다. 자유로워진 나는 발길 닿는 대로 여행을 시작했다. 나의 여행 목록에 유명한 곳은 없었다. 이미 모든 사람들이 결론 내린 곳에서는 상상력도 키울 수 없는 법이었다. 사람들의 걸음이 잘 닿지 않는 곳, 사람들의 손길이 거의 없는 곳, 그런 곳이 내가 다니는 곳이었다. 여행에도 지쳐 갈 무렵 나의 상상력을 담아낼 곳을 찾아다녔고 마침내 만난 것이다.

노인은 내게 집세 같은 건 필요 없으니 집 관리만 잘 해주면 된다고 그냥 쓰라고 했다. 노모는 죽는 순간에도 아버지가 그 집으로 돌아올 거라고 믿었다며, 노인은 노모를 이런 외딴집에 홀로 둔 것이 자기 탓이 아니라고 그렇게 변명을 했다.

방 두 개에 작은 마루. 얼마 전까지 사람이 살았던 곳이라 전화선도 연결되어 있어서 전화국에 신청을 하니 사용이 가능하였다. 집안에는 책상 삼아 쓸 수 있는 상도 있었고 부엌에는 밥솥, 그릇, 그리고 냉동 기능은 고장났지만 냉장은 되는 낡은 냉장고 같은, 살아가는 데 필요한 최소한의 물건도 있었다. 다만 집 밖으로 나가야 있는 푸세식 화장실이 불편하긴 했지만 귀퉁이 깨진 사기 변기가 올려져 있어서 참아 줄 만했다. 물도 해결이 되었다. 잡풀 무성한 마당 가운데에 녹슨 펌프가 있었다. 펌프는 처음에는 바짝 말라 있었다. 부엌에 있는 바가지와 함지박을 들고 개울로 나가 물을 길어왔다. 끝없이 마중물을 붓고 펌프와 한참 동안 실랑이를 한 후 마침내 물을 끌어올릴 수 있었다.

그렇게 나의 산골 생활이 시작되었다. 내가 챙겨 온 짐은 국어사전과 몇 권의 책, 속옷 몇 벌, 갈아입을 옷 두어 벌, 노트북, USB, 그리고 한동안 칩거해도 될 만큼의 식량들이었다. 고백하지만 작가의 고독한 은둔 생활이라는 얼마간은 우쭐대는 기분도 있었다.

최소한 장편소설 하나는 완성하고 싶었다. 우리나라에서는 정상의 위치에 있는 M 문예지에서 2억이라는 거금을 걸고 현상공모를 하고 있었다. 그것만 당선되면 돈은 물론이고 작가로서의 명성까지 같이 거머쥐게 되는 것이다. 그러나 넉 달밖에 남지 않은 기간으로는 어림도 없는 일이었다. 대신 나는 현실성 있는 목표를 잡았다. 단편을 써서 재등단을 하는 것이다. M 문예지는 장편과 함께 단편도 공모 중이었다.

나는 내 작품의 산실이 될 곳부터 확인해 보았다. 집 앞에 있는 벌판과 그 너머의 실개천도 가보고 바로 집 뒤에 있는 산을 올라가 보았다. 산등성이까지는 금방이었다.

산등성이에 서서 나는 생각지 못한 풍경을 발견했다. 산 아래 대나무숲이 펼쳐져 있었던 것이다. 대나무숲은 사람들의 발자취가 끊어진 지 오래인 듯 드나들 틈이 없을 만큼 빼곡하였다. 나는 그 스산한 풍경에 한눈에 반해 버렸다. 그리고 다시 말했다. 이곳이야, 정말 그래.

바람이 불지 않았는데도 대나무숲에서는 이야기라도 나누는 듯 끊임없이 사그락사그락, 소리가 났다. 대나무숲 제일 앞에 유난히 잎이 무성한 대나무가 서 있었다. 멀리서 봐도 다른 대나무들보다 눈에 뜨이게 굵었다. 내 허벅지 둘레 정도는 될 성싶었다. 대나무숲과 집 사이에는 작은 언덕이 있었다. 나는 나중에 가보기로 하고 돌아섰다.

한동안 자유를 만끽했다. 다른 사람들의 시선들이 그토록 짐이었다는 것을 그곳에서 깨달았다. 세수도 할 필요 없었고 옷을 제대로 챙겨 입을 필요도 없었다. 빨래하는 게 귀찮아 여름에는 아예 벗고 지냈다. 날이 더워 땀이 나면 샤워를 했다. 샤워라는 표현은 잘못되었다. 책상 앞에 앉아 있다가 더워지면 멀지 않은 곳에 있는 개울로 나가 풍덩 몸을 던졌다. 물장구도 치고 발가벗고 수영을 하기도 했다. 처음에는 옷을 챙겨 입었지만 그러는 동안 단 한 사람도 만난 적이 없자 나중에는 발가벗은 몸 그대로 집으로 돌아왔다.

면도날이 부러진 후부터는 수염도 자라는 대로 내버려두었다. 물론 머리카락도 제 맘대로 두었다.

개울물 속에 비친 내 모습을 보면 흐뭇했다. 일반인들 모습과는 달라졌으니 독특한 사고가 나올 것도 같았다.

그날은 아마도 보름이었을 거다. 달이 환하였다. 내내 잠만 잤던 나는 밤이 되자 눈이 말똥해졌다. 나는 조금씩 지쳐 가고 있었다. 생각만큼 글은 되어 주지를 않았다. 두 달이 지나도 장편은 고사하고 단편도 글 한 줄 시작하지 못했다. 이제는 환경 때문이라는 핑계도 댈 수가 없었다. 내게 재능이 없는 것이 아닌가. 서서히 회의가 들기 시작했다. 한번 회의가 들자 글은 더욱 막혔다. 스스로를 유폐시키며 작품 활동을 한다는 것이 얼마나 어쭙잖은 흉내내기였는지 자괴감만 뱀 대가리처럼 고개를 치켜들었다.

그러나 손들고 돌아가고 싶지는 않았다. 돌아갈 곳도 없었지만 맨손으로 세상 속으로 들어간다는 것은 생각만으로도 굴욕감이 들었다. 그렇다고 달리 희망이 보이는 것도 아니어서 나는 우울했다. 잠이 많아지기 시작했다. 정확하게 말하자면 잠 속으로 도망 다녔다.

잠도 자고 또 자다 보면 지치는 법이다. 그날이 그랬다. 자다 자다 지쳐서 어쩔 수 없이 일어나 노트북 앞에 앉았다. 십 톤 트럭이 박고 가기라도 한 듯 머릿속은 멍하기만 했다. 노트북에서는 커서가 굶주린 아이처럼 깜빡대며 보채고 있었다.

나는 노트북을 닫아 버렸다. 바람 부는 소리가 들렸다. 가을로 들면서 기온도 많이 떨어졌다. 방구석에 밀쳐둔 솜이불에서 퀴퀴한 곰팡이 냄새가 났다. 벽장 안에서 찾아낸 것이었다. 이 집 주인이었을 노파의 것이겠지만 쓰고 빨아 둔 것 같지는 않았다. 냄새만큼 땟국이 흘러 하루 종일 바람 부는 곳에서 말렸다. 불만은 없었다. 땟국 흐르는 이불은 나와는 잘 어울렸으니까. 냄새는 금방 익숙해졌다.

나는 방문을 나섰다. 휘영청 밝은 달이 기와지붕 위에 올라앉아 있었다. 달을 보니 외로움이 엄습해 왔다. 자칫 눈물방울이라도 떨어뜨릴 것만 같았다.

그때 어디선가 소리가 들렸다. 수런수런수런……. 나는 댓돌에 놓인 신발에 발을 꿰었다. 집을 나서자 달이 냉큼 내 앞으로 나서 길을 밝혀 주었다. 소리가 들리는 곳은 집 뒤쪽이었다. 막상 집을 돌아서 보니 소리는 더 멀리서 들렸다. 산 쪽이었다. 머뭇대자 소리는 더 간절해졌다. 어서 오라고 나를 부르는 것 같았다. 산을 오르기 시작했다. 달이 밝아 산길이 훤했다. 야트막한 산턱을 넘어서자 이곳을 왔던 다음 날 발견하였던 대나무숲이 펼쳐졌다. 대나무숲을 바라보기만 했지 이렇게 가까이 온 것은 처음이었다. 오랫동안 사람의 발자취가 끊어진 거친 길이라 숲까지 오자 숨이 찼다. 나를 안내해 준 달도 대나무 가지 위에 턱 걸쳐 숨을 고르고 있었다. 대나무가 흔들릴 때마다 달은 여러 모양으로 쪼개어졌다가 다시 합쳐졌다. 소리는 그곳에서 나고 있었다. 대나무들이 서로 몸을 비비며 시장터의 장사치처럼 한꺼번에 떠들어대고 있었다. 와그락와그락…….

너무 시끄러워 귀가 아플 지경이었다. 나는 새끼손가락으로 귀를 후볐다. 후빌수록 귀는 더 가려워졌다. 문득 누군가가 말하는 이야기 소리를 들은 것 같았다. 나는 새끼손가락을 귀 속에서 빼냈다. 주위는 여전히 시끄러웠다. 귀를 기울였지만 더는 들리지 않았다. 대신 대나무 잎들 소리만 더욱 커졌다. 시그락사그락. 와작와작.

으스스했다. 돌아서려는 순간 다시 목소리가 들려왔다. 할머니의 무르팍에서 듣던 목소리 같기도 한 은근하고 유혹적인 저음이었다.

이야기를 좋아하는가 보군. 나는 목소리의 주인을 쳐다보았다.

대나무였다. 처음부터 유심히 보았던, 잎이 유난히 무성한 그 대나무.

나뭇잎을 흔들며 잎 무성한 대나무가 스산한 웃음소리를 냈다.

그렇다면 제대로 온 거네. 여긴 이야기들이 많으니까. 대나무들은 저마다 하고 싶은 말들이 많았거든.

대나무의 말을 알아들을 수 있다는 것에 놀라 나는 귀를 세워보았다. 그러나 잎 무성한 대나무 외 다른 대나무의 말은 알아들을 수가 없었다. 손바닥으로 옆의 대나무를 툭툭 쳐보았다. 잎들이 와그작와그작 소리를 냈다. 무언가 떠드는 것은 알겠는데 다른 대나무 소리는 알아듣지 못하겠다고 하자, 잎 무성한 대나무가 말했다.

그럴 거야, 이야기라는 게 공기 중에 내보낸다고 다 의미를 가지는 건 아니니까. 저들은 자기들이 아는 것을 전해줄 능력이 없어.

그럼 너는 그걸 내게 전해줄 수 있어?

왜? 듣고 싶어?

나는 이야기가 필요해. 소설 쓸 이야깃감을 찾고 있어.

잎 무성한 대나무가 말했다.

얼마든지. 말이 있으면 들어줄 귀도 필요한 법이니까. 저들은 자신들의 말을 들어줄 귀를 기다리고 있었지.

숨죽여 우리들의 이야기를 듣던 대나무들이 와그작와그작, 일제히 환호성 같은 소리를 질렀다. 그들의 이야기를 알아듣기 위해 다시 귀를 기울여 보았다. 대나무들은 신명이 나는지 더욱 시끄럽게 떠들어댔다. 잎 무성한 대나무가 그들의 말을 적당히 거르고 요약해 주었다. 그래서 소란 속에서 잎 무성한 대나무의 목소리를 찾아내려고 귀를 더욱 곤두세워야 했다. 시간이 지나니까 다른 대나무들의 이야기도 조금씩 알아들을 수 있었다. 내가 그들의 말에 반응하자 신이 난 대나무들은 어떨 때는 한꺼번에 이야기를 하려 해서 소음이 되어 버리기도 했다. 그럴 때면 잎 무성한 대나무는 전달하기를 그만두고 화가 난 것처럼 입을 다물어 버렸고, 나도 대나무들의 흥분이 가라앉을 때까지 기다려야 했다.

해가 뜨기 시작했다. 그들의 이야기는 아침이슬처럼 힘을 잃고 스러져 갔다. 여전히 수선스럽기는 했지만 바람에 댓잎 스치는 소리일 뿐 이야기는 아니었다. 집에 오자 오랜 시간 신경을 몰아 세웠던 귀가 욱신욱신 아파 왔다. 그러면서 심하게 가려워 두 손으로 귓바퀴를 부비기도 하고 새끼손가락으로 후벼댔다.

다음 날 저녁에 나는 충전한 노트북을 가지고 갔다. 잎 무성한 대나무는 노트북을 보자 잎을 흔들며 스스스, 웃었다.

필요한 이야깃감을 찾은 거 같나?

나는 솔직하게 말했다.

당신들은 좋은 이야기들을 가지고는 있지만 너무 파편화되어 있어. 소설이 될 수 있을지는 알 수 없어. 이야기와 소설은 다른 문제니까. 그냥 잊지 않기 위해 기록해 두려는 거야.

푸흐흥, 잎 무성한 대나무가 잎을 흔들며 비웃음 같기도 한 소리를 냈다. 소설이라고? 그까짓 거야 하루만에도 쓸 수 있지. 여기이 수다쟁이들에게는 얘깃거리가 무궁무진하거든. 땅속에 파묻힌 이야기들, 바람에 실려 가는 이야기들, 공기 중에 떠도는 이야기들, 원하는 대로 고르면 돼.

나는 고개를 저었다.

소설은 단순한 이야기가 아니야. 아침에 눈 뜨고 배가 고파 밥 먹었다는 식의 구구절절하고 평범한 사연들은 소설이 되어도 아무에게 주목 받지 못해. 그리고 소설가라면 글을 통해 무엇을 말하고 싶은지, 그것을 어떤 식으로 전하느냐를 고민해야 하는 거라구.

잎 무성한 대나무는 잠깐 생각하는 듯하더니 다시 말을 했다.

다락방에 숨어서 끊임없이 바느질을 한 한 남자의 이야기를 알고 있는데 이를테면 그런 것을 말하는 건가?

나는 귀를 쫑긋했다.

어때? 흥미 있어?

잎 무성한 대나무가 빙글빙글 웃으며 물었다.

그건 소설이 될 수 있을 것 같아.

다른 대나무들은 그러는 동안에도 자기들의 이야기를 들어 달
라고 시끄럽게 떠들었지만 잎 무성한 대나무는 무시하고 이야기
를 시작했다.

다락방은 전등도 없었고 밤이면 남자는 오로지 달빛으로 바느
질을 하지. 다락방에서만 살아온 남자이므로 빛이 그다지 많이 필
요 없거든.

무엇을 만드는 거야?

인형, 예쁜 소녀 인형.

왜 그걸 만드는 거야?

잎 무성한 대나무가 크크, 웃었다.

이유까지 내가 만들어 줘야 해?

잎 무성한 대나무의 이야기는 다른 대나무들의 수다와는 달랐
다. 구성이 완벽했고 다락방의 풍경도 눈에 그려질 듯이 묘사했다.

멍하니 듣던 나는 들고 간 노트북이 뒤늦게 생각나서 소리쳤다.
잠깐 기다려. 좀 적어야겠어. 잎 무성한 대나무는 내가 노트북을
열고 이야기를 받아 적을 수 있도록 기다려 주었다. 잎 무성한 대
나무의 이야기가 시작되었다. 바짝 귀를 세운 채 받아 적다 보니
귀가 욱신댔다.

잎 무성한 대나무가 이야기를 맺었을 때 나는 오래 참았던 귀를
비벼댔다. 소설은 매혹적이었지만 군데군데 허점이 많았다. 남자

가 다락방에 있는 이유도 명확하지 않았다. 그러나 음울한 작품의 분위기가 살아 있었고 소설상의 낯설기도 되어 있었다. 제대로 살리기만 하면 멋진 소설감이었다.

그거 내가 소설로 써도 돼?

잎 무성한 대나무는 다시 스스스, 웃었다.

얼마든지.

나는 다음 날 낮 동안은 종일 그것을 다듬는 데 매달렸다. 다시 대나무숲을 찾았을 때 잎 무성한 대나무가 먼저 물어 왔다.

정리 다 했나?

거의.

문득 궁금증이 생겼다.

전문적인 바느질 도구와 방법에 대해서도 상당히 자세하게 묘사했는데 너는 그런 걸 어떻게 알았지? 나만 해도 사실 글을 쓰긴 했지만 바느질이라는 것에 대해서는 잘 모르거든.

내 거라고 말한 적 없어.

잎 무성한 대나무가 가지가 부러지듯 뚝 말을 던졌다.

그럼, 주인이 따로 있는 거야?

나는 놀라서 물었다.

무슨 상관이야, 어차피 네가 창작한 게 아니긴 마찬가진데.

그건 안 돼, 주인이 따로 있는 작품이라면 내가 쓸 수 없어.

츠츠츠, 잎 무성한 대나무가 가지를 흔들었다. 그 바람에 잎들이 우수수 떨어졌다.

이 땅 속에는 말이야, 수백 년간, 아니 수천 년간 뱉어내지 못한 수많은 말들이 파묻혀 있어. 그러나 사실은 아무도 파묻혀 사라지고 싶어 하지 않고 언젠가 알려지길 바라지. 그중 하나일 뿐이야.

버려진 거라고?

그렇지.

나는 내가 버린 수많은 습작품들을 생각했다.

사람들의 이야기가 모두 다 세상에 전해진다고 생각해? 그랬다면 온 세상 사람들은 귀가 아파서 살 수가 없을 거야. 여기 이 수다쟁이들 좀 봐, 깊이 알지도 못한 말을 쏟아내는데도 이렇게 시끄러운데.

대나무들은 우리들만 이야기를 나누는 게 매우 불만스러운 것 같았다. 숲은 너무나 시끄러웠다. 그래서 나는 잎 무성한 대나무의 말에 더욱 신경을 곤두세워야 했다.

어차피 아무도 몰라. 한 번도 세상으로 나간 적이 없는 이야기이니까.

그래도 이야기를 만든 주인은 있다는 거잖아.

그게 마음에 걸리면 적당히 바꾸든지. 적당한 상징물 하나 끼워 넣으면 다른 작품처럼 될걸.

상징물?

이건 미메시스라구. 어차피 하늘 아래 새로운 건 아무것도 없어.

나는 좀 놀라서 잎 무성한 대나무를 보았다. 그는 어쩌면 훌륭한 스승인지도 모른다. 발등이 따끔했다. 내려다보니 개미였다. 털어

버리자 잎 무성한 대나무가 스스스, 웃었다.

개미가 이야기 속으로 들어가고 싶다는군.

남자와 다락방과 개미, 무언가 답이 보였다. 나는 그날 집으로 돌아가 많은 시간을 개미에게 투자했다. 개미에게 신경을 쓰다 보면 개미가 내 귓속으로 기어들어간 듯한 착각이 들었다. 나는 귀를 열심히 후벼냈다. 때로는 소설 속에서 개미가 나와 집안을 기어다니는 것 같았다. 소설 전체를 통해 유일하게 나의 창작물인 개미에게 독자의 시선을 붙들기 위해 제목은 '개미'로 정했다.

단편을 완성시키고 나니 자신감이 생겼다. 대나무숲의 이야기에 귀가 뜨이고 보니 그들의 파편화된 이야기들은 장편소설에 더 유리하다는 것을 깨달았다. 서사는 무궁무진했고 나무들의 이야기를 모아 각각의 에피소드로 만들면 되었다. 내가 고민할 것은 그 사이의 연결고리를 만드는 것 정도였다.

저들은 어디에서 이야기를 찾아오는 건지 물었더니 잎 무성한 대나무가 츠츠츠, 잎을 흔들며 웃었다.

또 누군가가 만든 것일까 봐 걱정되는 거야? 그럴 수도 있고 아닐 수도 있지. 이 수다쟁이들은 누군가가 파묻어 버린 이야기, 사람들이 자신의 입으로는 차마 뱉어내지 못한 숨겨진 이야기들을 그들 대신 말해 주는 거니까. 그런데 말이야, 버려진 건 먼저 줍는 사람이 임자야. 그러니 너의 작품이라구. 믿어도 돼.

나는 매일 해가 빠지기만 기다렸다. 낮에는 그들의 이야기를 정리했다. 정리하면 할수록 글은 빛이 났다. 진흙 속에 파묻힌 원석을 캐내는 것 같은 희열감에 나는 귀를 떨었다. 대나무들의 말을 알아 듣는 데는 고도의 집중력이 필요했다. 귀를 쫑긋 세우고 온 신경을 귀에 집중시켜야 했다.

집에 돌아오면 귀가 아파 견디기 힘들었다. 나는 수시로 귓바퀴를 문지르고 귓구멍을 후벼댔다. 보름 만에 장편 한 편도 완성되었다. 나는 받아 적기만 하면 되었다. 자판을 치는 팔이 아파서 쉬지만 않는다면 더 빨리 끝낼 수도 있었다. 나는 그것이 입체적 구성이 될 수 있도록 얼마간 플롯을 바꾸고 사건의 배열도 약간 수정했다. 그리고 맞춤법이 틀린 것이 없는지 어휘가 잘못 쓰인 건 없는지 꼼꼼하게 퇴고를 하였다. 그러는 동안에도 귀가 자꾸 가려워 귀를 비벼댔다. 그러다 보면 피가 손바닥에 묻어 나오곤 했다.

공모 마지막날 나는 읍내로 나가 우체국을 찾아 부쳤다. 이곳으로 온 후 첫 외출이었다. 해야 할 것도 많고 사야 할 것도 많았다.

먼저 이발소를 찾았다. 이발사는 덥수룩한 내 모습을 보고 놀란 눈치였지만 이내 익숙한 솜씨로 가위질을 시작했다. 긴 머리채가 잘려 바닥으로 떨어져 나갔다. 사각대는 소리가 자장가처럼 들렸다. 나는 편안한 기분이 되어 이발사에게 머리를 맡기고 눈을 감았다. 사각사각……. 다시 귀가 아파 오기 시작했다. 가위질이 멈추었다. 눈을 떴다. 거울 속에는 단정한 머리로 되돌아간 내가 있었다. 눈을 둥그렇게 뜨고 있는 이발사가 내 머리 뒤에 서 있었다.

그리고, 내 귀가, 있었다. 커다래진, 귀가, 말이다. 양쪽 뺨 옆으로 손바닥이라도 펼쳐 올려놓은 것 같았다.

이발소에서 나오자 나는 즉시 모자가게부터 찾았다. 잘려 버린 머리카락대신 귀를 감춰줄 모자가 필요했다. 시골 동네라 모자가게라고 따로 있지는 않았다. 시장통에 온갖 잡화물을 늘어놓고 파는 가게를 간신히 찾아냈다. 귀퉁이에 눈에 띄지도 않을 만큼 조그마해서 다양하게 구색 갖춰 놓고 있지도 못했다. 속옷, 양말, 그리고 모자 몇 개가 있었다. 주인은 내가 왜 모자를 찾는지 대번에 알아차렸다. 벙거지 모자를 하나 내밀었다.

귀를 감추려면 이게 제일이죠.

제일이고 제이고 할 것도 없었다. 커다란 모자는 그거 하나밖에 없었으니. 모양은 촌스러웠지만 나는 군소리 없이 돈을 지불했다. 다음은 이비인후과를 찾았다.

다행히 중이염은 아니군요. '불결한 거'로 귀를 후볐던 적 없습니까?

솜이 달린 가느다란 철사를 귀 속에 집어넣어 연고를 발라 주며 의사는 심드렁하게 물었다. 30분이나 기다려 만났던 의사였지만 치료는 3분이나 걸렸을까. 의사는 귀가 커진 데는 관심이 없었다. 귓속만 열심히 들여다보았다.

수시로 후빈 나의 손가락들은 분명히 '불결한 거'에 속할 것이다. 새끼손가락 가지고는 커다란 귓속을 다 후비기 벅차 그 무렵에는 검지를 이용하고 있었다. 귀가 커지는 것만큼 손가락도 굵어지면 좋을 텐데……. 나는 예전보다 가늘어진 손가락 끝 손톱 사이에 꺼멓게 끼인 때를 내려다보며 물었다.

습진으로 귀가 커지기도 합니까?

위생 상태의 문제일 뿐이죠. 그거하고는 상관없습니다.

귀가 커지는 것은 어떻게 치료하죠?

그건 이비인후과에서 다룰 분야가 아닙니다.

그래서 나는 성형외과를 찾아 버스를 타고 조금 멀리 나가야 했다. 그러나 성형외과 의사도 난색을 표했다.

자라고 있는 것은 어떻게 해줄 수 없군요. 다 커지고 나면 다시 오세요. 곁가지를 좀 쳐내고 예쁘게 다듬어 드릴 테니.

그리고 의사는 장인의 눈길로 내 귀를 보았다.

귓불 쪽은 그냥 두고 양옆과 위쪽만 잘라내면 되겠군요. 그러면 괜찮겠는데요. 이만한 귓불을 가진 사람은 부처님 이래로는 없을 테니.

잘라낸다는 말을 듣고 나니 귀가 더욱 아파 왔다. 벙거지 모자 때문이었다. 작은 모자 속에 귀를 구겨 넣으니 귀에 쥐가 올 지경이었다. 내 귀를 편안하게 해줄 만한 모자가 필요했다. 병원 옆에 조그마한 옷수선집이 눈에 띄었다. 돋보기를 콧잔등 위에 걸친 한 할머니가 재봉틀 앞에 앉았다가 들어서는 나를 보고 고개를 들었다.

할머니는 내가 원하는 모자를 만들어 줄 수 있다고 했다. 줄자를 들고 내 머리통을 재고 귀의 크기를 쟀다. 나는 말했다.

넉넉하게 만들어 줘요.

너무 크면 태가 안 나.

할머니가 고집부렸다.

나는 손님들 몸에 잘 맞춰 만들어요. 그러니 내가 만든 옷은 맵시가 난다고 다들 다시 찾아오거든.

그래서 맵시가 안 나도 상관없고 다시 오기도 힘들다고 했다. 그리고 무엇보다 귀는 앞으로도 더 자랄 거라고 하니 할머니는 이해를 해주었다.

앉아서 기다려요. 오래 걸리지 않을 테니.

할머니가 천을 자르며 말했다. 할머니는 재봉틀에 실을 꿰었다. 드르륵드르륵, 재봉바늘이 움직이기 시작했다. 귀가 가려웠다.

예전에 댁처럼 귀가 커다란 사람에 대한 이야기를 들은 적 있어. 온갖 소리를 다 들을 수 있었다더군. 사람 소리, 동물 소리, 바람 소리 같은.

그새 박음질을 끝내고 할머니는 오버로크를 치고 있었다.

하지만 듣기만 하면 뭘 해, 들은 걸 말할 수도 있어야지. 자기 말을 못하고 남의 말만 흉내 낸다면 그건 메아리지.

할머니는 귀가 접히지 않게 주의하며 내 머리통에 모자를 씌워주었다.

주름을 많이 넣고 큼직하게 만들었으니 앞으로 귀가 아무리 더 자라난다 해도 넉넉할 거야. 머리 닿는 부분은 고무줄이라 몸뚱이까지 다 들어가게 된다 해도 문제없을 거야.

몸통까지 들어갈 필요는 없는데요.

계속 자란다고 했잖아. 그러면 몸뚱이 모두 귀가 될 수도 있지.

그러지 않으려면 어떻게 해야 하는 건가요?

듣는 걸 그만 하는 거지. 귀만 남기 전에.

할머니가 시원시원하게 대답했다. 귀가 가려웠다. 나는 '불결한 거'로 귀를 후벼대며 생각했다. 면봉도 넉넉하게 사가야겠군.

슈퍼마켓에 들러 장기 보관 가능한 먹거리와 필요한 생활용품들을 잔뜩 샀다. 카운터에 담배가 진열되어 있었다. 나는 담배와 라이터도 챙겨 넣었다.

당선자 발표를 기다리는 한 달 동안 단편을 세 개나 더 썼다. 아, 정정하겠다. 단편을 세 개 더 받아 적었다. 그리고 나는 연이어 단편, 장편 모두 당선되었다는 통고의 전화를 받았다.

우리나라 최고의 문예지로 꼽는 M 문예지에서 거액의 상금까지 포함해서 한꺼번에 두 개가 모두 당선되었지만 나는 그다지 기쁘지가 않았다. 담당자들은 시상식 날짜를 가르쳐 주었다. 그전에 인터뷰를 할 거니 하루 시간을 내달라고 했다. 핸드폰 소리가 쩌렁쩌렁했다. 귀에서 좀 멀리 떼냈다. 귀가 미칠 듯이 가려웠다. 나는 사람들 앞에 나서고 싶지 않다고 솔직하게 말했다.

전화를 끊자 면봉부터 찾아 엄지와 검지로 집었다. 엄지와 검지, 면봉까지 모두 귓속으로 들어갔다. 내 귀에 비해 면봉은 너무 작았다. 면봉으로 귓속 벽에 묻어 있을 핸드폰의 찌꺼기를 문질러 닦아대는 데 오랜 시간이 걸렸다. 툭, 면봉의 가느다란 나무가 부러졌다. 나무 끝에 달린 면봉에 피가 벌겋게 묻어 나왔다. 다시 새 면봉으로 귀를 후벼댔다. 그러는 동안 귀는 깃발처럼 펄럭거렸다.

나는 시상식에 참석하지 않았다. 내 이름은 그래서 더 유명해졌다. 은둔 작가, 신비주의, 자연주의자, 심지어 외계인일지 모른다고 말하는 사람도 있었다.

내게 2억이라는 상금을 주었던 출판사가 나의 글로 그 몇 배의 이익을 보았다는 소문을 인터넷으로 보았다. 엄청난 판매 부수와 영화로 연극으로 만들어지고 번역이 되어 해외에도 소개되었다.

나의 글을 싣겠다는 문예지가 연일 핸드폰을 울려대고 메일에는 독자라는 사람들의 글로 넘쳤다. 받아 적기가 끝난 몇 개의 단편을 더 발표했다. 그 글들은 사람들을 매혹시키는 힘이 있었던 것 같다. 사람들은 나의 이름으로 나간 글에 중독되어 갔다. 평론가들은 독특한 주제의식과 사고의 다양함에 감탄을 할 수밖에 없다고 했다. 문체에는 천의 색깔이 나타난다고도 했다. 특정 문체에 매몰되어 식상하게 만드는 작가들도 있는 데 비해, 나의 글은 너무나 다양하여 수많은 사람의 목소리가 들리는 것 같다고 했다. 그 칭찬을 읽었을 때 마음이 편했다면 거짓말일 것이다. 매너리즘에 절대 빠지지 않을 작가. 그 칭찬은 협박처럼 들렸다.

우리나라 최고의 권위를 자랑하는 문학상도 거머쥐었다. 인터넷상에서 장래 노벨문학상도 기대된다는 과장적인 아부의 글도 보았다. 그러나 나는 오직 두 곳에서만 존재했다. 낮에는 곰팡내 나는 이불 속, 그 속에서 나는 몸까지 번져 오는 곰팡이를 털어내며 글을 정리했다.

밤이면 대나무숲에 있었다. 그곳에서는 기계처럼 워드만 쳐댔다. 그들의 이야기에 귀를 기울이느라 나의 모든 신경과 피와 심지어

뇌수들까지 귀로만 모여드는 것 같았다. 나는 오직 핸드폰과 메일로만 외부와 연락을 했다. 이발소 주인이나 모자를 만들어 준 할머니가 유명해진 나를 알아보게 될까 봐 다시 읍내에 나가지도 못했다. 핸드폰 추적을 하지 않을까라는 염려 때문에 통화를 길게 하지도 못했다. 범죄자의 것이 아니면 핸드폰 추적을 못한다는 것을 알고 있지만 핸드폰이 울릴 때마다 가슴이 철렁했다.

나의 글이 알려지면서 자신의 글이었다고 주장하는 사람이 나타나기도 했다. 다락방에서 산다는 남자는 나의 해명을 듣고 싶다는 글을 어떤 신문사에 보냈다. 공개하는 데 오래 망설였던 듯 자신이 만들었다는 인형의 사진을 증거라면서 나중에 신문사에 보냈다. 남자의 품에 쏙 들어갈 만한 크기의 예쁜 소녀 인형이었다. 사진을 보았을 때 부러웠다. 그런 소녀가 있는 다락방이라면 나라도 떠나지 않았을지 모른다.

글로 세상에 드러낸 나의 소녀는 체온을 느낄 수 없었지만, 체온도 느낄 수 있는 소녀를 만들어낸 그는 자신의 글을 세상에 내보낸 적이 없었다. 나는 침묵으로 일관했다. 내가, 발표한 적도 없는 남자의 글을 접할 기회도 없는 은둔 작가라는 사실은 다른 사람들이 대신 말해 주었다. 사람들은 나 대신 남자에게 진실을 요구했다. 다그침에 못 이긴 남자가 다락방에 소녀만 있었을 뿐 개미는 없었다는 사실을 실토하면서 남자는 변태에 거짓말쟁이가 되어 많은 사람들에게 비웃음을 받았다.

잎 무성한 대나무는 츠츠츠, 웃었다.

저 혼자만 아는 글은 글이 아니야. 이불 밑에서 독립 만세 부른다고 독립군으로 쳐주지 않듯이.

이후에도 자신의 글이었다고 주장하는 사람들은 나의 글이 발표될 때마다 한두 명씩 나타났지만 유명세를 치르는 것이라고 나는 오히려 동정을 받았다. 내게 문제가 된 것은 그런 사람들이 아니라 잎 무성한 대나무였다.

잎 무성한 대나무는 점점 글을 장악하고 있었다. 그가 원하는 대로 이야기를 써주어야 했다. 유일하게 내 생각이 들어가던 퇴고 작업조차 잎 무성한 대나무의 허락이 떨어져야 문자화할 수 있었다. 잎 무성한 대나무가 비웃었다.

네 생각이 들어간 글은 처음부터 있지 않았어.

'개미'는 내 창작물이었어.

무슨 소리, '개미'라는 상징물 아이디어를 준 것도 나야.

나는 더 부정하지 못했다. 그의 말은 늘 옳았다. 처음부터 잎 무성한 대나무의 이야기였기 때문에 아무리 잘 고친다 해도 내 것이 될 수는 없었다. 억지로 내 생각을 끼워 넣으면 글이 혼란스러워졌다.

겨울로 접어들면서 견디기가 힘들어졌다. 외출을 하지 않으니 할머니가 만들어 준 모자는 쓰고 나갈 일이 없었지만 추위를 막는 데는 요긴했다. 넉넉하게 넣어 준 폭넓은 주름은 펴져 가고 모자의 모양도 점점 삼각뿔 모양이 되어 가고 있었다. 그나마 다행인 건 이 지방은 눈이 없는 곳이었다.

밤이 되면 기온이 더 떨어졌다. 아무리 추워도 옷을 몇 겹으로 입고 담요까지 뒤집어쓰고 대나무들을 찾아야 했다. 귀가 너무 커져서 지팡이 없이는 몸을 일으킬 수가 없었다. 노트북 들고 지팡이까지 짚자니 걸음이 더뎠지만 그보다는 넘어지기라도 할까 봐 두려웠다. 몸의 무게중심이 위로 치우쳐 있어서 넘어지기라도 하면 다리가 공중으로 올라가 버려 일어나려면 몇 번이고 몸을 굴려 가며 발버둥쳐야 했다.

잎 무성한 대나무는 어떤 이유든 게으름을 용서하지 않았다. 내가 늦은 날은 말도 되지 않는 이야기로 온밤 내내 자판을 치게 만들었다.

어느 날은 감기에 걸려 귀가 기침을 해댔다. 괴로워 뭉그적대자 대나무들이 한꺼번에 소리쳐 나를 불렀다. 귀가 지쳐서 위벽이 헐기도 했다. 내 몸의 모든 것은 귀로 연결되어 버렸다.

혹독한 겨울이 지나가자 집 앞의 들판에는 다 죽었을 것 같았던 들꽃들이 다시 하나 둘 보이기 시작했다. 햇빛 받아 반짝이며 흘러가던 실개천과 그곳에서 물장구치던 때가 그리웠다. 그러나 나는 수영을 하지 못했다. 물에 가라앉지는 않을 것이다. 커다란 귀가 소금쟁이처럼 나를 물 위에 사뿐히 띄우고 다닐 테니. 어쩌면 양쪽에서 노가 되어 열심히 물살을 헤치고 다닐지도 모른다.

은둔 작가란 막상 이름만큼 멋있는 것은 아니었다. 통장에는 계속 돈이 들어오고 있었지만 그 돈을 쓸 수가 없었다. 나는 어디에도 얼굴을 내밀지 못했다. 글이 성공하면 성공할수록 공허감이 커져 갔다.

　출판사에서는 경쟁적으로 원고 청탁을 해왔고 베스트셀러 목록에 나의 글이 빠지는 일은 없었다. 나는 쉬지 않고 글을 써야 했다. 스스로에게 물었다. 왜? 도대체 왜? 나의 작품은 많은 사람들을 감동시키고 있었다. 작가들이 바라는 모든 것들을 나는 이루어 냈다. 그런데 과연 내가 작가가 맞는가?

　나의 글을 쓰고 싶어 오랫동안 노트북 앞에서 고민을 해보기도 했다. 그러나 머릿속은 텅 비어 있었다. 나의 신경과, 피와, 뇌수, 그리고 내장들까지도 모두 귀로 바뀌어 가고 있었다. 어쩔 수 없이 귀로 생각했다. 커다란 귀가 펄럭대었다. 생각을 많이 할수록 귀는 더욱 펄럭댔다.

　배고프다, 잠 온다, 똥 마렵다, 뇌에서, 아니 귀에서 지시하는 기본적인 인간의 욕구, 그 정도의 생각도 힘들어져 갔다. 나는 거의 자지 못했고 거의 먹지도 못했다. 슬픈 일이지만 먹을 게 없었다. 통장에는 상금으로 받은 2억 원도 그대로 있었지만 말이다. 거의 귀가 된 위는 먹을 것을 많이 필요로 하지 않았고 먹지 않으니 푸세식 화장실에 갈 일도 없었다는 것이 그나마 다행이었다.

　작가로서의 기본 자세 중 한 가지는 지키고 있었다. 나는 많이 쓰고 있었다. 지독하게 많이 쓰고 있었다. 하지만 창조가 아니라 받아적기를 하고 있는 것이었다.

　더 늦기 전에, 내게 오직 귀만 남기 전에 나의 작품을 남기고 싶었다. 절박하고 절실했다.

오늘은 그냥 왔군. 잎 무성한 대나무가 내 어깨에 노트북이 걸려 있지 않은 것을 보고 눈치 빠르게 말했다.

필요 없으니까.

글을 쓰지 않겠다는 뜻이야? 잎 무성한 대나무가 의심스레 물었다.

아니.

나는 단호하게 대답했다.

그 반대야. 이제부터 정말 나의 글을 쓸 거야.

와츠츠, 잎 무성한 대나무가 잎을 크게 흔들며 비웃었다.

착각을 하는 군. 너는 글을 쓴 적이 없어. 그건 모두 나의 글이야.

나도 귀를 흔들며 웃었다.

착각은 너도 하고 있어. 그건 너의 글도 아니야. 수천 년 전, 수백 년 전, 그리고 오늘까지 수없이 버려지고 파묻힌 남의 말들일 뿐이야. 네 것 또한 없어.

나를 모욕하는 거야?

잎 무성한 대나무가 갑자기 입을 다물었다. 떠들어대던 다른 대나무들도 서서히 조용해졌다. 어두운 숲 속에는 적막만 흘렀다. 귀가 떨려 왔다.

잠시 후 잎 무성한 대나무가 다시 입을 떼었다.

츠흐훗, 이제 내 도움이 필요없다는 거군. 어디 그렇게 해봐. 네가 할 수 있는 것은 듣는 것뿐인데 그 마지막 역할을 스스로 포기하겠다는 거군. 듣지 못하는 귀는 어느 곳에도 쓸모없지.

천만에, 더 많은 걸 들을 거야. 다만 너를 통하지 않겠다는 거지.

지팡이를 내려놓고 땅에 주저앉았다. 주머니를 뒤져 담배와 라이터를 꺼냈다.

내가 쓰려는 마지막 작품이 뭔지 알아?

나는 라이터를 켜 담배에 불을 붙였다. 잎 무성한 대나무가 긴장하는 것이 느껴졌다.

무슨 짓이야. 여기서는 안 돼.

나는 한 모금 깊숙이 빨아들였다. 그리고 담배연기를 잎 무성한 대나무를 향해 뿜어냈다. 잎 무성한 대나무가 츠츠츠, 잎을 흔들었다. 다른 대나무들도 와그르르, 떠들어대기 시작했다.

당장 담배를 끄라니까!

잎 무성한 대나무가 소리쳤다. 다른 대나무들도 같이 소리쳤다. 귀가 터질 듯 아파 왔다. 나는 입에서 담배를 꺼냈다. 그리고 담배를 높이 던졌다. 담뱃불이 남아 있던 담배는 정확하게 잎 무성한 대나무의 잎을 향해 날아갔다. 잎 무성한 대나무가 소리를 쳤다.

네가 무슨 짓을 하고 있는지 알아? 너는 수많은 이야기들을 태우려는 거라구.

나는 자신만만하게 말했다.

아니, 내 이야기를 만들려는 거지.

대나무숲은 습기로 축축했다. 나무에 부딪히고 땅에 떨어진 담뱃불은 이내 꺼져 버렸다. 나는 다시 라이터를 쳐들었다. 이게 내가

하고 싶은 이야기야. '불타는 이야기들에 대한 이야기.'

그러나 나는 라이터를 켜지 못했다. 그 순간 대나무들이 동시에 와그작와그작 이야기를 시작했기 때문이었다. 귀 속으로 수많은 이야기들이 쏟아져 들어왔다. 그중에는 '불타는 이야기들에 대한 이야기'도 있었다. 잎 무성한 대나무의 목소리도 들려왔다.

이봐, 그것도 이미 우리가 알고 있는 이야기야. 새로운 것은 없다고 했잖아. 어디에도 네 이야기는 없어.

'불타는 이야기들에 대한 이야기'는 내가 상상했던 것보다 훨씬 매혹적이었다. 나는 불타는 이야기들에 대한 이야기를 이번에는 귀가 아닌 나의 가슴으로 들어 보려 안간힘을 쓰며,

귀를 쫑긋 세웠다.

귀를 세웠다?

귀를!

,

뿌리 혹은 기원을 향한
갈망의 시학

—

이 경 재

숭실대 국문과 교수, 문학평론가

이하언의 이번 소설집에는 그녀가 생각하는 고유한 소설관이 직접적으로 피력된 작품이 하나 있다. 환상적인 수법이 동원된 〈어두워지면 열어두는 귀 하나〉가 바로 그것으로서, 이 작품을 통해 독자들은 이번 소설집으로 들어갈 수 있는 하나의 통로를 발견하게 된다.

소설가인 '나'는 글을 쓰기 위해 산속의 집을 얻는다. 그곳에서 수천 년에 걸친 세상의 별의별 이야기들을 다 알고 있는 대나무로부터 여러 이야기들을 듣게 되고 그것을 바탕으로 소설을 쏟아낸다. 그 결과 '나'는 소설가로서 기대했던 모든 영광을 다 얻게 된다.

그러나 잎 무성한 대나무는 '나'의 글을 완전히 장악하고 있었으며, 대나무가 원하는 대로 이야기를 써주어야 한다. '나'는 많이 쓰고 있기는 했지만, '내'가 쓰는 글들은 "창조가 아니라 받아 적기를 하고 있는 것"에 불과했던 것이다. 마지막에 '나'는 진정으로 고유한 이야기를 쓰기 위해 대나무를 불태워 버리려고 한다. '나'는 "불타는 이야기들에 대한 이야기"를 쓰고 싶은 것이다. 그러나 대나무들은 갑자기 수많은 이야기를 쏟아놓기 시작하고, 그중에는 "불타는 이야기들에 대한 이야기"도 포함되어 있다. 자신의 상상보다도 매혹적인 이야기를 들으며 '나'는 결국 그 대나무들을 불태우지 못한 채 "멍하니 서서 그들의 이야기를 듣고 있"는 것으로 작품은 끝난다.

"태양 아래 새로운 것은 없다"라는 명제는 현대 사회를 살아가는 우리에게 이미 하나의 상식이 되었다. 따라서 〈어두워지면 열어두는 귀 하나〉에서 진정으로 새롭다고 생각한 이야기마저 사실은 이전에 존재했던 이야기에 불과하다는 점을 발견한다는 결말 자체에 주목하는 것은 이 작품을 지나치게 평이하게 읽는 방법일 것이다. 오히려 이 작품에 드러난 작가의 단단한 의지, 고유한 이야기를 창조하고야 말겠다는 그 강렬한 의지에 초점을 맞추어 보는 것이 보다 생산적인 일일 것이다.

이하언은 아무리 현실적 영예를 가져다주는 일일지라도 그것이 작가만의 고유한 상상력과 사유에 바탕한 서사가 아니라면 별다른 의미가 없다고 생각하는 것이다. 이러한 작가의 태도는 유행이나 시류와는 무관하게 진정한 예술 정신을 추구하려는 자세에 맞닿아 있다. 〈조각잇기〉에서 퀼트 전문가인 윤희는 남편의 부도로 인해 자신의 제자였던 수연 엄마 밑에서 일을 하며 힘들게 살아가고 있다. 그러나 "내게는 나만의 것이 있었어. 남의 것을 참고로 하기는 했지만 그대로 베낀 적은 없었어"라는 자부심은 굳게 간직하고 있다.

윤희의 자부심은 자기만의 고유한 예술성에 대한 이하언의 고집을 보여주기에 모자람이 없다. 실제로 이하언은 오늘날의 문학 현장에서 찾아보기 어려운 고유한 세계관과 형상을 계속해서 보여주고 있다. 이 글은 바로 그 이하언만의 고유한 문학적 인장을 찾아보는 작업이 될 것이다.

2

이하언의 소설은 치유의 서사라고 말할 수도 있다. 여기 수록된 9편의 소설들은 모두가 심각하게 상처받은 자들에 대한 것들이다. 2007년 평화신문 신춘문예 당선작인 〈달집태우기〉에서부터 상처에 대한 치유는 하나의 상수로서 중요한 몫을 한다.

〈달집태우기〉는 2003년에 있었던 대구지하철 화재사건을 배경으로 삼고 있다. 대구지하철 화재사건으로 사망한 영우로 인해 주위 사람들은 심각한 죄책감에 빠져 있다. "시시때때로 끼어드는 죄의식"으로 인해 "살아 있다는 것이, 그리고 살아가기 위해 하는 모든 행동들이 경멸스러운 때"를 보내고 있는 것이다. 영우의 어머니는 말할 것도 없고, 영우의 동생인 은주와 영우의 연인이었던 천미화도 심각한 죄책감을 앓고 있다. 천미화는 사고 현장에서 시력이 극도로 나쁜 영우만 남겨두고 혼자 살아 돌아온 사실 때문에, 초점화자이기도 한 은주는 오빠가 죽어 가던 그 시간에 고등학교 동창인 재경과 나이트클럽에서 놀고 있었다는 사실 때문에 힘들어한다. 특히 미화는 사건 현장에서 받은 충격으로 인하여 모든 불을 무서워한다.

결국 그러한 고통은 달집태우기 행사를 통해 극복의 가능성이 열린다. 불에 대한 두려움과 고통이 달집태우기를 통해 극복된다는 점은, 상처에 정면으로 대응할 때 우리는 그것을 극복할 힘을 얻게 된다는 작가의 인식이 드러난 결과라고 할 수 있다. 달집이 타오르는 순간은 "모든 생명이 새로 시작하는 시간"인 것이다.

〈문을 열다〉에도 상처로 인하여 실어증에 빠진 한 남성이 등장한다. 그러한 실어증은 세상과 완벽하게 단절된 주인공의 현재 상태를 잘 보여준다. '나'는 특히 사람들이 "책임 없이 지껄이는 말들"로 인하여 상처를 받게 된다. '나'는 할머니와 아버지가 자살한 어머니를 "천박하고 야비한 여자"로, 할머니가 어머니를 "죽어 마땅한 년"으로 만든 무수한 말들을 알고 있다. '내'가 일하는 호프집 사장인 그녀 역시 사람들의 말에 상처를 입은 존재이다. 그녀의 전남편인 장씨는 "허황된 꿈"을 좇기는 했지만, "우리 둘뿐이었으면 나는 어떻게든 견뎌냈을지도 몰라. 하지만 사람들의 입이 그냥 두질 않더라"라는 말에서 잘 나타나듯이, 사람들의 "책임지지 않아도 되는 말들"이 그녀의 가정을 파괴하고 극한 상황에까지 이르게 한 것이다. "나는 문밖으로 천천히 발을 내딛는다"는 마지막 문장에서 알 수 있듯이, '나'는 남편으로 인해 유산까지 경험한 그녀와의 만남을 통해 세상과 소통할 수 있는 하나의 작은 계기를 마련하게 된다.

3

〈달집태우기〉와 〈문을 열다〉에서는 사고와 무책임한 말이 상처의 기원으로 등장하지만, 그것들은 직접적으로 가족 구성원의 죽음과 관련되어 있다. 사고로 인한 오빠의 죽음과 어머니의 자살 등이 바로 인물들을 극심한 고통으로 몰아넣은 것이다. 이러한 가족의 파괴, 혹은 가족으로부터의 상처는 이하언 소설에서는 변치 않는 하나의 상수라고 할 수 있다.

〈검색〉에서 프랑스로 입양된 장 블랑은 자신의 뿌리를 찾기 위해 김두문과 김두문의 노모가 사는 집에 찾아온다. 젊은 시절 9급 공무원 시험을 준비하던 김두문은 우연히 K대 정치외교학과에 다니는 김민섭의 학생증을 손에 넣게 된다. 이후 여대생인 여자친구 앞에서 김민섭 행세를 하게 되고, 나중에는 반국가 활동을 하던 대학생 김민섭이 되어 어딘가로 끌려가 고초를 겪는다. 감옥에서 풀려난 후에도 오랫동안 김두문은 김민섭이 되어 살아왔고, 결국에는 "자신이 누구인지 알지 못하게 되어 버"린다. 지금 김두문을 김민섭이 아닌 김두문으로 온전하게 기억하는 사람은 자신의 노모뿐이다. 김두문이 감옥에 있는 동안 여자친구의 뱃속에 있던 아이는 프랑스로 입양되었는데, 그 아이가 바로 장 블랑이다.

버림받았다는 과거의 분노에 얽매여 살았던 장 블랑의 프랑스 생활은 결코 행복하지 않았다. 그러고 보면 아버지(김두문)와 아들(장블랑)은 모두 제대로 된 이름을 갖지 못한 존재들이다. 존재란 "불러 줄 이름이 있을 때만이 비로소 서로에게 의미가 되어 다가올" 수 있는 것이라면 그들은 아직 무의미한 존재들이라고 할 수 있다. 마지막에 김두문은 장 블랑을 위해 장 블랑의 어머니인 그녀의 이름을 검색한다. 이것은 "청년을 위해 마련하는 선물"인 동시에, 김민섭이 사는 세상으로부터 도망쳐 자신 속으로 숨어든 김두문이 세상을 향해 나아가는 시도라고 이해할 수 있다.

〈검은 호수〉 역시 뿌리를 잃어버린 결과 늘 정체성의 부재에 시달리는 사람들의 이야기이다. 이 작품은 "영미가 네스 호에서 익사체로 발견되었다"는 문장으로 시작된다. '나'의 아내인 영미는 어머니의 얼굴도 모르며 아버지는 스코틀랜드 사람이라는 것만을 막연하게 아는 상태로 성장하였다. 영미의 아들인 지호 역시 유전자 검사 결과 '나'의 아이가 아니라는 사실이 밝혀진다. "자신이 누군지, 어디에 속한 건지 모르고 살아"가는 사람이 바로 영미와 지호인 것이다. '나'는 그동안 영미와 지호가 가진 상처를 돌보지도 않았으며 전혀 끌어안지도 못했다. 그렇기에 네시를 찾아간 영미와 지호의 여행은 사실상 자신들의 아버지, 더 근본적으로는 뿌리를 찾아나선 여행이라고 말할 수 있다. 네시에 대한 탐사는 네시가 존재할지도 모른다는 미약한 흔적이라도 찾아내고 싶은 인간들의 바람이 만들어낸 시도인 것처럼, 네시의 실존에 대한 믿음은 자신들을 지탱해 줄 뿌리에 대한 믿음이기도 한 것이다. 영미는 다름 아닌 자기의 '근원'을 찾고 싶었던 것이다. 영미의 자살은 스코틀랜드에서도 찾을 수 없었던 자신의 근원을 확인한 절망에서 비롯되었음에 틀림없다. 작품의 마지막에 '나'는 영미의 "가슴이 느끼는 것, 그것이 바로 진실이라는 거야"라는 말을 생각하며 지호와 같은 방향을 향해 손을 잡고 걸어간다.

〈빨간 신호등이 있는 마을〉은 이하언이 가진 과거의 것, 혹은 삶의 기원에 대한 강렬한 욕망이 잘 나타나 있는 작품이다. 부모도 버린 '나'를 돌봐준 '빨간 신호등 슈퍼'의 그녀가 남겨준 것은 독일제 라이카 카메라다. '내'가 찍는 것들이 "벽의 낙서와 부서진 문짝이 보여주는 쓸쓸함…… 과거로 떠밀려 가는 마을들……"인 것에서 알 수 있듯이, 카메라는 사라져가는 것들을 기록하기 위해 존재한다. 그녀 역시 '빨간 신호등'은 "이곳에서 발을 멈추라"는 의미라고 설명한다. 미래가 아닌 과거, 열매가 아닌 뿌리에 대한 관심은, 어린 시절 선생님이 '나'에게 한 "뿌리가 없는 나무는 제자리를 지킬 수 없단다. 가지가 없는 나무에게는 미래를 기대할 수 없고"라는 말에서도 확인할 수 있다. '내'가 진정으로 원하는 것은 언젠가 자신에게도 생길 '뿌리'인 것이다.

4

기원 혹은 뿌리에 대한 열망이야말로 이하언 소설의 중핵이라고 할 수 있다. 그러한 갈망은 근원적 고향 상실의 존재 조건에 놓인 현대인의 절실한 바람일 수밖에 없다. 그것을 누구보다 날카롭게 의식화하는 것에 이하언이 가진 고유한 작가정신이 존재한다. 〈차가운 손〉과 〈평토제〉는 과거 혹은 전통의 세계가 지닌 어둠까지도 의식한다는 점에서 한 단계 심화된 특징을 보여주는 작품들이다.

〈차가운 손〉의 경애는 젊은 시절 용규와 사귄 적이 있다. 그 시절 텔레비전의 특집 프로에 나올 정도로 가문과 조상을 숭상하던 용규의 집안에서는 사생아인 경애와 종손인 용규의 결혼을 반대했다. 용규의 어머니는 혈통에 대한 그들의 긍지가 연출이 아니라 현실이라는 것을 경애에게 깨우쳐 주었다. "꼭 지켜야 하는 것들도 있는 법"이라고 생각하는 용규의 어머니는 "적어도 부모가 누구인지 알 수 있는 며느리를 보고 싶"어 하는 것이다. 지금 사별하고 나영이를 혼자 키우는 용규는 산부인과 의사가 된 경애와의 결혼을 원하고, 용규의 어머니도 과거와는 달리 결혼을 허락한다. 경애는 지금 뱃속에 용규의 아이까지 임신한 상태이다. 경애는 이러한 상황에서 가정 있는 남자의 아이를 임신했던 어머니와는 달리 과감하게 아이를 지우기로 결심한다. 어머니는 '본능'으로 경애를 지켜냈다면, 경애는 아이를 지우는 삶을 '선택'하려고 하는 것이다.

가문에 대한 집착은 경애의 삶에 또 다른 문제를 낳는다. 경애의 어머니는 자신을 버린 남자의 호적에 경애를 입적시키고자 노력하여 끝내 그 뜻을 이루는데, 고아로 자란 경애의 어머니는 경애에게는 꼭 "뿌리만은 찾아 주고 싶었"기 때문이다. 지금 경애의 배다른 동생인 명석은 뇌졸중으로 쓰러진 아버지의 병간호를 경애에게 맡기고자 한다. 그러나 경애는 자신과 어머니의 고단했던 삶을 떠올리며 아버지를 집으로 모시지 않겠다고 말한다.

지금 경애에게 아이를 지우는 일과 아버지를 모시는 일은 자신의 지난 삶을 옥죄었던 과거의 삶에 대한 복수에 해당한다고 할 수 있다. 아버지의 얼굴을 보며 "수없이 적출해 냈던 태아의 살덩이 같다"고 느끼는 것에서 나타나듯이, 아버지와 뱃속의 생명으로 표상되는 봉건성은 동일시되는 것이다. 경애의 마음속에서는 "피붙이, 자식, 가슴으로 스며들지 못하는 생경한 단어가 기름종이에 흘린 물방울처럼 굴러떨어"지고 있다.

그러나 이 작품은 이러한 표피적인 해석을 넘어서는 또 다른 한 겹의 문제제기를 하고 있다. 〈차가운 손〉에서는 처음부터 낙태가 얼마나 비인간적인지가 상세하게 그려지고 있기 때문이다. 경애는 산부인과 의사로 수많은 낙태 수술을 집도한다. 유부남의 아이를 임신해서, 실직한 남편과 중학교 입학을 앞두어서, 불량배에게 봉변을 당해서 등의 여러 이유로 사람들은 너무도 쉽게 낙태를 한다. 경애가 낙태 수술을 받기 이전에도, 경애가 직접 경험한 끔찍한 낙태의 장면들을 보여줌으로써 경애의 선택에 대한 비판적 시선을 드러내고 있다. 그러고 보면 경애는 자신이 사생아로 태어나 받은 고통에 맞먹는 아픔을 아버지에게 돌려준 바 있다. 아버지를 협박하다시피 하며 돈을 얻어 학업을 마쳤고, 아버지의 가정을 깨뜨리다시피 한 것도 경애였던 것이다. 따라서 이 작품에서는 '뿌리'의 중요성, 그리고 그것을 훨씬 포괄하는 생명의 존엄성에 대한 사유를 다시 한 번 하게 만든다.

〈평토제〉역시 뿌리에 대한 강조와 뿌리로서의 공동체가 가진 문제점을 동시적으로 인식하고 있는 작품이다. 형근이라는 노인이 죽자 친척들과 동네 사람들이 모여든다. 이곳은 거의 동족 부락에 가까워 동네 사람들이 곧 먼 친척들이기도 하다. 이 동네의 공동체적 성격은 형근의 동생 태근이 외무고시에 합격했을 때 보여주는 사람들의 모습을 통해 잘 나타난다. 박창복은 살찐 도야지 한 마리를, 천안댁은 제사 때 쓰려던 동동주를, 택보는 닭 두 마리를 내놓는다. 사는 게 워낙 어렵던 정호는 몸으로라도 때우겠다며 농사일 작파하고 온종일 매달려 미꾸라지를 한 양동이나 가져오기도 한다.

그러나 형근의 자랑이자 온 동네의 자랑이었던 태근은 지금 상가에 없다. 검찰에 불려가 조사를 받고 있는 것이다. 사람들은 그런 태근을 보며 고소해하기도 하는데, 장 서방의 "우리 같은 무지렁이들이 눈에 보이기나 한답디까"라는 말 속에 고소함의 이유가 압축되어 있다. 정호, 박창복, 천안댁 등은 자식의 승진이나 회갑연에의 왕림 혹은 면허정지 처분을 풀어 주는 일 등을 태근에게 부탁했지만 태근은 그 어느 것 하나 들어주지 않았던 것이다.

물론 태근이의 무심함과 냉정함을 얼마든지 욕할 수도 있을 것이다. 그러나 지인들의 이러한 부탁을 모두 들어주는 것이 공인의 올바른 자세인지는 생각해 볼 문제이다. 어찌 보면 이 장례식장은 형근이 생전에 헤아리지 못한 "공동체라는 이름 속에 숨은 이기심"이 속속 드러나고 있는 현장인지도 모른다. 그럼에도 작품의 마지막에 마을 입구로 들어서는 차 한 대의 모습 속에는 고향을 향한, 뿌리를 향한 그 본능과도 같은 맑은 순심이 아로새겨져 있다.

이하언의 소설 속 인물들은 모두 커다란 상처를 가진 사람들이다. 그것은 주로 가정의 파괴에서 비롯된 것이기에 그 어떤 상처보다도 깊고 치명적이다. 그렇지만 인물들은 결코 그것에 굴복하거나 절망하지 않는다. 그러한 굴강의 정신이 가장 선명하게 드러나고 있는 작품이 바로 〈조각잇기〉이다.

이 작품의 초점화자인 윤희는 과거에 퀼트 가게를 운영했으며, 그 실력도 인정받았다. 그러나 지금은 자신의 제자였던 수연 어머니 밑에서 일거리를 얻어 근근이 살아가고 있다. 이유는 벤처 신화를 꿈꾸며 사업에만 몰두하던 남편이 부도를 냈기 때문이다. 윤희는 빚쟁이에게 쫓기고 남편은 연락도 하지 않으며 딸은 캐나다에 있는 새 시어머니 밑에서 힘들게 살아간다. 그럼에도 윤희는 삶의 희망을 놓지 않는데, 그것은 윤희가 딸 혜경에게 생일선물로 보낼 조각 이불을 정성껏 만드는 모습을 통해 상징적으로 드러난다. 윤희는 자신이 만든 이불이 "혜경과 그 아이, 그리고 그다음 아이에게로 대를 이어 전해지는 모습"을 상상한다. 이러한 상상이야말로 이하언의 소설을 형성하는 가장 심층의 작가적 욕망에 해당할 것이다. 그러나 마지막에 빚쟁이들이 들이닥치고 그들은 혜경에게 선물할 이불마저 훼손한다. 그러나 윤희는 "조각잇기의 전문가였다. 아무리 조각이 나도 처음부터 한덩어리였던 것처럼 꿰맬 수 있었다"고 의지를 다진다.

그 어떤 숙명적 고통에도 좌절하지 않고 생명 본연의 가치와 공동체의 회복을 갈망하는 그 의지적 자세는 모든 작품에 공통적으로 나타난다. 특히 작품의 결말은 하나같이 그러한 의지적 전망으로 밝게 끝난다는 공통점을 지니고 있다.

〈달집태우기〉에서도 미화와 은주는 오빠의 죽음이 안겨준 상처로부터 벗어나는 모습을 보여주며, 〈검색〉에서도 김두문은 자신의 아들을 위해 그녀의 이름을 검색하고, 〈검은 호수〉에서도 '나'는 자신의 피가 섞이지 않은 아들과 손을 잡고 같은 방향을 향해 걸어간다. 〈평토제〉에서도 태근의 차인지 노인 아들의 차인지 명확하지는 않지만 차 한 대가 마을 입구로 들어서며, 〈문을 열다〉에서도 실어증에 걸린 '나'는 드디어 문밖으로 발을 내딛는 것이다.

특히나 〈달집태우기〉에서 그 상처 극복의 방법이 달집태우기와 영혼결혼식, 그리고 달의 상징에 대한 전통적 믿음 등이라는 것은 이하언의 상상력이 얼마나 전통적인 세계와 깊이 맞닿아 있는지를 잘 보여준다. 현대인의 고향 상실이라는 근본적 존재 조건을 날카롭게 성찰하며, 참된 인간성 구현의 정도를 구도자적 자세로 성찰해 나가는 모습 속에 이하언이 그토록 간구하는 자신만의 고유한 문학성이 오롯이 자리잡고 있다.

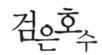

초판 1쇄 찍은날 2014년 8월 2일
초판 1쇄 펴낸날 2014년 8월 5일

지은이 이하언

펴낸이 최윤정
펴낸곳 도서출판 나무와숲 | 등록 2001-000095
주소 서울특별시 송파구 올림픽로 336 1704호(방이동, 대우유토피아빌딩)
전화 02)3474-1114 | 팩스 02)3474-1113 | e-mail : namuwasup@namuwasup.com

값 12,800원
ISBN 978-89-93632-35-4   03810